지독히도
멀고
가까운

지독히도
멀고 가까운 2

초판 1쇄 발행 2021년 12월 10일

지은이 | 도영

발행인 | 김성룡
기획, 편집 | (주)스마트빅(쉼표)
교정 | 김은희
표지디자인 | 우물
출판등록 | 제2014- 000017호 (2011년 6월 30일)

펴낸곳 | 도서출판 가연
주 소 | 서울시마포구 월드컵북로 4길 77, 3층 (동교동 ANT빌딩)
전 화 | 02- 858- 2217
팩 스 | 02- 858- 2219
ISBN | 978-89-6897-101-3 03810

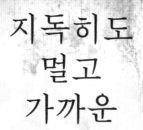

지독히도
멀고
가까운

도영 장편소설

vol. 2

차 례

불완전한 행복

　태양이 스멀스멀 지기 시작하자 온 세상이 주황빛으로 물들었다. 가은은 창쪽 소파 자리에 앉아 멍하니 밖을 바라보았다. 최근 며칠 지나치게 일상이 조용했다. 조용한 정도가 아니라 이전과 다를 바 없이 건조하기 이를 데 없었다. 달라진 거라곤 시시때때로 끼어들던 이진우가 없어졌다는 것뿐인데.

　소란스러운 소리에 현관문을 열고 나가 진우와 그의 모친인 듯 보이던 중년 여자를 본 것이 벌써 일주일 전이었다. 잔뜩 화가 난 얼굴로 자리를 떠난 진우는 그날 이후 해운의 집으로 돌아오지 않았다.

처음엔 아무 생각이 없었다. 어쨌든 옆집은 진우의 집이 아니라 해운의 집이었다. 진우는 그저 말도 없이 한국으로 돌아온 제게 화가 나 무작정 해운의 집을 찾은 것뿐이니, 언제 돌아가도 이상할 게 없는 일인 거다. 그런데 이상할 게 없는 그 일 때문에 가은은 매일매일이 평온하지가 못했다. 가은은 손에 쥐고 있던 책 커버를 멀거니 바라보았다.

「경영 사례」

하드커버로 된 표지 가운데엔 재미없는 글씨가 딱딱한 글씨체로 선명하게 적혀 있었다. 진우와 함께 갔던 서점에서 산 책이었다. 방에서 거실로 나오면서 왜 이 책을 들고 나왔는지는 알지 못했다. 그냥 어느 순간 정신을 차리고 보니 이 책이 손에 쥐여 있었다.

가은은 며칠 사이 더욱 건조해진 눈길로 책 커버를 훑었다. 그때, 느닷없이 가은의 핸드폰이 울렸다. 가은에게 연락해 올 사람이라곤 한 명뿐이었다.

지수.

애초에 번호를 아는 사람도 몇 되지 않았다. 그런데 지수는 공강인 날을 틈타 아침부터 제 방에서 나오지도 않고 베짱이로 보낼 수 있는 하루를 마음껏 즐기는 중이었다. 그러니까 이 알림은 지수일 리가 없다는 건데……. 거기까지 생각이 미친 가은이 빠르게 손을 움직였다.

[한가은]

밝게 불을 밝힌 액정 위로 단조로운 메시지가 둥둥 떠 있었다.

그리고 그 아래론 예상대로 지수가 아닌.

"……이진우."

진우의 이름이 적혀 있었다. 가은은 몇 번이고 진우가 보내온 메시지를 눈으로 읽었다.

한가은.

한가은.

한가은.

왜 불렀을까, 날.

가은은 그렇게 생각하면서도 선뜻 답장을 적지 못했다. 뭐라고 하면 좋을지 알 수가 없었다. '왜?'라고 보내면 될까. 하지만 그러기엔 영 익숙하지가 않았다.

진우와는 통화도 한번 해 본 적이 없고, 메시지를 주고받은 적은 더더욱이나 없었다. 서로 번호를 알고 있으면서도 약속이나 한 듯 연락을 한 적은 한 번도 없는 것이다.

결국 가은은 한참이 지나도록 단 한 글자도 적지 못했다. 이러다 진우가 메시지를 무시했다고 생각하면 어쩌지. 그래서 실망감에 다신 연락하지 않으면 어떡하지. 답지 않은 걱정이 밀려왔지만, 여전히 뭐라고 답장을 해야 할지 감이 잡히질 않았다. 그 초조함 속에서 쉽사리 벗어나지 못하고 있는데, 잠시 후 진우의 메시지가 재차 도착했다.

[저녁 먹었어?]

이어진 메시지를 확인하고 나서야 가은의 손가락이 느릿하게 움직였다.

[아니.]

단조로운 대답이지만, 이번만큼은 망설이지 않았다. 곧 도착한 메시지는 앞의 것보다 조금 더 빠르게 도착했다.

[같이 저녁 먹을래? 나 지금 근천데.]

진우의 메시지를 보자마자 가은은 저도 모르게 창문 너머로 시선을 돌렸다. 고층 아파트인 데다 20층인 제집에선 저 아래 움직이는 사람들이 점으로밖에 보이지 않았다. 그럼에도 가은은 그 속에서 진우를 찾았다.

보일 리 만무했다. 그래서일까. 바보처럼 애가 탔다. 저 아래 어딘가에 진우가 있을 거란 생각에 심장이 터질 듯 뛰기 시작했다. 가은은 분주하게 눈동자를 움직였다. 찾다 보면 진우가 보일 것 같았다. 그게 어리석은 행동이었단 걸 깨닫기까진 시간이 조금 걸렸다.

가은은 뒤늦은 깨달음과 함께 시선을 다시 핸드폰으로 돌렸다. 어느새 새로운 메시지가 또 도착해 있었다.

[나 이제 막 단지 정문으로 들어왔어. 시간 되면 같이 저녁 먹자.]

답장할 정신은 없었다. 가은은 일말의 망설임도 없이 자리에서 벌떡 일어나 제 방으로 향했다. 지금 차림으론 진우를 만나고 싶지 않았다. 이미 수차례 보였던 모습이건만, 어쩐지 오늘만큼은 홈 웨어를 입은 모습으로 진우를 만나고 싶지 않았다.

* * *

진우는 지하 주차장에 주차를 마치곤 차에서 내렸다. 차례로 땅을 디딜 때마다 구둣발 소리가 지하 주차장을 청아하게 울렸다. 흐트러진 정장 재킷을 가다듬고 차량 문단속을 하는 모습이 멀끔하기 그지없었다. 지나가는 뭇 여성의 시선을 한 번씩은 잡아 끌 모습이었다.

진우는 그런 자신의 모습이 어색했다. 그러면서도 묘하게 긴장이 된다. 곧 가은을 볼 수 있을 것이다. 저녁을 먹자는 말에 늦게나마 그러겠노라 답장을 받았으니까. 기분 좋게 심장이 뛰고, 자꾸만 어깨에 힘이 들어간다. 정장을 차려입은 모습은 가은에겐 처음 보이는 거였다. 지금의 제 모습을 가은이 어떻게 봐 줄지, 자꾸만 가슴이 떨렸다.

"오버하지 마, 이진우."

단호한 말로 스스로를 다그쳐도 보지만, 마음은 쉽사리 안정되지 않았다. 자꾸만 부풀어 오르는 감정을 애써 억누르며 한 걸음, 한 걸음 내디디던 찰나였다. 멀지 않은 곳에서 걸어 나오는 가은의 모습이 보였다. 순간 진우는 숨을 멈추었다. 생머리를 길게 늘어트린 가은은 크림색 단정한 원피스를 입고 있었다.

"하."

그 모습을 눈에 담자마자 헛숨부터 토해져 나왔다. 그런 자신을 발견한 건지, 가은이 잠시 걸음을 멈칫거린다. 하지만 곧 원래의 속도로 자신을 향해 성큼성큼 다가왔다. 그녀 스스로도 어딘지 어색한 모양이었다. 괜스레 눈동자를 굴리는 것이 딱 그래 보였다. 그 모습을 멀거니 바라보고 있으려니 진우는 입술 끝이 자꾸만 간지러웠다.

"왜 저렇게 예쁘고 난리야."

저도 모르게 중얼거린 말은 한 치의 거짓도 없는 진심이었다. 예뻤다, 정말. 길게 늘어트린 생머리도, 차려입은 크림색 원피스도. 눈앞에 보이는 모습 전부가 자신을 위해 꾸민 한가은인 것 같아서. 그래서 진우는 속도 없이 기분이 날아갈 듯 좋았다.

가은이 다가오는 모습을 가만 바라보고만 있던 진우가 별안간 크게 보폭을 떼었다. 그러곤 순식간에 가은의 앞까지 다가가 우뚝 멈추어 섰다. 마음 같아선 품에 꼭 끌어안고 싶었다. 그러나 그랬다간 가은이 덜컥 겁을 집어먹기라도 할까 봐 주먹을 꽉 그러쥐는 것으로 본능을 억눌러야 했다. 대신 그녀를 만나 설레고 기쁜 마음은 표정으로, 또 말로 아낌없이 드러냈다.

"진짜 예쁘네, 오늘."

진우의 입가엔 연신 함박웃음이 걸려 있었다. 그 모습을 흘끔거리던 가은이 고개를 슬쩍 아래로 숙이더니 얼굴을 붉혔다.

"……그냥. 입으려고 샀는데, 한 번도 입어본 적 없는 거라서, 그래서."

말도 안 되는 변명이었다. 그걸 가은도, 진우도 알고 있었다. 하지만 누구 하나 그걸 지적하는 사람은 없었다.

"그래. 뭐든 어때. 너한테 잘 어울리면 그걸로 됐지."

입술이 마음대로 움직였다. 그것마저도 진우는 좋았다. 아무래도 상관없었다. 얼마 만에 보는 걸까. 아주 오랜만에 보는 것만 같은데, 그런 가은이 자신을 위해 한껏 단장을 했다는 사실이 그를 미치도록 행복하게 만들었다.

"먹고 싶은 거 있어?"

"……모르겠어."

"그럼 못 먹는 건 있어?"

"아니."

"가자, 그럼."

진우는 가은의 앞으로 손을 내밀었다. 가은은 잠깐이지만, 제 앞으로 내밀어진 손을 멀뚱히 바라보기만 했다. 그게 진우를 애타게 했지만, 기다릴 수 있었다. 기다리고 기다려, 결국 가은이 내민 손을 잡아주기만 한다면.

"응……."

진우의 손 위로 가은의 손이 겹쳐졌다. 진우는 그 손을 기껍게 맞잡았다.

그래, 이렇게 결국 잡아주기만 한다면. 그렇다면 그 기다림이 지독하리만치 길어진다고 하더라도 기다릴 수 있어, 난.

가은에겐 전달되지 않을 메시지였다. 진우는 애틋한 마음이 혹여 가은에겐 부담이 되기라도 할까 봐 제 속에 꾹꾹 담아두었다. 언젠가 이 마음을 숨김없이 드러내도 좋을 순간이 온다면, 그땐 반드시 조금도 남기지 않고 아낌없이 쏟아낼 거라 다짐하며. 가은과 함께 서툰 걸음을 떼었다.

* * *

진우가 가은을 데리고 향한 곳은 서울 중심부에 위치한 호텔이었다. 그가 운전하는 차가 호텔로 들어서자 가은은 알게 모르게 긴장했다. 왜 호텔로 들어가는 건지 가은으로선 이유를 알 수가 없었다. 하지만 그녀의 불안을 눈치채기라도 한 듯, 진우는 곧바로 호텔로 온 이유를 설명했다.

"여기 라운지 레스토랑이 분위기도 좋고 음식도 괜찮아. 양식이 제일 무난할 것 같아서 온 건데. 괜찮지?"

깔끔한 설명이었다. 그제야 가은은 긴장감에 솟아오른 어깨를 아래로 내리며 고개를 끄덕였다.

"응."

진우는 입매를 한번 끌어올리곤 호텔 정문 앞에 차를 세웠다. 진우는 익숙하게 발렛을 맡기곤 가은의 곁으로 다가섰다. 오늘따라 유독 긴장한 모습이었다. 이유를 설명하긴 했지만, 호텔로 온 게 문제인가 싶어 괜스레 말을 덧붙였다.

"스테이크 좋아해? 여기 스테이크가 괜찮거든. 다른 것도 무난한데 스테이크로 유명해."

"응. 아무거나 상관없어."

진우의 노력에도 가은은 쉽게 긴장을 풀지 못했다. 그녀의 몸에서 힘이 빠진 건 라운지 레스토랑의 창가 자리로 안내를 받은 후였다. 가은은 그제야 본인이 지나치게 긴장하고 있었다는 걸 깨달았는지, 진우를 바라보는 시선이 어색했다. 진우는 부러 민망해 하는 얼굴을 모르는 척했다. 그런데 예상하지 못한 귀여운 변명이 뒤따랐다.

"……이런 데는 처음이라서."

"……."

"이런 데에 올 줄 몰랐는데, 놀라기도 했고."

진우가 잠시 고개를 갸웃거렸다. 처음이라 긴장했단 말은 이해가 되었지만, 이런 데에 와서 놀랐다는 건 무슨 의미인지 파악이 되질 않았다. 미간을 슬쩍 좁히며 머리를 굴리는데, 가은이 알아서 부연 설명을 했다.

"한 번쯤 오고 싶었거든, 이런 데."

그렇게 대답하며 가은은 통유리 창 너머를 바라보았다. 태양이 지고 완전한 밤이 되었음에도 빼곡하게 채워진 저마다의 건물들은 환하게 조명을 밝히고 있었다. 그 탓에 고요하기는커녕 낮보다 더 화려하고 활기가 넘치는 것처럼 느껴졌다. 그걸 멀거니 바라보고 있자니 순간 가은은 버킷 리스트 3번이 떠올랐다.

「3. 분위기 좋은 스카이라운지 레스토랑에 가서 야경도 보고 맛있는 저녁 먹어 보기.」

그 내용에 정확히 부합하는 레스토랑이었다. 야경을 볼 수 있는 라운지 레스토랑에 맛있다고 소문이 난 곳이라니 이보다 더 완벽한 장소는 없을 것이다.

버킷 리스트를 작성할 땐 막연히 상상하며 적었던 내용일 뿐인데, 막상 이곳에 오고 나니 생각했던 것보다 훨씬 더 좋았다. 어떻게 이곳에 데리고 올 생각을 했을까. 꼭 제 버킷 리스트의 내용을 알고 있는 것처럼.

"좋다, 여기."

가은은 저도 모르게 속삭였다. 메뉴판을 살피던 진우가 속절없이 가은에게 시선을 빼앗겼다. 그러곤 얼빠진 놈처럼 중얼거렸다.

"나도 좋아."

"……."

"한가은, 네가."

가은은 예상하지 못한 고백에 진우에게로 고개를 돌렸다. 그는 뜬금없는 고백을 해 놓고 아무렇지 않은 얼굴이었다. '잘 잤어?' 혹은 '밥은 먹었어?'하고 일상적인 인사를 건넨 사람처럼 담백하기만 했다. 그 탓에 얼굴을 붉힌 건 가은이었다.

오늘따라 감정을 컨트롤할 수 없을 정도로 진우가 근사했다. 원래도 잘생겼다는 건 알고 있었지만, 지금껏 본 적 없는 정장까지 차려입은 그는 어지간한 연예인 못지않게 빛이 났다. 이렇게 근사한 모습으로 뜬금없이 고백을 해 오니, 어떻게 덤덤할 수가 있을까. 가은은 뜨겁게 열감이 느껴지는 얼굴이 부끄러워 괜스레 고개를 내렸다. 그런 그녀의 시야 안으로 불쑥 침입해 들어온 건 메뉴판과 함께 어딘가를 가리키고 있는 그의 손가락이었다.

"이거 어때?"

그는 작은 글씨로 빼곡한 메뉴판 한 곳을 짚으며 기분 좋은 목소리로 속삭여 왔다. 가은은 애써 수줍은 감정을 숨기며 덤덤한 척 물었다.

"아까 말한 스테이크가 그거야?"

"응. 여기 대표 메뉴가 이거니까 한번 먹어 봐. 먹어 보고 입맛에 안 맞으면 다른 거 시켜도 되고."

가은은 진우의 제안을 흔쾌히 받아들였다. 차라리 이게 편했다. 선택지를 주어 봤자 선뜻 고르지 못했을 테니까. 뭐든 해 본 사람이 능숙하게 잘하는 법이었다. 그런 맥락으로 따져 보면 가은은 능숙하기보단 서툰 것들이 훨씬 더 많았다. 이런 곳에 오는 일도, 이런 곳에 와 음식을 주문하는 일까지도.

가은은 서버를 향해 손을 흔드는 진우를 바라보다 다시금 유리창 쪽으로 고개를 돌렸다. 다시 봐도 가슴이 벅차오르는 풍경이었다. 버킷 리스트에 적으면서도 이걸 실행에 옮기게 될 거라곤 꿈에도 생각지 못했다. 자유가 부여되는 날이 온다면 연옥으로부터 벗어난 후일 텐데, 가은은 연옥에게서 벗어나는 방법은 죽음뿐이라고 생각했다. 자신이 죽든, 연옥이 죽든. 둘 중 누군가 죽어야 자유로워질 수 있을 거라고. 그래서 희망찬 마음으로 버킷 리스트를 쓰면서도 이룰 수 있을 거라곤 믿지 않았다. 자신이 죽는 쪽으로 자유를 얻게 된다면 자유는 얻었을지언정 리스트를 행동에 옮길 방법이 없었고, 연옥이 죽는 쪽으로 자유를 얻게 된다면. 글쎄. 평균 수명으로만 계산해 보아도 제 나이가 쉰은 되어야 자유를 얻을 수 있겠다는 답이 나왔다.

그때쯤이 되면 자유를 얻었다고 한들 이런 사소한 것들을 이루고자 하는 바람이나 열정 같은 것이 남아 있었을까. 아니. 가은은 단호히 말할 수 있었다. 고작 서른을 코앞에 둔 나이에도 진우가 없었더라면 가은은 이렇게 버킷 리스트의 내용들을 실행에 옮길 수 없었을 것이다. 고작 지칠 때까지 걷고 싶다는 1번 정도만 이룰 수 있었겠지. 평생을 단지 산책로나 빙빙 돌면서 말이다.

"그동안 뭐 하면서 지냈어?"

별안간 진우의 목소리가 들려왔다. 가은은 진우에게로 시선은 돌렸지만, 쉽사리 대답은 하지 못했다.

뭘 하면서 지냈더라.

지난 일주일간을 떠올려 보면 딱히 했던 것이 없었다. 아침에 일어나 씻고, 밥을 먹고, 창가 쪽 소파에 앉아 멍하니 밖을 바라보던 것. 그것조차 지루해지면 책을 넘겨 보았지만, 제대로 된 글자 하나도 읽지 못하고 책을 덮던 것이 가은의 일상이었다. 그것들을 고스란히 진우에게 전하자니 창피했다. 그렇다고 하지도 않은 일은 했다고 말하는 건 가은의 성격과는 거리가 먼 일이었다. 한참을 고민하던 가은은 진우의 질문에 맞는 대답을 하는 대신 다른 쪽으로 상황을 대처했다.

"넌?"

고작 떠올린 게 같은 질문을 되돌려 주는 거다. 하지만 가은으로선 그게 최선이었다. 이대로 대화가 단절되는 건 원치 않았으니까.

"난……."

진우가 말문을 떼는 듯하더니 망설였다. 진우답지 않은 모습이었다. 그게 퍽 낯설었지만, 가은은 기다렸다. 진우라면, 어떤 대답이든 돌려줄 거란 걸 알기에.

"그냥 새벽에 일어나서 출근하고 퇴근할 시간이 되면 퇴근하고. 별거 없었어."

말만으로 그려지는 진우의 지난 일상은 가은 못지않게 특별할 것 없이 단조로웠다. 그런데 출근과 퇴근이라니. 생각지 못한 단어였다.

"회사원이야, 너?"

가은은 눈을 둥그렇게 뜨며 물었다.

"어……. 그렇다고 볼 수 있지."

진우의 대답은 어딘지 석연치 않았다. 그래도 일단 회사원은 회사원이라는 건데. 러시아에서부터 얼마 전까지 그럼 계속 회사에 나가지 않았던 걸까?

가은은 홀로 생각에 잠겼다. 그러고 보니 그런 생각은 한 번도 해 본 적이 없었다. 그럴싸한 학교생활이나 사회생활 같은 것들을 겪

어 본 적이 없어서 진우가 종일 해운의 집에만 있다는 것에 큰 이
질감을 느끼지 못했다. 저 역시 집에만 있는 일상을 보내고 있었
으니까. 그래서 그의 모친이 그렇게 화난 표정으로 복도에 서 있
던 걸까. 그런 거라면 얼추 말이 되었다.

　사실 가은은 그날 보았던 진우 모친의 표정을 쉽사리 잊을 수 없
었다. 진우가 가운데를 가로막고 섰음에도 고집스레 자신을 바라
보던 중년 여성의 표정은 뭐라 말로 표현할 수 없는 감정을 싣고
있었다. 굳이 표현하자면 경멸에 가까운 것이었다. 가은은 그녀가
왜 자신을 그런 표정으로 보는 건지 이해할 수 없었다. 그날 처음
보는 게 분명했으니 악감정을 만들 만한 상황 같은 건 없었다. 그
런데 진우가 회사원임에도 그간 출근을 하지 않은 것에 화가 났
던 거라면……. 그럼에도 경멸에 가까운 표정이 자신을 향하고 있
던 건 이해가 가지 않았지만, 화를 주체하지 못해 그런 거라고 합
리화 정도는 할 수 있을 것 같았다.

“많이 혼났어?”

　가은은 뒤늦게 진우가 걱정되었다.

“그냥 적당히 혼났어.”

“……내가 아무리 미웠어도 그렇지 결근까지 하면서 그럴 건 뭐
야.”

　가은이 난감한 얼굴을 했다. 진우가 출근을 하지 않았다면, 그
것까지도 제 탓이 맞았다. 진우가 고집스럽게 해운의 집에 머물렀
던 것이 저 때문이었으니까. 이런 건 뭐라고 사과를 해야 하는 건
지 알 수가 없어 곰곰이 생각만 하고 있는데, 이해할 수 없는 말
이 이어졌다.

"그래서 오늘은 이 늦은 시간까지 특근하고 있잖아."

가은은 아무 말 없이 진우를 물끄러미 바라보았다. 특근이란 말이 이해가 되지 않았다. 저녁을 먹기 위해 함께 여기로 온 것이면서, 이게 왜 특근이 되는 걸까. 의문이 짙어졌다.

"H그룹에서 연락 간 거 없어?"

"……H그룹? 지금 내가 생각하고 있는 그 H그룹 말하는 거 맞아?"

"아마도."

이어진 진우의 말 역시 이해가 되지 않긴 마찬가지였다.

"아니. 그런 거 없었어. 그런 대기업에서 나한테 연락할 일도 없고."

"조만간 연락이 갈 거야, 계속."

"나한테? H그룹에서 나한테 왜?"

"강원도 인제에 땅 가지고 있는 거 있지?"

강원도 인제.

가은은 미간을 좁혔다. 제 앞으로 남겨진 재산은 현금 외에도 건물, 부동산 등 꽤 있는 것으로 알고 있었다. 따로 재산을 관리해주는 사람이 있어 큰 관심을 두지 않아 강원도 인제에 제 앞으로 된 땅이 있는지는 확실치 않았지만, 가능한 말이었다.

"H그룹에서 리조트 개발 건을 추진 중에 있어. 생각하고 있는 부지가 인제에 있고. 네가 가지고 있는 그 땅까지 포함되어 있어."

"내, 땅을?"

"시세보다 좋은 조건으로 제안할 거야. 그래도 팔지 마."

"어?"

가은은 당최 진우의 말을 이해할 수가 없었다. H그룹에서 제 땅을 포함한 부지에 리조트 개발을 추진하고 있다는 것만으로도 이미 과부하가 올 지경이었다. 그런데 그걸 팔지 말라는 것은 무슨 의미이고, 또 진우는 이런 이야기들을 어떻게 알고 있는 걸까. 해답은 이어진 진우의 말 속에서 찾을 수 있었다.

"내가 그 프로젝트팀 팀장이야. 근데 최선을 다해 그 프로젝트를 무산시켜 보려고."

가은은 가만 눈을 깜빡거렸다. 그러니까 지금 진우의 말을 정리해 보면, 회사원이라는 것도 방금 알게 된 그가, 실은 H그룹의 직원이란 거였다. 그것도 일개 직원이 아닌 리조트 개발 건을 책임지고 진행하는 팀의 팀장급. 진우의 나이는 고작 스물아홉이었다. 스물아홉이란 나이에 대기업 팀장직을 맡는다는 게 현실적으로 가능한 일이던가.

가은의 사고 회로가 복잡하게 돌아갔다. 그런 중에도 의문은 계속됐다. 리조트 개발 사업 프로젝트의 팀장이라면서, 왜 그 프로젝트를 무산시키겠다는 걸까. 프로젝트를 무산시켜 그에게 도움이 되는 건 단 한 가지도 없을 텐데.

"왜? 왜 프로젝트를 무산시키겠다는 건데?"

가은은 참지 못하고 물었다.

"추진이 더뎌야 그 핑계로 계속 너 찾아오지."

돌아온 진우의 대답은 헉 소리가 날 정도로 개인적인 이유였다. 그러니까 지극히 개인적인 이유로 대기업에서 추진하는 일을 무산시켜 보겠다는 건데. 그건 깊게 생각해 볼 필요도 없이 말도 안 되는 소리였다. 그런데 진우는 조금도 망설이는 기색이 없었다.

"계속 보러 올게. 나한테 땅 좀 팔아 달라고 구걸하러."

"……."

"아마 귀에 딱지가 앉을 정도로 얘기할 거야. 내가 할 수 있는 말은 그거밖에 없으니까. 그래도, 나한테도 팔지 마."

가은은 지금 진우의 말을 제대로 듣고 이해하고 있는 건지 의심이 들었다. 그 정도로 쉽게 납득이 되지 않았다. 자신은 상상만 하는 거로도 살이 떨렸다. 정말 진우의 말대로 했다간 그의 목이 댕강 잘려 나갈지도 모를 일이다. 아니, 그 정도 처사는 너무나 당연하게 진행될 것이다. 하지만 진우에게선 조금도 겁먹은 모습을 찾을 수가 없었다.

"그거 핑계로 우리 계속 이렇게 보자."

"……."

"오늘처럼 이렇게 저녁도 먹고, 가끔은 점심도 같이 먹고."

가은은 말없이 눈을 끔뻑거렸다. 진우의 말은 몇 번을 생각하고 또 생각해도 미친 거란 생각밖에 들지 않았다. 자신과 밥이나 먹기 위해 대기업 프로젝트를 무산시키겠다는 건데, 그런 말도 안되는 소리를 듣고 있으면서도 진우를 다그치는 말은 단 한마디도 할 수가 없었다.

"그렇게라도 해야겠어."

"……."

"난 너 없는 일주일 동안, 정말 죽는 줄 알았거든."

단호하게 말하는 진우의 표정이 지나치게 결연했다. 지금껏 살면서 한가은을 보지 못했던 그 일주일보다 더 괴로웠던 시간은 없었다는 듯이. 그 감정을 오롯하게 전달받은 가은은 아무 말도 할 수가 없었다. 곧게 입을 다물었다.

* * *

가은을 집에 바래다주고 돌아가는 길은 한산했다. 진우는 오른손으로 쥐고 있던 핸들을 여유롭게 고쳐 잡곤 반대쪽 손으로 관자놀이를 긁적거렸다. 조금 전 헤어진 가은의 모습이 떠오를 때마다 푸슬푸슬 웃음이 새어 나왔다.

언제까지고 딱 붙어만 있고 싶던 가은을 돌려보내고 향하는 곳이 끔찍한 성북동 집이란 걸 인지하고 있었지만 당장은 생각하지 않기로 했다. 어차피 도착하고 나면 의지와 상관없이 컨디션은 가라앉을 게 분명했다. 그 더러운 기분을 미리 감당할 필요는 없었다. 그러기엔 조금 전까지 가은과 함께하며 느낀 행복이 너무도 짙었다. 방금 전까지 계속 옆자리에 앉아 있던 가은이 집으로 가고 없었다. 하지만 가은의 목소리는 아직까지도 곁에 있는 것처럼 생생하기만 했다.

'······그럼 네가, H그룹 아들인 거야?'

아파트 지하 주차장에 도착해 차에서 내리기 직전, 가은은 얼떨떨한 얼굴로 조심스럽게 물어왔다. 생각했던 것보다 훨씬 더 대단한 배경을 두고 있던 것에 놀란 것처럼 보이긴 했지만, 여타 다른 여자들처럼 배경 때문에 태도가 달라진 듯이 보이진 않았다. 말 그대로 놀란 것 같았다. 줄곧 티격태격하며 지냈던 자신이 대한민국을 대표하는 건 물론 세계 시장에서도 입지를 다지고 있는 그룹의 자제라는 것이 적잖이 놀라웠던 모양이다.

'응.'

진우는 담백하게 대답했다. 자신이 H그룹의 일원이란 사실을 우쭐거리며 내세울 생각은 없었다. 가능하다면 몸에 흐르고 있는 피까지 바꾸고 싶은 지경인데 그런 걸 무기로 앞세우고 싶을 리가. 하지만 내내 놀란 모습을 하던 가은을 보는 일은 퍽 나쁘지 않았다.

자신이 H그룹의 자제라는 걸 알고 난 후 가은의 표정은 시시각각 변했다. 아무렇지 않은 듯 평소와 같이 무감한 표정이다가도 이내 눈을 휘둥그렇게 뜨며 놀란 얼굴을 했고, 이따금 도통 이해할 수 없다는 듯이 미간을 좁히기도 했다. 가은을 알고 처음으로 겪는 생동감 넘치는 모습이었다. 다시 생각해 보니 그런 가은을 바라보고 있는 건 퍽 나쁘지 않은 정도가 아니라 생각보다 꽤 많이 즐거웠다. 그리고 그 즐거움을 안겨준 게 제 집안으로 인한 거라면, 태어나 처음으로 H그룹의 둘째 아들인 것에 감사했다.

진우는 오늘이 오랫동안 기억에 남을 것 같았다. 그 정도로 가은과 보낸 시간은 정말 즐거웠다. 저녁을 먹고 커피를 마시는 정도의 그다지 길지도 않은 시간을 함께한 것뿐인데. 어쩌면 오늘이 살면서 가장 행복한 시간이었을지도 모르겠단 생각이 들 정도였다.

"보고 싶다, 벌써."

진우는 괜스레 룸미러를 흘깃거렸다. 가은이 머무르고 있을 아파트 건물이 자꾸만 작아졌다. 그게 형용할 수 없는 아쉬움과 박탈감을 몰고 왔다. 계획대로라면 이제 가은을 만날 수 있는 핑계까지 생겼으니 이렇게까지 아쉬울 필요도 없을 것 같은데. 그래도 해운의 집에 머물 때만큼 수시로 볼 수는 없을 터였다. 그게 자꾸만 진우의 마음을 조급하게 만들었다. 지금이라도 다시 가은을 찾아가 잠깐이라도 더 눈에 담고 올까. 하지만 벌써 자정을 코앞에 둔 시간이었다. 또 가은을 찾아가 귀찮게 구는 것보단 오늘은 이쯤에서 깔끔하게 돌아가는 것이 가은을 위한 일일 것이리라. 진우는 그렇게 마음을 다잡으며 정지 신호를 받은 틈을 타 핸드폰을 만지작거렸다. 얼마 지나지 않아 블루투스로 연결된 스피커를 통해 신호음이 흘러나왔다. 곧 전화를 받은 건 해운이었다.

"바쁘냐?"

– 나야 늘 똑같지. 넌. 괜찮아?

"나도 늘 똑같지."

– 그러게 내가 이번만 내 생각대로 해달랄 때 말 좀 듣지 그랬냐, 인마.

들려온 해운의 목소리는 타박하는 말과 달리 걱정으로 가득했다. 다른 때였다면 그런 말은 됐다고 차갑게 받아쳤을 텐데, 그러기에 오늘은 진우의 기분이 지나치게 좋았다.

"부탁이 있어서 전화했어."

– 부탁? 뭔데?

"피곤하겠지만, 오프 날 가은이 한 번씩 들여다봐 줘."

– 하, 뭐? 얼마 있지도 않은 날 집에 가서까지 일하란 거냐?

해운이 허탈한 목소리로 퉁명스럽게 말했지만, 미소로 가득한 진우의 만면은 잠깐도 구겨질 줄을 몰랐다. 타박하고 구박한대도 상관없었다. 해운이라면 결국 제 부탁을 들어줄 거고, 제 목적만 이루어진다면 그깟 타박과 구박쯤은 들을 수 있었다. 그게 그 누구도 아닌 한가은을 위한 일이라면, 얼마든지 기꺼이.

"제대로 뭐 해 먹지도 않는 거 너도 저번에 봐서 알잖아. 너야 집에 있는 날만이라도 갖춰서 해 먹자는 주의고. 조금씩만 더 해. 멀지도 않고 옆집인데 조금씩 더 해서 가져다주는 정도는 해줄 수 있잖아. 부탁 좀 하자."

– 미친놈. 답지 않게 계속 얼쩡거린다 싶더라니. 가은이한테 완전히 빠졌냐, 너?

아마도. 아니, 한참 전부터 이미.

진우는 그 말이 입안 가득 맴돌았지만 굳이 뱉지 않았다.

"내가 부탁한다는 말 한 적 지금까지 한 번도 없잖아. 부탁할게. 신경 좀 써 줘."

대신 다른 말로 에두르며 몇 번이고 해운에게 부탁했다. 마음 같아선 매일 가은을 찾아가 직접 챙기고 싶었지만, 현실적으로 불가능한 일이었다. 부지 매입 건을 핑계 삼는다면 또 아주 불가능할 것까진 없었지만, 그렇게 해서 가은에게 좋을 게 없었다. 이미 가은의 정체를 선영과 종범에게 들킨 이상, 가은과의 만남은 최소한으로 줄이는 게 맞았다. 적어도 제힘만으로 완벽히 가은을 지킬 수 있을 때까진.

해운과의 통화는 길지 않았다. 대충 마무리하며 일방적으로 전화를 끊어버린 탓이다. 어쩔 수 없었다. 목적지까지 남은 거리가 많지 않았다. 그리고 진우는 행복한 이 기분을 조금 더 만끽하고 싶었다.

* * *

 자정이 넘은 시각.

 성북동 저택은 어느 한 곳도 빠짐없이 불이 꺼져 있었다. 진우는 선영과 종범을 마주치지 않을 수 있겠단 생각에 안도하며 신발을 벗었다. 하지만 양개형 중문을 여는 순간, 조금 전의 안도는 안도가 아니라 방심이었다는 걸 깨달아야 했다.

"늦었구나."

 불을 켜지 않은 거실에서 종범의 목소리가 들려왔다. 놀란 진우가 어깨를 움찔거리며 시선을 돌리자, 거실 소파에 앉아 있는 종범의 뒷모습이 보였다. 진우는 티 나지 않게 목소리를 가다듬었다. 그러곤 짧게 대답했다.

"네."

"리조트 개발 프로젝트에 관심을 두고 있다고. 퇴근 시간 다 돼서 매입해야 할 부지 계약 건으로 조기 퇴근했다던데."

 종범의 목소리를 타고 진우의 하루 일과가 빠짐없이 흘러나왔다. 회사 안에서 일어난 일이기도 했고, 바로 옆에 감시자나 다름없는 비서를 붙여 두었으니 어쩌면 자신의 움직임을 모르는 게 이상할 일이었다. 하지만 그걸 직접 말로 듣는 건 또 다른 문제였다. 진우는 목 끝까지 차오른 한숨을 꾹꾹 눌러 참았다. 마음을 한결 가다듬은 후에야 퉁명스럽게 받아쳤다.

"그게 문제가 됩니까?"

"그게 다라면 문제랄 건 없지."

"넘겨짚지 마시고 본론만 말씀하시죠."

진우의 말에 종범이 느릿하게 자리에서 일어났다. 그러곤 진우의 쪽으로 한 걸음 다가서며 입술을 움직였다.

"그걸 핑계로 그 여자애를 만나려던 심산은 아니었고?"

이어진 말에 입을 다문 건 진우였다. 매입해야 할 부지 중 일부가 가은의 명의로 된 땅이란 걸 종범이 모를 거라 생각한 적은 없었다. 더욱이 오기로라도 관심을 보이지 않던 회사 일에 처음으로 관심을 보인 참이니, 그게 신기해서라도 종범은 하나 남은 아들의 관심사를 알아보았을 것이다. 맞닥뜨린 모든 게 예상했던 범위 안에서의 일인데, 종범의 목소리를 타고 나온 가은의 이름 앞에선 속절없이 가슴이 철렁였다. 진우는 뒤로 숨긴 양손을 힘주어 그러쥐었다. 그러곤 뻔뻔하게 대답했다.

"그게 왜 문제가 되는 건지 모르겠네요. 결국 바라시는 건 제가 회사 일에 마음 붙이고 잘 배워서 지금 아버지가 계시는 그 자리에 앉는 거 아닙니까?"

"물론 맞지."

"그럼 이러실 필요 없습니다. 리조트 개발 건으로 마음 좀 붙여보려는 것뿐이니까."

거짓으로 점철된 변명이었지만, 진우는 끝까지 뻔뻔하게 굴었다. 일자로 다물린 종범의 입술이 가로로 길게 늘어졌다. 진우는 계속해서 종범을 마주하고 있어 좋을 게 없다는 걸 직감하곤 서둘러 말을 덧붙였다.

"주무세요."

그 말만 남기곤 등을 보이는데, 종범이 때를 놓치지 않고 진우의 발목을 붙잡았다.

"반드시 네 말대로여야 할 거다."

진우의 등 뒤로 꽂힌 종범의 목소리가 묵직하기 이를 데 없었다. 게다가 의미심장하기까지 한 말은 경고를 하고 있는 것임이 분명했다.

"리조트 개발 건으로 회사 일에 마음을 붙여야만 할 거야. 혹여라도 그게 아니라 허튼짓이나 할 핑계로 리조트 개발을 이용하는 거라면."

종범의 말은 불시에 끊겼다. 뒷말은 듣지 않아도 알 수 있었다. 그러니 진우는 이대로 종범의 말이 멈추길 바랐다. 하지만 종범은 원래부터가 자식을 배려하는 아버지상이 아니었다.

"그로 인해 벌어지는 그다음의 모든 일들을 충실하게 감당해야만 할 거다."

이어진 말엔 소름이 끼칠 정도로 온기란 담겨 있지 않았다. 그걸로 끝이었다. 더는 종범의 목소리가 들려오지 않았다. 대신해서 들려온 소리가 있다면 발걸음 소리와 문이 여닫히는 소리 정도. 거실 안은 순식간에 적막으로 휩싸였다. 진우는 목을 옥죄는 끔찍한 정적 속에서 아랫입술을 꽉, 짓씹었다.

* * *

가은은 반쯤 열린 현관문 앞에 서서 커다란 눈을 끔뻑거렸다.

"……이게 뭐예요?"

당최 이게 무슨 일인지 파악이 되질 않았다. 그런데 당황스러운 가은과 달리 정작 그녀를 당황하게 만든 상대는 여유롭게 어깨만 으쓱거렸다.

"보다시피, 먹을 거."

해운은 짧게 대꾸했다. 가은은 더욱 이해할 수가 없었다. 설마 제 앞으로 내민 게 된장찌개가 담긴 뚝배기라는 걸 몰라서 물었을까. 훤히 보이는 비주얼만 보아도, 솔솔 풍겨오는 냄새만 맡아도 그게 된장찌개라는 건 손쉽게 알 수 있었다. 모르는 게 바보였다. 그녀가 궁금한 건, 해운이 내밀고 있는 게 된장찌개라는 사실이 아니라 그걸 왜 자신에게 내밀고 있느냐는 부분이었다.

가은은 그의 손에 들린 뚝배기를 한참 바라보다 고개를 들어 해운을 보았다. 그녀의 시선에 담긴 의문을 알아챈 건지 해운이 말을 덧붙였다.

"성격 더러운 놈 사주 받고 하는 짓이야. 그러니까 그냥 받아 줘."

"성격 더러운 놈 사주?"

가은은 해운의 말을 따라 중얼거렸다. 곧장 떠오르는 사람은 한 명뿐이었다.

"내가 너한테 말할 수 있는 성격 더러운 놈이 한 명밖에 더 있어?"

그래, 한 명뿐이지. 아마도 진우를 말하는 거겠지.

"진우 자식이 부탁해서 하는 거야."

역시나 예상은 틀리지 않았다. 해운은 질린다는 듯 고개를 절레절레 저었다. 하지만 진우의 이름을 언급한 그의 표정에선 불편한 기색을 찾아볼 수 없었다. 뿐만 아니라 진우의 사주를 받고 마지 못해 한 거라는 식으로 말하면서도, 귀찮은 내색 하나 보이지 않 았다. 되레 진우의 이름을 입에 담는 짧은 시간 동안 까만 눈동자 가득 진한 애정이 묻어났을 뿐.

가은은 된장찌개가 담긴 뚝배기를 받아도 되는 건지 순간 의문 이 들었다. 집들이를 핑계로 함께 저녁 식사를 하긴 했지만 가은 에게 해운은 여전히 옆집 남자 그 이상 이하도 아니었다. 그러니 까 굳이 말하자면 크게 불편할 것도 없지만, 그렇다고 편하지도 않은 사람. 그런 해운에게 무언가를 받는다는 게 내키진 않는데, 그렇다고 진우에게 부탁을 받고 굳이 만들었다는 음식을 받지 않 자니 그건 그것대로 마음이 편치 않았다. 한참을 고민한 끝에 해 운이 들고 있는 뚝배기로 손을 내밀었다. 그러자 해운이 급히 뒤 로 물러났다. 가은은 둥그렇게 뜬 눈을 깜빡이며 해운을 보았다.

"뭐 하는 거야? 이거 뜨거워."

해운이 저보다 더 놀란 표정을 짓고 있었다. 그제야 해운이 냄 비 장갑을 낀 채 뚝배기를 들고 있다는 걸 깨달았다. 가은은 슬 쩍 미간을 찌푸리곤 해운을 올려 봤다. 해운이 가은의 뒤편을 향 해 가볍게 턱짓을 했다.

"좀 비켜 줘. 내가 가스레인지에 올려 주고 갈게."

해운이 집으로 들어오는 게 퍽 내키지 않았지만, 가은은 뒤로 걸음을 물렸다. 내준 현관문 사이로 해운이 성큼성큼 들어왔다. 그는 익숙하게 주방을 찾아 들어가 손에 들고 있던 뚝배기를 가 스레인지 위에 올렸다.

"……고마워요."

가은은 담담한 목소리로 감사를 전했다. 사실 크게 고맙진 않았다. 자신이 원했던 것도 아니고 오히려 해운과 이렇게 마주하고 있는 게 불편할 따름이었다. 뚝배기도 내려놓았으니 이만 제집으로 돌아가 주었으면 싶은데, 해운은 돌아갈 생각은 없이 되레 냄비 장갑을 벗곤 가스레인지의 불을 켰다.

"벌써 고마울 필요는 없어. 내가 널 좀 귀찮게 할 예정이거든."

고맙다는 인사에 돌아온 말은 가은으로선 달갑지 않은 내용이었다. 눈썹으로 옅은 사선을 그리며 해운의 행동을 주시하고 있는데, 별안간 그가 몸을 돌리더니 시선을 맞추곤 어깨를 으쓱거렸다.

"사주 받은 게 이게 다가 아니어서."

"······."

"밥은 있어?"

연달아 이어지는 해운의 말은 통 이해할 수가 없는 것투성이였다. 사주 받은 게 된장찌개를 가져다주는 게 다가 아니면 뭐가 더 있다는 거고, 갑자기 밥이 있냐는 건 왜 묻는 건지. 가은은 도통 해운의 행동을 이해할 수 없었지만, 일단 순순히 고개를 저었다. 지금 해운의 기세로 봐선 밥통까지 직접 열어볼 것 같았다. 금세 들통날 거짓말을 해 봐야 피곤한 건 저뿐일 것이다.

"하, 밥까지 해야 하나. 쌀도 없는 건 아니지?"

해운이 짙게 한숨을 내쉬었다. 그러더니 정말 밥이라도 할 생각인 건지, 주방 이곳저곳을 살피기 시작했다. 가은은 그제야 해운이 서 있는 자리로 성큼성큼 다가가 싱크대를 가로막고 섰다.

"갑자기 뭐 하는 거예요? 이렇게까지 할 필요는 없었는데, 어쨌든 된장찌개는 고마워요. 나 때문에 귀찮은 일 하게 한 거 같아서 미안하고요. 근데 먹는 건 내가 알아서 할게요. 이러시는 거 불편해요.”

군더더기 하나 없이 깔끔한 요청이었다. 지난번 집들이 일로 파악한 해운의 성격이라면, 이 정도 말은 충분히 알아들을 것이다. 그런데 해운이 걸음을 돌릴 기미를 보이지 않았다. 더욱이 곤란한 표정을 지으며 관자놀이를 긁적거린다.

가은은 싱크대에 기대선 채 팔짱을 꼈다. 설마 밥 먹는 거까지 지켜보라고 하기라도 한 건가. 이해할 수 없는 해운의 행동들에 거기까지 생각이 닿았다. 그러기 무섭게 가은이 이맛살을 와락 구겼다. 진우라면 충분히 그렇게 부탁을 하고도 남을 거란 생각이 들었다.

“먹는 거까지 봐달라고 했어.”

아니나 다를까 해운의 잇새로 흘러나온 말은 그녀의 예상을 한 치도 벗어나지 않았다. 가은은 한숨을 푹 내쉬었다. 자신이 걱정되어 해운에게 부탁을 한 거까지는 알겠으나, 이렇게까지 할 필요가 있나 싶었다. 자신이 한두 살 먹은 어린애도 아니고 밥 먹는 거까지 봐달라고 했다니.

가은은 너무도 이진우다운 과한 관심에 머리가 다 아픈 기분이었다. 하지만 이걸 해운 앞에서 내색할 순 없었다. 해운에게 잘못이 있다면, 그저 진우와 자신 사이에 껴서 부탁을 들어줄 수밖에 없었다는 것, 그것뿐이었다. 가은은 크게 숨을 들이마시곤 해운에게 말했다.

“알아서 챙겨 먹을게요. 혹시나 이진우가 물어보면 먹는 거까지

봤다고 얘기해요. 그럼 되잖아요.”

이번에도 가은의 대답은 융통성으로 가득했다. 하지만 해운은 여전히 곤란하단 표정을 지우질 못했다. 이어진 그의 대답은 그렇지 않아도 목 끝까지 차오른 한숨을 기어이 입 밖으로 나오게 만들었다.

“불행히도 내가 거짓말을 잘 못 해.”

“…….”

“나는 최선을 다해 아닌 척하는데, 내가 거짓말을 못하는 건지 그 자식이 눈치가 빠른 건지 세 마디 이상 말 섞으면 결국 다 걸려.”

대답 한번 지나치게 유치하네.

가은은 해운의 말을 들으면 그렇게 생각했다. 내일모레 서른을 앞둔 덩치 산만 한 남자가 거짓말을 잘 못 해서 진우의 사주를 곧이곧대로 들어줄 수밖에 없다고 하고 있으니, 기가 차지 않을 수가 있을까. 그러나 뭐라 한마디 덧붙일 수도 없게 그 말을 하는 해운의 표정이 너무도 진실했다.

“거짓말인 거 들통나면 인증샷까지 찍어 보내라고 할 놈이야. 너도 겪어봤으니 알 거 아니야.”

덧붙여진 말은 반박의 여지조차 없었다.

“우리 서로한테 좋은 쪽으로 빨리 마무리하자. 사실 나도 오랜만에 오프인 날이라 지금 되게 쉬고 싶거든.”

“…….”

“그러니까 협조 좀 부탁해.”

협조를 부탁한다는 해운의 얼굴이 뒤늦게 눈에 들어왔다. 오랜

만에 쉬는 날이라는 게 거짓은 아닌 듯 눈 밑으로 내려온 다크서 클이 무척이나 진했다. 정말 이러지도 저러지도 못 할 난감한 상황이었다. 그런 와중에 가은이 할 수 있는 거라곤 참았던 한숨을 푹 내쉬는 것, 그거 하나뿐이었다.

* * *

"오늘은 동생 안 보이네?"

꾸역꾸역 밥알을 씹고 있는데, 아래로 숙인 머리 위로 해운의 목소리가 쏟아졌다.

가은은 가만히 고개를 끄덕였다. 원래 성격대로라면 침묵으로 일관했겠지만, 진우의 부탁 때문에 어쩔 수 없이 이렇게까지 하는 해운을 더 불편하게 하고 싶진 않았다. 그렇지 않아도 제 앞을 지키고 앉아 있는 게 무척 어색한 듯했다. 괜히 지수의 말을 꺼낸 것도 어색한 분위기를 어떻게든 풀어보기 위함이었을 것이다.

마음 같아선 빨리 먹고 해운을 돌려보내고 싶었다. 하지만 그 것도 마음처럼 되지 않았다. 그렇지 않아도 진우의 생각 때문에 머릿속이 복잡하던 터였다. 뭐 하나도 깔끔하게 정리가 되지 않아 딱히 밥 생각도 없었는데, 이럴 줄 알기라도 한 건지 하필 이런 타이밍에 이런 부탁을 했을 줄이야. 가은은 한숨을 반찬 삼아 밥알을 꼭꼭 씹어 삼켰다. 그때 해운의 말소리가 다시 들려왔다.

"……그날 너도 큰어머니랑 마주쳤다며?"

가은이 천천히 고개를 들었다. '큰어머니'라는 단어가 귀에 콕 박혔다. 해운이 말하는 큰어머니라는 사람이 누구인지 가은으로

선 알 리 만무했다. 그런데도 해운이 지칭하는 사람이 누구인지 알 것만 같았다.

"진우랑 큰어머니까지, 복도에서 마주쳤었다며."

예상은 빗나가지 않았다. 가은의 머릿속이 다시금 복잡하게 돌아갔다. 해운과 진우가 그저 알고 지내는 친구 정도일 거라 예상했는데, 그것도 완전히 틀린 답이었던 모양이다. 큰어머니라. 그렇다면 진우와 해운이 친척 관계라는 건데.

거기까지 생각이 닿자 가은은 해운의 말을 넌지시 기다리게 되었다. 애초에 해운이 말을 꺼낸 요지는 진우와 친척 관계라는 걸 알리기 위함이 아니었을 것이다. 무슨 말이 하고 싶어 이런 이야기를 꺼낸 건지 궁금해지기 시작했다.

"혹시 큰어머니 때문에 불편한 게 있었다면, 내가 대신 사과할게."

"……."

"나쁜 분은 아니야. 자식 욕심이 조금 지나치셔서 그렇지……."

가은은 해운의 말에 그저 눈만 끔뻑거렸다. 마주하고 있는 해운의 눈만 보아도 지금 그가 얼마큼이나 조심하고 있는지 절로 느껴졌다. 어쩐지 듣지 말아야 할 말은 들은 기분이다.

"그래도 진우 녀석은 너한테 많이 진심인 거 같아. 나한테 이런 부탁까지 할 놈이 아닌데, 이렇게까지 하는 걸 보면."

"……."

"그러니까 너도 진우한테 진심이라면, 일단은 그 자식 믿어 봐. 생각보다 똑똑한 놈이야. 널 어떻게 지켜야 할지, 분명 답을 찾아낼 거야."

해운의 말은 들으면 들을수록 수수께끼 같았다. 자신을 향한 진우의 마음이 장난이 아니란 건 가은도 조금씩 느끼는 중이었다. 그런데 진우가 자신을 지킬 수 있을 방법을 찾아낼 거라는 건 한번에 이해가 되지 않았다.

"진우 놈이 제 얘기 자세히 털어놓고 하는 성격이 아니라 그냥 노파심에 묻는 건데, 그날 큰어머니가 너한테 심한 말을 하셨다거나 그런 건 아니지?"

연달아 이어진 말은 가은의 호기심을 최고조에 이르게 만들었다. 결국 가은은 참지 못하고 입술을 달싹였다.

"……지금 하는 말들이 내가 그쪽 큰어머니, 그러니까 이진우 어머님 때문에 상처받을 일이 생길 거란 말처럼 들리는데……. 맞게 이해한 거 맞아요?"

가은의 말이 끝나기 무섭게 해운의 낯이 파랗게 질려갔다. 꼭 말실수를 했다는 표정이다. 그럴수록 가은의 호기심은 점점 더 짙어져 갔다.

"아……. 어, 그게……."

해운은 조금 전과 달리 선뜻 말을 잇지 못했다. 무거운 침묵이 이어졌다. 질문에 대한 답이 궁금했지만, 가은은 해운을 보채지 않았다. 그렇지 않아도 저와 진우 사이에 껴서 괜한 수고를 하고 있는 사람이었다. 궁금증을 해소하기 위해 해운을 더 난처하게 만들고 싶진 않았다. 묵묵히 그의 대답을 기다렸지만, 계속해서 돌아오는 건 침묵뿐이었다. 그냥 모르는 척 넘어가는 게 좋을까.

"이진우는, 어떤 사람이에요?"

가은은 부러 먼저 했던 것과는 전혀 다른 질문을 던졌다. 기다려 봐야 대답이 돌아올 것 같지도 않았고, 상대가 불편해하는 대화를 이어가고 싶은 생각도 없었다. 새롭게 던진 질문에 해운의 낯빛이 한결 편안해지는 게 눈에 보였다. 그걸로 된장찌개에 대한 보답은 한 것 같다고, 가은은 그렇게 생각했다.

"진우는……, 그냥 짠한 놈이지."

해운의 대답은 곧장 돌아왔다. 선뜻 돌아온 대답이라기엔 너무 의외의 것이었다. 가은은 또 저도 모르게 해운을 응시했다.

"생각보다 상처가 많은 놈이야."

"……."

"그래서 이런 말도 안 되는 부탁을 해도 모르는 척할 수가 없는 거고."

상처가 많은 놈.

가은은 진우를 보며 단 한 번도 그런 생각을 해 본 적이 없었다. 자신을 향한 진우는 언제나 짓궂었고, 해맑았고, 맹목적이었다. 그 모든 모습엔 활기가 없던 적이 없었다. 단 한 번, 예외가 있었다면 일주일쯤 전 복도에서 그의 모친과 함께 마주했을 때, 그때뿐이었다.

그날도 진우에게서 활기가 느껴지지 않았다기보다는, 그냥 화가 좀 많이 난 듯이 보였다. 그것조차도 이상하게 여긴 적이 없다. 가은에겐 화를 내는 진우의 모습까지도 그걸 표현할 수 있을 만큼은 감정적으로 건강하게 보이기만 했으니까. 근데 해운의 말을 가만 듣고 있자면 자신의 생각이 틀렸을지도 모르겠단 생각이 밀려왔다.

"아마 지금쯤 너 여기에 두고 이러지도 못하고 저러지도 못하느라 속이 말이 아닐 거야."

"……."

"도대체 네 어떤 거에 그렇게까지 꽂힌 건지는 모르겠지만, 그놈이 이렇게까지 남을 신경 쓰는 건 20살 성인 된 이후로 처음 보거든."

가은은 입안에 물고 있던 밥알을 어렵사리 삼켜냈다. 해운의 말이 퍽 의미심장하게 들려와 괜스레 입안이 까슬거렸다.

"너한테 이런 말까지 하는 게 맞는지는 모르겠는데, 나는 네가 진우만큼은 아니더라도, 그래도 진심이었으면 좋겠어."

"……."

"나는, 그놈이 상처받는 꼴을 두 번 볼 자신은 없거든."

해운의 말은 거기까지였다. 애정이 담뿍 묻어나는 말을 마지막으로, 해운은 그저 옅게 웃기만 했다.

가은은 빈 수저를 든 채로 한동안 해운을 빤히 응시했다. 그러다 마저 먹으라는 말을 듣고서야 정신을 차렸다. 해운의 성화에 밥을 뜬 숟갈을 입에 물긴 했는데, 밥알을 넘기는 게 더욱 힘들게만 느껴졌다. 머릿속에 문득 차오른 생각 때문이었다. 자신과는 정말 다른 사람이라고 생각했는데, 어쩌면 진우 역시 저와 비슷한 사람일지도 모르겠다고. 생각해 보면 그랬다. 이따금 한 번씩 진우의 말에서 위로를 받던 스스로가 떠올랐다.

'불쌍? 네가? 왜.'
'너 안 보이고 안 들려? 그것도 아니면 팔다리 어디 못 쓰는 데라도 있어?'

'내가 볼 땐 사지 멀쩡한 것 같은데. 그게 아니면 동정받는 거 즐기는 악취미라도 있어?'

정말 거칠기 짝이 없는 말투였다. 하지만 아이러니하게도 가은은 불친절하기 그지없는 그의 말에서 위로를 받곤 했다. 그 순간 진우는, 적어도 자신을 동정하진 않았으니까.

'축하해. 자유를 되찾은 걸.'
'축하한다고. 그래서 네 말의 결론은 네가 죽고 싶을 정도로 널 괴롭히고 힘들게 했던 사람에게서 이제 벗어났다는 거잖아.'

연옥의 죽음으로 그토록 바라던 자유를 얻었지만, 행복하기는커녕 괴롭기만 했다. 연옥의 말처럼 그녀의 죽음이 꼭 불운하고 불행한 자신을 곁에 두었던 탓인 것만 같아서. 그런데 그 죄책감을 잠깐이나마 잊게 해 준 것도 진우였다.

위로라는 건 아무나 할 수 있는 게 아니었다. 아픔을 알지 못하는 사람은 타인의 상처를 진심으로 어루만지고 보듬을 수 없었다. 그런 맥락으로 들여다보자면 진우는 자신과 정반대의 사람이라기보다는 같은 지점에 서 있는 사람이었던 거다. 그래서 그 누구에게도 위로받아본 적 없던 자신을 위로할 수 있었던 것이다. 문득 시베리아 횡단 열차에서 그와 뜨거운 밤을 보내기 직전의 순간이 떠오른다.

'네가 인생 처음으로 하는 일탈에, 나는 지금 불청객쯤 되려나?'

'나, 지금 너한테 불청객이야?'

가은은 그 말끝에 했던 제 대답을 똑똑히 기억하고 있었다.

'……아니.'
'아니야, 불청객.'

지극히 충동적인 대답이었다. 적어도 그 순간엔 그랬다. 하지만 지금은 아니었다. 이제 와 또다시 진우가 같은 질문을 한다면 가은은 1초의 망설임도 없이 대답할 수 있었다.

아니. 넌 내 인생에 불청객이 아니야. 불청객이 아닐 뿐 아니라, 어쩌면, 정말 아마도 어쩌면 넌 어느 날 갑자기 내게 온 선물일지도 모르겠어.

그 말을 생각하는 것만으로 가은은 목이 막혔다. 불운하고 불행한 자신을 찾아온 선물이란 것도 모르고 그간 밀어내기에만 급급했다. 그런데도, 정말 고맙게도, 진우는 단 한 번도 밀려나는 법이 없었다. 해운의 말대로라면 저 못지않은 상처를 품고 있을지도 모를 그가. 정말 나쁘고 못되게만 굴던 자신을 끝끝내 붙잡으며 버텨낸 것이다. 생각해 보면 진우가 제게 한 모든 말들은 거친 듯 들리지만 예쁘지 않은 말이 없었다.

'내가 너 좋아하는 거 너도 알고 있잖아!'
'……'
'너도 나 싫지 않은 거 확실해! 나는 장담한다고!'

‘…….’

‘우리 그냥 좀 만나보면 안 되냐? 어?’

언제나 밀어내기에 급급했던 자신을 상대로, 그는 단 한 번도 제 자존심을 지켰던 적이 없었다.

‘나는 매번 이래. 너랑 있을 때면, 뭘 하고 있든 매번 이렇게 미친놈처럼 심장이 뛰어.’

‘…….’

‘그러니까 도망치지 않아도 돼.’

정말이지 단 한 번도.

‘네가 나한테 느끼는 마음을 언제 인정하든.’

‘…….’

‘나는 기쁘게 널 받아줄 거니까.’

‘…….’

‘그게 언제든.’

가은은 가슴이 벅차올랐다. 생전 처음 느껴보는 기분이었다. 진우에게 좋아한다고 고백했던 순간에도, 며칠 전 진우와 함께 저녁을 먹으면서도, 그리고 그 이후로 줄곧 내내 느끼고 있던 기분이었다. 가은은 이제야 알 것 같았다. 지금 느끼고 있는 이 감정이 무엇일지.

'계속 보러 올게. 나한테 땅 좀 팔아 달라고 구걸하러.'

'……'

'아마 귀에 딱지가 앉을 정도로 얘기할 거야. 내가 할 수 있는 말은 그거밖에 없으니까. 그래도, 나한테도 팔지 마.'

나도 네가 계속 보고 싶었던 거야.

'그거 핑계로 우리 계속 이렇게 보자.'

'……'

'오늘처럼 이렇게 저녁도 먹고, 가끔은 점심도 같이 먹고.'

나도 계속 너랑 함께하고 싶었던 거야.

'난 너 없는 일주일 동안, 정말 죽는 줄 알았거든.'

아마 나도, 너 없는 일주일이 너무 괴로웠던 거야. 그러니까 이 감정은, 네가 조금쯤 좋았던 게 아니라, 생각했던 것보다 훨씬 더 많이, 내가 너를 좋아하고 있었던 거야.

가은은 눈을 질끈 감았다. 하나를 깨달았을 뿐인데, 그로 인해 밀려오는 감정은 어마어마했다. 그중 그녀의 머릿속을 지배하는 생각은 단 한 가지뿐이었다.

보고 싶어, 진우야.

그가, 보고 싶었다.

                              * * *

"현재까지 진행 중인 상황입니다."

진우는 제 앞으로 내밀어진 서류철을 무감한 눈으로 바라보았다. 차갑고 냉랭하기 그지없는 시선이지만, 그의 앞에 선 남자는 움찔하는 기색도 없이 꿈쩍도 하지 않았다. 새삼스러울 것도 없었다. 남자도 이런 제 시선이 낯설지 않을 것이다. 앞에 서 있는 남자는 종범이 붙인 비서라는 명목의 감시자였으니까.

"간단하게 설명하세요."

진우는 건네받은 서류를 건성으로 살펴보며 성의 없이 말을 뱉었다. 사실 남자가 제게 할 수 있는 말은 없었다. 부지 매입도 제대로 이루어지지 않은 상황에서 처리할 수 있는 일은 아무것도 없었다. 그러니까 한마디로 남자는 지금 제게 어서 부지 매입을 진행하라고 종범을 대신해 압박하고 있는 것이었다.

그걸 알면서도 진우는 모르는 척했다. 리조트 개발이 진행될 부지에 가은 소유의 땅이 포함되었다는 사실을 알고 프로젝트 팀장 자리에 자발적으로 나서긴 했지만, 그 이상으로 무언가를 할 생각은 없었다. 애초에 팀장 자리를 꿰고 앉은 이유는 가은에게 말했듯, 이 프로젝트를 보란 듯이 무산시키기 위함이었다. 하지만 그런 의중을 들켜선 안 되었다. 자신의 역할은 지금까지 그랬듯, 무능하기 짝이 없는 허울뿐인 본부장의 역할을 철저하게 수행하는 것뿐이었다. 그러면서도 서툴게나마 회사 일을 배워 보려는 중이란 성의 정도를 표시해 준다면 더할 나위 없겠지. 진우는 머릿속으로 바삐 계산을 마치곤 여전히 자리를 지키고 서 있는 비서를 바라보았다.

"짧게 설명하라는 말 못 들었습니까?"

스스로 생각해도 능력이라곤 쥐뿔도 엿볼 수 없는 말이었다. 철호는 종범이 믿고 제게 붙인 비서인 만큼 호락호락한 상대가 아니었다. 그의 눈을 완벽히 속이기 위해선 한 가지 문제를 가지고도 수십 번, 수백 번 머리를 굴려야 했다. 지금쯤 우락부락한 덩치를 가진 철호가 속으로 자신을 얼마나 한심하게 생각하고 있을지, 보지 않아도 보이는 것만 같다. 하지만 진우는 그의 비웃음을 기껍게 받아들였다. 오히려 철호가 자신을 비웃어준다면 고마울 따름이었다. 그만큼 철호를 완벽히 속이고 있는 중이란 의미일 테니까.

"부지 매입이 원활하게 이루어지지 않아서 진행할 수 있는 일들이 매우 제한적입니다."

묵직한 목소리를 타고 흘러나온 말은 진우의 예상을 벗어나지 않았다. 다행히 아직 철호는 자신의 계획에 대해 조금도 눈치채지 못한 듯이 보였다. 진우는 더욱 천진한 표정을 지으며 어깨를 으쓱거렸다. 그러곤 표정에 걸맞은 말을 골라 툭 내뱉었다.

"그렇군요. 처음으로 관심이 생긴 일이라 저도 이것저것 열심히 해 보는 중인데, 쉽지가 않네요."

세상 물정 모르는 도련님으로서 군더더기 없는 말이었다. 역시나 철호의 콧잔등에 미세한 주름이 잡히는 게 보였다. 나름대로는 표정 관리를 하고 있는 거겠지만, 진우의 눈썰미를 피해가기엔 역부족이었다.

"오후에 다시 토지 소유주를 만나볼까 합니다. 오늘은 어떻게든 구워삶아 보려고 외모에 특히 더 신경 썼는데, 김 비서가 보기엔 괜찮은 거 같습니까?"

진우는 지금쯤 자신을 비웃고 있을 철호를 되레 비웃으며 다시금 제 목적을 이루기 위한 철없는 도련님을 자처했다.

"본부장님 외모야, 제가 왈가왈부할 부분이 있겠습니까."

이어진 철호의 반응은 진우의 예상을 벗어나지 않았다. 진우는 더욱이 천진하고 해맑게 웃었다. 그 뒤에 숨긴 진짜 모습은 가능한 한 오래도록 들키지 않길 바라며.

"하긴, 얼굴로 매스컴 탄 게 한두 번 있는 일도 아니고, 내가 괜한 걸 물었습니다. 그런 의미에서 오늘에야말로 꼭 좋은 소식 얻어내겠습니다."

마지막의 마지막까지 철없는 도련님으로서 무엇 하나 부족하지 않은 모습이었다.

* * *

"시저 샐러드는 그냥 양상추로 대체하기도 하는데, 제대로 갖추려면 로메인 상추를 쓰는 게 맞아."

가은은 제 앞에서 재료 손질을 하며 열심히 설명을 덧붙이는 해운을 빤히 바라보았다. 해운은 깨끗이 씻은 로메인 상추를 도마 위에 올려 뿌리를 썰어냈다. 그러곤 각각 이파리로 갈라진 상추를 한데 모아 한입 크기로 솜씨 좋게 잘랐다. 가은은 한마디 말도 없이 그 모습을 빤히 바라보았다. 잠깐이라도 집중을 흩트리고 순서를 놓치면 집으로 돌아가 홀로 레시피를 정리할 때 순서가 뒤

죽박죽이 되곤 했던 탓이다.

"이렇게 잘라서 그냥 바로 해도 되는데, 식감 살리려면 얼음물에 잠깐 담가두는 게 좋아."

지금처럼 사소한 듯하지만, 음식의 완성도를 높이는 노하우가 해운의 잇새를 타고 흘러나올 때면 미리 준비해 둔 공책에 적어두기도 했다. 이왕 시작한 일은 뭐든 완벽하게 하는 걸 추구하는 성격 때문이었다.

최근 가은은 해운에게 요리를 배우기 시작했다. 버킷 리스트에도 있는 내용이지만, 결정적으로 배우기로 마음을 먹은 건 진우 때문이었다. 진우를 향한 감정이 결코 가볍지 않다는 걸 깨달은 후, 가은은 진우에게 자꾸만 무언가 해주고 싶었다.

진우가 좋았다, 정말. 뒤늦게 깨달은 만큼 더 애틋하고 무엇보다 간절해서 매분 매초를 진우의 생각으로 가득 채웠다. 그러다 보니 진우에게 무언가 해주고 싶다는 생각이 드는 건 아주 자연스러운 절차였다. 그런데 문제는 아무리 생각해도 진우를 위해 할 수 있는 게 무엇일지 감이 잡히지 않는다는 것이다. 진우가 H그룹의 아들이란 사실까지 알게 된 마당에 물질적인 걸 해주겠다고 나서는 건 우습기만 할 뿐이리라. 한참을 고민한 끝에 내린 결론은 진우를 위한 음식을 직접 해주는 거였다. 버킷 리스트의 일부를 달성할 수 있는 기회이기도 했고, 무엇보다 태어나 처음 해 보는 일이 진우를 위한 거라면 의미 있을 것 같았다.

"음, 그리고 그냥 로메인 상추로만 해도 되긴 하는데, 라디치오를 같이 곁들이는 것도 좋아. 일단 이렇게 두 가지를 섞으면 색감 때문에 눈으로 보기에도 좋고, 지금이 라디치오 먹기 가장 좋을 때기도 하거든.”

　가은은 잠시 빠져들었던 상념에서 벗어나 해운의 말을 급히 노트에 적었다. 해운의 설명은 그 뒤로도 길게 이어졌다. 지난번에 먹었던 파스타나 된장찌개만 보아도 보통 실력이 아니란 건 느끼고 있었지만, 막상 겪은 해운의 요리 실력은 상상한 것보다 훨씬 더 수준급이었다. 요리를 배우겠다고 학원에 나가는 건 내키지 않았는데, 그런 찰나에 아주 좋은 선생님을 얻은 셈이었다. 하지만 해운이 이렇듯 제게 내줄 수 있는 시간은 많지 않았다. 앞서 받았던 두어 번의 수업도 그가 짬을 내어 겨우 진행해 준 거였다. 해운의 입장에선 얼마 없는 휴일을 제게 투자한 것이나 다름없었기에 가은은 없는 열의까지 만들어 임해야 하는 게 맞다고 생각했다.

　가은은 그 마음을 곱씹으며 다시금 해운의 말에 집중했다. 한껏 긴장했던 몸이 풀어진 건 샐러드가 거의 완성에 가까워졌을 때였다. 드레싱을 뿌리는 일만 앞두고 있을 때, 별안간 주머니에 넣어두었던 핸드폰이 진동하는 게 느껴졌다. 원래였다면 해운에게 미안해서라도 가볍게 무시했을 텐데, 그럴 수가 없었다.

　“미안한데 잠깐만요.”

　가은은 급히 양해를 구했다. 그러곤 핸드폰을 꺼내 들었다. 지수일 리는 없었다. 지수는 이미 수업이 끝나고 집에 와 있는 상황이었으니까. 더욱이 자신이 이곳에서 해운에게 요리를 배우고 있다는 사실까지 알고 있으니 할 말이 있었다면 해운의 집으로 직접 찾아왔을 것이다. 방금 그 진동은 분명 진우일 거란 확신이 밀려왔다.

[한가은 뭐 해?]

메시지 내용을 확인한 가은의 입매가 속절없이 휘어졌다. 드레싱을 뿌리려다 말고 멈춰 선 해운의 눈동자가 가은에게 향해 있다는 건 조금도 느끼지 못했다. 가은은 분주히 손가락을 놀렸다.

[뭐 좀 하고 있어. 넌?]

재빨리 답장을 보냈다. 그러기 무섭게 핸드폰이 진동했다.

[너 보고 싶어서, 지금 너한테 가려고. 그래도 돼?]

가은은 저도 모르게 환한 미소를 입가에 걸었다. 기다리고 기다리던 말이었다. 마지막으로 진우를 본 게 함께 저녁을 먹었던 날이고, 그날은 벌써 보름이나 더 지난 과거였다. 가은은 서둘러 메시지를 적었다.

[응. 돼.]

건조하게만 보일지 모를 말이지만, 가은에겐 할 수 있는 최선이자 최대의 표현이었다. 그걸 진우가 모르지 않을 거라고, 가은은 굳게 믿었다. 핸드폰은 금세 또 진동했다. 액정 위에 뜬 메시지는 가은을 더욱 기쁘게 했다.

[금방 갈게. 조금만 기다려.]

가은은 답장하지 않았다. 진우는 '응.'이라는 짧고 사소한 답장에도 그냥 넘어가는 법이 없었다. 메시지 내용 없이 이모티콘이라도 하나 더 보내며 언제나 그녀가 연락을 마무리할 수 있게 했다. 그러니 지금 또 대답을 적어 보낸다고 한들 제게 달려오겠단 그의 길목을 방해만 할 뿐일 것이다. 가은은 핸드폰을 주머니에 넣곤 해운을 바라보았다.

"드레싱만 뿌리면 끝인 거죠?"

전에 없이 목소리에 생기가 돌았다. 해운은 그런 가은의 모습에 짧게 피식거리곤 고개를 끄덕였다.

"응. 맞아."

"그럼 오늘은 이만 가 볼게요. 할 일이 생겨서요."

그 말을 끝으로 가은은 급히 뒤를 돌았다. 신발을 꿰어 신고 현관을 나서기까지, 해운은 그녀의 뒷모습에 시선을 떼지 않았다.

"좋아서 달려오고 있겠네."

가은을 보고 있는데 친척 놈의 얼굴이 아른거리는 것만 같았다. 얼빠진 놈처럼 환하게 웃으며 달려오고 있을 진우의 얼굴이. 그래서 해운은 감히 간절하게 바랐다.

"제발 이 순간이 오래갔으면 좋겠다."

어쩌면 생에 유일한 행복일지도 모를 지금 이 순간이, 가능한 한 오래도록 지속되기를. 그게 다른 사람도 아닌 진우의 행복이라면 해운은 손이 닳고 닳을 때까지 빌 수 있었다.

* * *

가은은 가벼운 외투를 걸치곤 아파트 단지 앞을 서성거렸다. 진우가 출발하겠다고 한 게 조금 전의 일이니 도착하기까지는 제법 시간이 걸릴 것이다. 그걸 알면서도 가만 앉아 있을 수가 없었다. 보고 싶었다. 조금이라도 빨리, 그를 눈에 담고 싶었다.

멀리서 진우의 차가 보이기 시작한 건 단지 앞을 서성거리고 30분쯤 지난 후였다. 지하 주차장으로 방향을 잡던 차가 별안간 속도를 줄이더니 이내 멈추어 섰다. 그러곤 스르르 창문이 내려왔다.

"……."

가은은 입술을 꾹 물었다. 내려간 창문 사이로 진우의 얼굴이 선명하게 보였다. 그를 눈에 담기 무섭게 입꼬리가 간질거렸고, 금방이라도 미소가 지어질 것 같았다.

"나 기다렸어?"

그가 환하게 웃음이 피어오른 얼굴로 담백하게 물어왔다. 가은은 쉽사리 입술을 움직이지 못했다. 분명 그렇게나 보고 싶었으면서 바보처럼 왜 보고 싶었단 말 한마디를 못 하는 건지. 그러나 꼭 대답하고 싶었다.

응. 기다렸어, 널. 여기 이 자리에서 네가 오기만을. 쭉, 기다리고 있었어.

그렇게 꼭 말해주고 싶었다. 앞선 마음과 달리 긴장한 입술에선 쉽사리 힘이 빠지질 않았다. 하지만 기어이 용기를 내었다. 서툴지만 그렇게라도 한 발짝씩 진우에게 다가가고 싶었다.

"……보고, 싶었어."

그렇게나 나오지 않던 말을 막상 뱉고 나니 별것도 아니란 생각이 든다. 그러게. 별것도 아닌 그 한마디 뱉는 게 뭐가 이렇게도 어려운지. 근데 가은은 별것도 아닌 하나를 해내는 것도 쉽지 않았다. 평생 마음의 문을 닫고만 살았으니, 이렇게 한 걸음 다가가는 것조차도 쉽지가 않은 것이다. 그러나 그 힘든 일을 결국에 해낸 이유는 단 하나였다. 환하게 웃는 진우의 얼굴이 보고 싶어서.

"많이, 보고 싶었어."

그녀의 진심을 들은 진우는 여지없이 행복한 얼굴을 하고 있었다. 그걸로 가은은 행복했다. 지금까지와는 다른 무언가를 진우에게 안겨 준 기분이다. 돈이 아닌 보고 싶다는 말 한마디, 그걸로 진우가 행복할 수 있다면 가은은 앞으로도 계속 속삭여 주고 싶었다.

* * *

[언니. 나 옆집 오빠랑 저녁 먹고 올게! 친구네 집에서 자고 올 수도 있을 거 같은데, 이건 확실하지 않으니까 다시 연락 줄게!]
  가은은 집에 들어오기 무섭게 울린 핸드폰 액정을 멍하니 바라보았다. 집에 들어왔을 때만 해도 피곤하다며 방으로 들어간 지수가 보내 온 메시지였다. 피곤하다고 울상을 할 땐 언제고 갑자기 해운과 저녁을 먹고 친구네 집에서 자고 올 수도 있다니. 갑자기 돌변한 지수의 태도가 당황스러웠지만, 이내 그게 자신을 배려한 지수의 마음이란 걸 알 것 같았다. 가은은 사르르 미소 지었다.
  "뭐가 그렇게 좋아?"
  별안간 진우의 말소리가 위에서 쏟아졌다. 번쩍 고개를 들자, 자신을 유심히 바라보고 있는 진우의 얼굴이 보인다. 가은은 급히 핸드폰을 숨겼다. 애초에 진우의 관심은 오로지 제게만 향해 있었지만, 진우가 지수의 메시지를 보기라도 할까 봐 마음이 조급해졌다. 진우에게 들켜선 안 되는 내용이 있는 것도 아닌데 괜히 기분이 이상하다. 꼭, 진우와 단둘이 집에 있기 위해 제가 지수를 쫓아낸 것만 같은 기분이다. 가은은 괜스레 뒤로 한 걸음 물러나며 고개를 저었다.

"아니야. 아무것도."

다행히 진우는 더 이상 곤란한 질문을 해 오지 않았다. 신발을 벗고 집 안으로 들어서는 그의 걸음엔 어색함이란 없었다. 가은은 진우를 따라 급히 제집으로 들어갔다.

"근데 배 안 고파? 같이 저녁이나 먹으러 가려고 했는데."

진우는 거추장스러운 정장 재킷을 벗으며 가은을 흘긋 보았다.

"너, 배고파?"

가은은 진우를 만나자마자 당연하게 올라가자고 말을 했다. 당연했다. 평생에 가까운 시간을 집에서만 보냈으니, 그녀에겐 집 밖에서 할 수 있는 모든 일들이 생소했다. 진우를 만나 저녁을 먹으러 간다거나 카페에 가는 일 같은 건 가은으로선 쉽게 떠올릴 수 없는 이야기였다.

"응, 조금. 점심을 부실하게 먹었더니 허기지네."

진우의 말에 가은은 등 뒤로 숨긴 손을 꼼지락거렸다. 허기진다는 진우의 말이 뭐라고 가슴이 설렜다. 꼼지락거리는 정도에 그치던 손끝은 자꾸만 움찔 떨렸다. 해운에게 몇 번 요리를 배우면서 연습했던 칼질의 느낌이나 칼의 그립감이 손끝에 아른거린 탓이다. 언젠가 진우에게 직접 음식을 해주고 싶단 생각으로 시작한 일이긴 하지만, 그 기회가 이렇게 빨리 올 줄은 몰랐는데.

"저녁, 해줄까?"

가은은 상기된 목소리로 물었다. 그러자 진우가 눈을 휘둥그렇게 뜨며 되물어온다.

"집에서 시켜 먹자고?"

아무래도 가은의 말을 잘못 이해한 듯했다. 가은은 고개를 절레

절레 저으며 다시금 말했다.

"아니, 내가 하려고."

"뭘, 저녁을?"

"응."

"너 요리 못하는 거 아니었어?"

진우가 한껏 놀란 얼굴로 물었다. 어지간히도 놀란 모양이다. 필터라곤 전혀 거치지 않은 목소리가 가은의 정곡을 찔렀다.

가은은 괜스레 주눅이 들었다. 그렇지 않아도 자신이 있는 건 아니었다. 해운에게 배운 뒤 복습을 열심히 하긴 했지만, 그래 봐야 해운에게 배운 건 3번 정도에 불과하고 연습을 많이 했다고는 해도 여전히 미숙했다. 순간 괜한 말을 했나, 하는 생각이 들었다. 그렇게 묵묵히 자리만 지키고 서 있길 수 분. 가은은 양손을 꾹 움켜쥐며 바짝 긴장한 입술을 움직였다.

"다 잘하는 건 아닌데, 그래도 할 줄 아는 거 있어."

소심한 목소리에 좁쌀만 한 용기가 실려 있었다. 그걸 눈치챈 진우가 얼떨떨한 표정을 지었다. 선뜻 말을 잇지는 못했다. 뭘 해주려는 건지. 그것보다 갑자기 왜 요리를 해주겠다는 건지에 대한 생각이 머릿속을 복잡하게 만들었다. 하지만 곧 평소와 다름없는 부드러운 미소를 입가에 매단 채로 고개를 끄덕거렸다.

"그래. 뭘 해줄지 모르겠지만, 기대할게."

장난스러운 목소리가 짓궂은 음색을 띠고 있었다. 갑자기 요리를 하겠단 그 이유가 뭐 그리 중요할까. 그가 집중해야 할 건 갑자기 요리를 해주겠다는 사실이 아니라 뭐가 됐든 가은이 자신을 위해 '무언가'를 한다는 것이었다.

가은은 흔쾌한 진우의 반응에 퍽 긴장한 듯했지만, 곧 고개를 끄덕이며 주방으로 향했다. 해운에게 배운 것들을 떠올리며 분주하게 움직이길 얼마쯤 반복했을까. 어느덧 긴장을 잊은 예쁜 얼굴로 해사한 미소가 감돌았다.

* * *

가은의 이마 위로 땀이 송골송골 맺혔다. 혼자 요리하는 일은 생각보다 쉽지 않았다. 그동안과 다른 게 있다면, 언제나 함께하던 해운이 아니라 진우가 곁에 있다는 것뿐인데, 거기서 오는 심적 부담감이 꽤 컸다. 더욱이 지금처럼 진우가 바로 뒤에 서서 다정한 시선을 보내올 때면 더욱이 긴장되었다.

“이건 뭐 하는 거야?”

진우는 신기한 듯 바라보며 물었다.

“……샐러드.”

웅얼거리는 목소리엔 어쩐지 자신감이 없어 보였다. 별 뜻 없이 물어본 건데 그것마저도 부담스러운 모양이다.

진우는 한 걸음 뒤로 물러나 가은을 지켜보았다. 배달 음식을 자주 시켜 먹는 것 같기에 요리엔 담을 쌓고 지내는 모양이라고 생각했는데. 썩 틀린 예상 같진 않았다. 칼질하는 손길이나, 재료를 다듬는 사소한 손짓 모두가 서툴렀다. 그럼에도 진우는 그런 가은이 사랑스럽기만 했다. 요리와는 담을 쌓고 지내던 여자가 제게 저녁을 해주기 위해 서툴게나마 무언가를 한다는 게, 퍽 감동적이었다.

오늘 무슨 일이라도 있던 걸까?

진우는 오늘 가은을 마주한 순간부터 지금까지 줄곧 얼떨떨하기만 했다. 아파트 단지 앞을 서성이며 자신을 기다리고 있던 모습부터 보고 싶다고 이야기하던 수줍은 입술과 자신을 위해 요리하는 서툰 손길까지. 무엇이 그녀를 이렇게 변화하게 한 건지 의문이었다.

진우에게 가은은 말 한마디 섞는 것도 쉽지 않은 여자였다. 생각했던 것보다 훨씬 폐쇄적이고 방어적인 사람. 그게 진우가 그간 가은을 지켜보며 내린 결론이었다. 그렇게 생각하면서도 가은의 곁을 서성거렸던 건 그럼에도 불구하고 가은과 함께하고 싶었기 때문이다.

언제부터 이런 마음이 들기 시작했는지는 기억이 나지 않았다. 러시아에서는 분명 충동적으로 벌인 행동이 많았고, 작정하고 해운의 집으로 들어갈 때까지만 해도 가은을 골려주고 싶은 마음이 더 컸는데. 그런데 달리 생각해 보면 러시아에서도, 해운의 집에 들어오고 나서도, 충동 속엔 호기심이 있었고 짓궂은 마음속엔 설명 못 할 끌림이 있었다.

시작은 선우와 닮은 가은의 모습에서 비롯된 것일 테지만, 어느 순간부터 진심으로 가은을 지켜주고 싶었다. 모든 것이 서툴기만 한 그녀를 이끌고 품을 때마다 진우는 살아 있음을 느꼈다. 살면서 유일하게 소중했던 사람인 선우를 지키지 못했던 무능할 뿐인 스스로가, 가은과 함께할 때면 그래도 조금쯤은 쓸모 있는 사람처럼 여겨졌다. 아마도 그래서 자꾸만 가은이 보고 싶었던 모양이다. 살아 있으면서도 살아 있는 것 같지 않던 자신이 가은을 마주하고 있을 때만큼은 살아 있다는 걸 실감하곤 했으니까.

진우는 새삼 정말 가은을 놓쳐선 안 되겠다는 생각이 들었다. 이렇게 절대적인 이유로 사랑하게 된 여자인데, 어떻게 놓칠 수가 있을까. 그 생각을 마음속에 굳게 다지고 있는데 별안간 가은의 말소리가 들려왔다.

"다 됐다."

말소리를 따라 시선을 돌리니 어느새 샐러드의 모양을 갖춘 음식이 접시에 담겨 있는 게 보였다.

가은은 샐러드가 담긴 접시를 조심스럽게 들곤 뒤를 돌았다. 그녀의 바로 등 뒤에 진우가 서 있다는 건 까맣게 잊은 듯 거침없는 움직임이었다. 그 탓에 진우는 엉덩이를 뒤로 쭉 빼야만 했다. 가은이 들고 있는 접시가 제 몸에 부딪쳐 바닥으로 떨어지는 불상사는 없어야 했으니까. 그런데 가은을 배려한 그 행동이 예기치 못한 자세를 만들어내고 말았다. 뒤로 쭉 빠진 엉덩이와 다르게 상체는 가은의 쪽으로 한껏 기울었다.

"……."

갑작스러운 침묵이 두 사람을 감쌌다. 누구 하나 선뜻 말문을 뗄 수도 없었다. 사소하게나마 입술을 움직였다간 당장에라도 입술과 입술이 부딪칠 거 같았으니까.

"……아, 미안."

진우가 푹 가라앉은 목소리로 사과를 했다. 어딘지 모르게 그르렁거리며 남긴 여운이 순식간에 분위기를 달아오르게 만들었다. 더욱이 한 발짝도 뒤로 물러나지 않는 진우의 몸집이 가은에겐 가히 위압적이었다.

"어, 어……."

가은은 얼떨결에 대답했다. 하지만 좀처럼 어떻게 해야 할지는 알 수가 없었다. 애써 시선을 피하고 있었지만, 별안간 열기를 내뿜기 시작한 진우의 시선이 너무 적나라했다. 절로 침이 꼴딱 넘어갔다. 숨을 쉬는 일조차 조심스럽기 그지없다. 사소한 것 하나라도 진우를 자극했다간 그의 시선보다도 더욱 뜨거운 시간을 보내게 될 것 같았다. 팽팽한 긴장감을 힘주어 끌어당긴 건 진우였다.

"한가은."

진우의 잇새를 타고 뜨거운 숨결이 새어 나왔다. 가은은 어깨를 바르르 떨면서도 본능적으로 진우를 향해 눈동자를 들었다. 그의 눈동자가 탁한 빛을 띠고 있었다. 정염에 휩싸인 채 금방이라도 이성을 잃을 포식자로 돌변할 것 같았다. 그 생각이 틀리지 않았는지, 진우가 갈등하는 게 느껴진다. 이대로 본능에 취할 것인지, 그게 아니라면 어떻게든 이성의 끈을 붙잡을 것인지. 그의 선택이 어느 쪽이든 가은은 거절하지 못할 것이다. 그와 함께하는 행위가 무엇이든 상관없었으니까. 상대가 이진우라면. 다른 누구도 아닌 이진우와 함께하는 일이라면 그게 무엇인지는 중요하지 않았다.

"……."

진우의 숨결은 온도가 낮아질 줄을 몰랐다. 이대로 침실로 향하게 될까. 가은은 들고 있던 접시를 흘깃 보았다. 해운과 만들었을 때보다는 아니지만, 그래도 처음 해 본 것치곤 꽤 훌륭한 비주얼이었다. 비주얼만큼 평균 이상의 맛이 있을지는 알 수 없지만.

그걸 확인해 보려면 먹어 보는 것 말곤 방법이 없는데 그럴 수 있을지 미지수였다.

가은의 시선이 다시금 진우를 찾아 움직였다. 진우에게서 느껴지는 열기는 좀 전보다 더했으면 더했지 덜하지 않았다. 아무래도 체념해야 할까. 제 손으로 직접 만든 음식을 먹는 진우의 모습도 꼭 보고 싶었는데.

가은은 흐리게 입술을 삐쭉거렸다. 직접 한 음식을 진우가 먹지 않는다면 아쉬울 것 같긴 했지만, 그렇다고 기분이 나쁜 건 아니었다. 진우에게 음식을 해줄 수 있는 날이 오늘뿐이지는 않을 테니까. 길어진 침묵에 결국 체념을 한 가은이 싱크대 위로 접시를 내렸다. 그때, 별안간 진우가 가은의 손목을 붙잡았다.

"하."

그러곤 가은의 목덜미에 얼굴을 묻은 채 짙은 한숨을 내쉰다. 떨어져 있으면서도 뜨겁게만 느껴지던 열기였다. 그게 고스란히 목덜미로 쏟아지자, 가은은 진우의 입술이 닿은 자리가 타들어 가는 것만 같았다.

"······한가은."

이러지도 저러지도 못한 채 진우에게 목덜미를 내주고 있는데, 한풀 꺾인 진우의 목소리가 들려왔다. 가은은 경직된 목소리로 짧게 대답했다.

"응."

"넌 왜 이렇게까지 나한테 자극적이야."

"······응?"

"나한테 왜 이렇게까지 자극적이어서 저녁 차려주겠단 여자를 두고 이상한 생각을 하게 만드느냐고."

진우는 미안한 마음에 고해성사를 하는 것 같으면서도 묘하게 타박을 하고 있었다. 가은은 어리둥절했다. 왜 이렇게 자극적인 거냐는 진우의 타박에 할 말이 없었다. 진우를 유혹하려는 마음이 조금이라도 있었다면 타박도 달게 들을 텐데, 진우를 자극할 만한 일은 단 한 가지도 한 게 없었으니, 이걸 무어라고 대답하면 좋을까. 바보처럼 혼자 끙끙거리고 있는데, 진우의 웃음소리가 옅게 들려온다.

"말도 안 되는 소리 지껄이고 있는 건데 이젠 화도 안 내네."

"……응."

"왜? 나 방금 전까지 되게 짐승 같은 생각 했는데."

여전히 욕구를 말끔히 지우지 못한 목소리가 그르렁거렸지만, 그래도 기분 좋은 웃음이 실려 있는 걸 보니 한결 가라앉은 것 같았다. 장난스럽게 왜 자신을 혼내지 않느냐 묻는 것만 봐도 그가 조금이나마 여유를 찾았다는 걸 알 수 있었다. 가은은 진우를 따라 나지막이 미소 지었다. 그러곤 솔직한 제 마음을 드러냈다.

"화 안 나."

"왜?"

"너니까."

"어?"

"너라서, 화 안 난다고."

진솔한 고백이었다. 그게 또 진우를 자극이라도 한 건지 목덜미로 느껴지는 숨이 덥게 느껴졌다. 가은은 이제 아무래도 좋았다. 진우가 이대로 자신을 끌고 침실로 향한대도 상관없을 것 같았다. 제 말 한마디에 이렇듯 솔직한 반응을 보인다면, 그의 마음을 의심할 여지가 없었으니까.

팔목을 어루만지던 진우의 손길이 차츰 위로 올라왔다. 손목을 한번 움켜쥐던 그가 이내 가은의 손을 붙잡곤 그녀에게서 접시를 빼앗아 들었다. 이게 신호인 걸까. 모든 것에 서툴기 짝이 없는 가은은 진우의 사소한 행동에도 머릿속이 복잡하기만 했다. 다행히 그녀의 고민이 깊어지기 전에 진우가 상황을 정리해 주었다.

"먹자."

"응?"

"밥, 먹자고."

절대 떨어지지 않을 것 같던 그가 느릿하게 고개를 들었다. 그러곤 그녀와 시선을 맞춘다. 그의 눈동자는 여전히 갈망하고 있었다. 하지만 굳게 마음먹은 듯 턱에 한껏 힘을 주고 있으면서도 흐트러진 가은의 머리카락을 정돈해 주었다.

"네가 처음으로 해 준 저녁인데 그걸 망칠 순 없잖아."

"……."

"코로 들어가는지 입으로 들어가는지도 모르고 먹을 것 같긴 한데, 그래도 이렇게 분위기 잡아보는 것도 나쁘진 않지."

진우는 아쉬운 마음을 표현하며 뒤로 한 걸음 물러났다. 그러더니 알 수 없는 말을 내뱉었다.

"그래도 이 정도는 괜찮겠지?"

가은은 물끄러미 진우를 올려다보았다. 그의 의중을 알 길이 없었다. 하지만 곧 이어진 그의 행동으로 그 말의 뜻이 무엇인지 어렵지 않게 이해할 수 있었다.

쪽.

 이마 위로 부드러운 느낌이 스며들었다. 진우의 입술이 이마에 닿는 순간, 가은은 저도 모르게 눈을 질끈 감았다. 짧은 입맞춤임에도 낙인이라도 찍힌 것처럼 입술이 닿았다 떨어진 자리가 뜨겁게 타올랐다. 이마에 입을 맞춘 것이 도대체 뭐라고.

 가은은 짧은 그 입맞춤 한 번에 온몸이 따뜻해지는 걸 느꼈다. 심장에서부터 정의 내릴 수 없는 감정이 몽글몽글 피어오른다. 입술 위로 씨앗이 심어진 기분이었다. 움트기 직전의 봉오리처럼 한껏 다물고 있던 입술이 이내 눈부시게 피어났다.

 한껏 휘어진 입술 곳곳에 숨길 수 없는 마음을 덧바른 채, 가은은 진우를 향해 다가갔다. 어디에서 난 용기인지, 그 출처를 파악하기도 전에 진우에게 입을 맞추고 말았다. 몽롱하던 정신이 현실로 돌아온 건 이미 진하게 입을 맞춘 후였다. 선명하게 돌아온 감각이 부끄러운 감정을 진하게 몰고 왔다. 선뜻 눈을 뜰 수가 없는데, 제 허리를 힘껏 끌어안은 진우에게서 해맑은 웃음소리가 전해져 왔다. 그제야 가은은 천천히 눈꺼풀을 들어 올렸다. 진우에게 안겨 있던 터라 보이는 거라곤 그의 너른 어깨뿐인데, 푸슬푸슬 웃음이 새어 나왔다.

 뭐가 이렇게 좋을까, 도대체. 스스로에게 넌지시 물어보았다. 하지만 딱히 답은 나오지 않았다. 그냥, 가은은 행복했다.

 "……나는, 네가 좋은가 봐, 정말."

 저도 모르게 고백의 말을 내뱉을 만큼. 가은은 진우의 허리를 꽉 끌어안았다.

* * *

　조금은 늦은 저녁.

　가은과 진우가 향한 곳은 근처 영화관이었다. 제안을 한 건 진
우였고, 가은은 그의 제안을 흔쾌히 승낙했다. 뭐든 해 보고 싶
은 건 많았다. 늦게나마 자유를 되찾았으니, 마음만큼은 이제라
도 나열할 수도 없을 정도로 많은 사소한 모든 것들을 해 보고 싶
었다. 그러나 생각과 달리 마음 한구석에 자리 잡은 두려움이 언
제나 가은의 발목을 붙잡았다. 혼자서는 어떤 것도 할 엄두가 나
지 않았다. 그런데 신기하게도 진우와 함께라면 그 무엇도 할 수
있을 것 같았다.

　"보고 싶은 영화 있어?"

　가은이 주변을 분주히 두리번거리던 것을 멈추곤 진우를 보았
다. 그의 손에 이끌려 생각 없이 걸었던 것 같은데 어느새 티켓
발권기 앞이었다. 가은은 습관처럼 입술을 달싹거리다 이내 힘주
어 꾹 다물었다. 그대로 소리를 내었다면 또 아무거나 다 좋다는
말이나 했을 것이다. 사실 그게 가은의 진심이었다. 정말 아무거
나 보아도 상관없었다. 그런데 이상하게도 그 말이 하고 싶지 않
았다.

　가은은 다시금 주변을 둘러보았다. 각자 짝을 이룬 커플들이 심
심치 않게 보였다. 서로 다른 사람들이었지만, 신기하게도 그들이
짓고 있는 표정은 대개 비슷했다. 소소한 행복을 마음껏 즐기고
있는 모습. 그것만큼은 단 한 명의 예외도 없이 공통되었다.

　가은은 문득 궁금해졌다. 과연 제 모습도 저들과 같아 보일까.

다정하게 붙어 있는 저기 저 커플들처럼, 자신과 진우도 누군가의 눈엔 소소한 행복을 누리고 있는 커플처럼 보일까. 가은은 고개를 아래로 숙이며 씁쓸한 미소를 지었다. 아니, 그렇게 보이지 않을 것 같았다. 적어도 자신은, 저들과 같은 모습일 것 같지 않았다. 그래서 가은은 처음으로 제 목소리를 내 보겠다고 마음을 먹었다.

"이진우, 나……."

"응."

"나, 이거."

가은은 검지 끝으로 티켓 발권기 화면 한쪽을 가리켰다. 그녀가 가리킨 건 남녀가 다정하게 선 채로 밝게 웃고 있는 포스터였다.

"이거 보고 싶어."

"이거?"

"응."

가은은 서툴게 고개를 끄덕였다. 그런 그녀를 진우가 기분 좋게 내려 보았다.

"그래, 이거 보자."

그러곤 망설임 없이 가은이 원하는 영화의 티켓을 발권했다.

* * *

"얼른 들어가."

"……응."

영화를 보고 나오자 제법 늦은 시간이 되었다. 가은은 집 앞에 멈춰선 진우의 차에서 내리는 게 아쉬웠다. 이미 응, 이라고 대답을 했으면서 선뜻 차 문을 열지 못했다. 무릎 위에 가지런히 올린 가은의 손이 꿈지럭거렸다. 그걸 물끄러미 바라보던 진우가 말갛게 웃으며 그녀의 손을 꼬옥 감싸 쥐었다.

"금방 또 올게."

"……."

"이번처럼 너무 오래 걸리지 않을게."

설레발일 수도 있었다. 차에서 내리지 않는 그녀의 마음이 무엇일지는 짐작만 할 뿐이니까. 하지만 진우는 자신이 전한 말이 정답이길 바랐다. 대답은 쉬이 돌아오지 않았다. 긴 기다림 끝에 찾아온 가은의 목소리는 진우의 입술을 속절없이 휘게 만들었다.

"……응."

진우는 티 나지 않게 숨을 깊이 들이마셨다. 짧기만 한 가은의 대답을 들을 때마다 심장이 격렬하게 뛰었다. 이렇게 좋아도 되는 걸까. 자꾸만 가은이 좋아졌다. 하루하루 점점 더 많이. 가은이 이렇듯 마음의 문을 열고 제게 다가오기 시작하면서부터는 그렇지 않아도 하루가 다르게 커지던 마음이 폭주하는 것만 같았다.

진우는 들어가란 말을 하고도 가은을 보내기 싫었다. 그러나 달리 방도가 없었다. 가은이 아닌 자신이 문제였다. 아마 지금쯤 종범은 자신이 가은을 만난 것부터 몇 시에 영화관을 갔고, 뭘 보았고, 또 가은을 집에 바래다준 시간은 몇 시쯤인지 전부 보고받고 있을 터였다. 그렇게 생각하면 지금껏 아무런 연락이 없는 게 되레 용했다. 그간 겪어온 부친이라면, 진작 연락을 취하거나 철호를 통해 자신을 집으로 불러들였을 것이다.

종범이 자신을 봐주는 이유는 어렵지 않게 짐작할 수 있었다. 첫째는 선우를 잃어봤기에 너무 몰아붙이지는 말잔 마음에서 비롯된 것일 테고, 둘째는 이제야 겨우 회사에 마음을 좀 붙여보려는 자신을 자극해서 좋을 게 없다는 걸 알고 있을 것이다.

회사에 마음을 붙여보겠다는 건 완벽한 거짓이었지만, 거짓을 연기해 가은을 볼 수만 있다면 진우는 앞으로도 얼마든지 안면 몰수하고 거짓을 고할 생각이었다. 하지만 모든 준비를 끝마칠 때까지 이렇게라도 가은을 만나려면 이 이상 지나친 행동은 삼가야 했다. 종범에게 진짜 속내를 들키는 순간, 모든 건 물거품이 되고 말 테니까. 진우는 목 끝까지 차오른 한숨을 억지로 눌러 담았다. 그러곤 가은의 볼을 부드럽게 쓸어내리며 나지막이 속삭였다.

"이제 진짜 얼른 들어가."

"응."

"집에 도착하면 연락할게."

가은은 마지막 진우의 말에 차분히 고개를 끄덕였다. 헤어지고 싶지 않은 마음은 여전했지만, 더는 여유를 부려선 안 될 것 같았다. 억지로 차 문을 열고 내렸다. 그러자 진우가 창문을 내리곤 재촉했다.

"얼른 들어가. 들어가는 거 보고 갈게."

집이 바로 코앞인데 뭐가 그리도 걱정인 건지. 진우의 마음을 모르는 건 아니지만, 오늘은 가은도 진우의 말을 들어주고 싶지 않았다. 가은은 고개를 절레절레 저었다.

"오늘은 네가 먼저 가."

"그러지 말고 얼른 들어가. 너 들어가는 거 보고 가야 마음이 편하지."

"오늘은 너 말고 내가 마음 좀 편해 보려고. 그러니까 얼른 가."

애틋하기 그지없는 대화였다. 결국 백기를 든 건 진우였다.

가은은 멀어져 가는 진우의 차를 멀거니 바라보았다. 동시에 참았던 숨을 툭 내뱉었다.

"하아."

진우와 함께 있는 동안 내내 힘주고 있던 손에서 조금씩 힘을 풀었다. 온 힘을 다해 통제하던 모든 것을 놓아버리자 자유를 되찾은 몸이 기다렸다는 듯 불안하게 흔들리기 시작했다. 가은은 덜덜 떨리는 손을 들어 잠깐 사이에 식은땀으로 흥건히 젖은 이마를 훔쳐냈다.

"등신같이……."

답지 않은 거친 언사가 흘러나왔다. 입안이 썼다. 진우와 시간을 보내며 줄곧 괜찮은 척했지만, 괜찮지가 않았다. 진우와 함께하는 시간만이라도 괜찮고 싶어 죽을힘을 다해 노력했지만, 결국이 지경이 되고 말았다.

가은은 한 번도 진단을 받아 본 적이 없지만, 제 증상의 원인이 무엇인지 짐작하고 있었다. 우울증, 공황장애, 대인기피증. 하나도 아닌 셋씩이나 되는 게 아마도 자신의 병명이 아닐까 어렴풋이 생각했다. 어쩌면 이보다 더 많을지도 모르겠고 또 어쩌면, 자신은 짐작도 하지 못하는 병명이 진짜 문제일지도 몰랐다.

가은은 천천히 제 오른편으로 고개를 돌렸다. 그러곤 한참이나 같은 곳을 멍하니 응시했다. 얼마나 같은 자리에 서 있었는지는 알 수 없었다. 그저 온몸이 한기로 가득해졌을 때가 되어서야, 가은은 천천히 걸음을 돌렸다.

* * *

할 일로 가득 채워진 일상은 눈 한번 깜빡이는 사이에도 재빨리 지나갔다. 요즘 진우는 하루 24시간이 부족했다. 평생 동안 이렇게 바쁘게 살아본 적은 없었다. 그게 퍽 벅차기도 했지만, 기껍게 버텨냈다. 버텨야 할 이유가 넘치도록 충분했으니까. 오늘은 그 바쁜 일상에 달갑지 않은 스케줄이 끼어 있었다.

진우는 시간을 확인했다. 절대 다가오지 않길 바랐던 시간이 코앞으로 다가와 있는 게 보였다. 절로 한숨이 새어 나왔다. 똑똑. 그때 조용하던 집무실 안으로 노크 소리가 울렸다.

"들어오세요."

단조로운 허락 뒤에 곧장 문이 열렸다. 모습을 드러낸 건 철호였다.

"이제 출발하셔야 할 시간입니다."

예상했던 말이었다. 진우는 마지못해 자리에서 일어났다.

"장소는 정해졌나요?"

"청담동 한정식집입니다."

"알겠습니다. 가죠."

철호를 대할 땐 종범을 마주할 때 못지않게 긴장하고 있어야 한다는 걸 알지만, 마음처럼 되지 않았다. 곧 참석해야 할 자리를 떠올리기 무섭게 가슴이 답답해진 탓이다. 하지만 이 또한 견뎌내야 했다. 진우는 머릿속 가득 가은의 얼굴을 그려 넣었다. 어느 순간부터 몰아치는 일상에 지칠 때면 습관처럼 하는 일이었다. 그리고 오늘도 가은의 생각을 고집스럽게 붙잡으며 집무실을 나섰다.

* * *

약속 장소에 도착하기 무섭게 단아한 유니폼을 차려입은 중년 여자가 진우를 안내했다. 미로처럼 어지러운 길을 따라 걷다 멈춰 선 곳은 가장 안쪽에 자리한 미닫이문 앞이었다. 중년의 여자는 정중하게 노크를 하곤 진우가 들어갈 수 있도록 문을 열었다.

"늦었구나."

문이 열리자마자 종범의 목소리가 진우의 고막을 찌르고 들어왔다. 진우는 안으로 발을 들이며 습관처럼 입술을 움직였다.

"죄송합니다. 차가 막히는 바람……."

하지만 채 말을 끝맺지 못했다. 이해할 수 없는 상황이 눈앞에 펼쳐진 탓이었다.

"서둘러 앉지 않고 뭐 해."

종범의 타박이 이어졌지만, 진우는 옴짝달싹하지 못했다. 도통 이해할 수 없었다. 분명 오늘은 종범과 선영, 한마디로 의무나 다름없는 가족 식사가 약속된 날이었다. 그런데 정작 있어야 할 선영은 보이지 않고 그 자리에 낯선 여자가 앉아 있었다.

"어머니랑 같이 식사하는 자리인 줄로 알고 있었는데요."

진우는 본능이나 다름없이 경계심 가득한 목소리로 따져 물었다.

"그보다 더 중요한 자리야. 그러니까 어서 앉아."

원래라면 강압적인 종범의 말소리가 뒤따라야 맞건만, 오늘은 예외였다. 가당치도 않은 이 자리를 위해 꾸며낸 자상한 음성이 진우의 등을 떠밀었다.

진우는 고집스럽게 선 자리에서 움직이지 않았다. 평소와 달라도 너무 다른 종범의 모습이 지금 이 자리가 어떤 자리인지 대신 설명하는 듯했다. 방법이 있다면 당장 문을 박차고 나가고 싶었다. 하지만 달리 방법이 있을 리가 있을까. 애써 표정 관리를 하며 자리에 앉자 종범의 말이 곧장 이어졌다.

"K그룹 윤 회장님 딸, 소연 양이다."

K그룹, 윤소연. 들어본 적 있는 이름이었다.

진우는 맞은편 자리의 여자를 빤히 바라보았다. 여자는 나긋한 미소를 짓고 있었다. 자신이 오기 전까지 이 바닥에서 냉정하기로 소문난 종범을 독대하고 있었다고 보기엔 믿을 수 없을 만큼 편안한 모습이었다.

"안녕하세요. 윤소연이에요."

단아하게 끌어올린 여자의 입술이 청순한 외모와 잘 어울렸다. 하지만 진우의 마음을 흔들기엔 역부족이었다. 진우는 무감한 시선으로 여자를 바라보다 대꾸했다.

"이진우입니다."

무뚝뚝하기 그지없는 말씨에도 소연은 나긋한 미소를 잃지 않았다. 그게 종범의 마음을 꽤 사로잡은 모양이다.

"이 녀석이 나를 닮아 뻣뻣한 편이에요. 우리 안사람도 내가 뻣뻣하게 굴 때마다 잔소리를 아끼지 않는데, 우리 소연 양은 마음이 참 넓은 아가씨인 것 같네요."

종범이 소탈하게 웃으며 소연의 칭찬을 아끼지 않았다. 생전 제게도 선우에게도 하지 않았던 칭찬을, 피 한 방울 섞이지 않은 남에게.

진우는 마음이 점차 차게 식어가는 걸 선명히 느꼈다. 그게 얼굴 위로 고스란히 드러난다. 이렇게 제 페이스를 드러내서 좋을 건 아무것도 없는데. 그 생각 하나로 이미 드러난 진심을 억지로 숨기기 위해 노력하는데, 별안간 이어진 종범의 말소리가 정확히 진우의 뒤통수를 때렸다.

"올해가 가기 전에 두 사람 결혼식을 올리는 게 어떨까 싶구나."

진심을 감추려던 노력이 무색하게 진우가 혐오로 가득한 눈동자로 종범을 바라보았다.

"지금 그게."

"아직 진우 씨는 전해 들은 게 없는 모양이네요?"

진우가 무어라 말을 마치기도 전에 소연이 말을 자르고 들어왔다. 진우의 미간 위로 미세한 주름이 잡혔다.

"하하. 소연 양에게는 미안하게 되었어요. 이놈이 요즘 새로운 프로젝트 건으로 눈코 뜰 새 없이 바빠서 아비인 나도 얼굴 보기가 힘들지 뭡니까."

진우는 차게 식은 눈초리로 종범을 바라보았다. 인자한 척 가면을 뒤집어쓴 모습이 소름 끼쳤다.

"그래도 이렇게 자리 만들어 주셨으니 그걸로 충분해요. 회장님께서 저를 이렇게 따뜻하게 대해 주시니 그것도 너무 감사하고요."

"내가 소연 양을 따뜻하게 대하지 않을 이유가 있나."

"사실 내심 긴장했거든요. 회장님께서 워낙 냉정한 분이라고 소문이 자자해서."

"그거야 일할 때나 따라다니는 말이지, 나라고 늘 차갑기만 하겠어요? 더군다나 소연 양에게는 그렇게 할 일 없으니 너무 걱정 말아요. 며느리 사랑은 시아버지라는데. 암, 나만큼은 우리 소연 양 아끼고 예뻐해야지. 하하하."

며느리. 시아버지. 하아…….

진우는 한숨을 속으로 삼키며 소연과 종범의 대화를 가만히 듣고만 있었다. 이렇게 뒤통수를 칠 줄이야. 어쩐지 제 마음대로 설치고 다니는데도 이렇다 할 제재가 전혀 없다 싶던 참이었다. 그저 자신이 훌륭하게 눈속임을 하고 있는 모양이라고 믿었다. 그러기 위해 최선을 다하고 있었고, 철호 역시 자신을 바라보는 시선에 별다른 의심이 없었으며, 무엇보다 종범이 너무 잠잠했으니까. 문득 일전 종범에게 들었던 말이 떠올랐다.

'반드시 네 말대로여야 할 거다.'
'리조트 개발 건으로 회사 일에 마음을 붙여야만 할 거야. 혹여라도 그게 아니라 허튼짓이나 할 핑계로 리조트 개발을 이용하는 거라면.'
'그로 인해 벌어지는 그다음의 모든 일들을 충실하게 감당해야만 할 거야.'

언제부터 이런 말도 안 되는 일을 꾸미고 있던 것일까. 아니, 언제부터 제 계획을 눈치채고 있던 걸까. 진우는 꽉 움켜쥔 손바닥

안으로 땀이 배어나는 것만 같았다. 종범에게 모든 걸 들켰단 생각에 등골이 오싹해졌다. 당황한 눈꺼풀은 불안하게 들썩거렸고, 이마 위로 식은땀이 배어 나왔다. 이렇게 바보 같은 모습은 보여선 안 되는 건데, 이미 당황한 감각들은 의지의 영역을 벗어나 각자의 뜻대로 움직이고 있었다.

진우는 고개를 아래로 처박았다. 이런 행동조차도 의심을 사기에 충분하다는 걸 알지만, 지금의 표정을 들킬 바엔 의심을 사는 게 차라리 나았다. 적어도 컨디션이 좋지 않다는 핑계 정도는 댈 수 있을 테니까.

진우는 이성을 되찾기 위해 노력했다. 이럴 때일수록 정신을 바짝 차려야 했다. 지금 중요한 건 어디서부터 잘못된 것인지, 종범이 어디부터 어디까지를 눈치채고 있는 건지 파악하는 일이었으니까.

"인제에 리조트 개발을 추진 중이라고 들었는데, 진우 씨가 맡은 프로젝트가 그 건과 관련된 게 맞나요?"

"아직 진행된 게 많이 없는 일인데, 우리 회사에서 리조트 개발 건을 추진 중에 있다는 건 어떻게 알았어요?"

"제가 그 개발 건에 관심이 좀 있거든요. 주변 통해서 알음알음 소식 전해 들었거든요."

"하하. 소연 양이 우리 회사 일에 관심이 있다니 기분이 썩 나쁘진 않군요. 우리 진우가 소연 양 기대에 부응해야 할 텐데 말입니다. 안 그러냐."

별안간 두 사람의 시선이 진우에게 꽂혔다. 생각에 잠겨 있던 진우는 자못 놀란 채로 고개를 들었다. 곧장 마주한 종범이 소연 몰래 탐탁지 않은 얼굴을 하고 있었다.

진우는 본능적으로 종범의 표정을 낱낱이 살폈다. 제 태도가 불만스러운 건 맞는 듯했지만, 옆자리에 앉아 있는 여자를 신경 쓰지 않고 입을 꾹 다물고 있는 것에 대한 불만인 것 같았다. 거기까지 파악이 되자 불안하던 마음이 한결 놓였다. 진우는 마른침을 삼키며 표정을 지웠다. 괜한 오해를 사기 전에 똑바로 처신해야 했다.

"……최선을 다하는 중입니다."

종범이 원하는 대답을 순순히 내놓는 게 퍽 자존심이 상했지만, 지금으로선 방법이 없었다. 종범의 속을 전혀 파악하지 못하는 상황이니 언행을 조심할 필요가 있었다.

"늙은이가 젊은 사람들끼리 보내야 하는 시간을 너무 많이 뺏는 게 아닌지 모르겠어요."

별안간 종범이 의미심장한 말을 뱉었다. 진우는 말없이 종범을 응시했다. 대답은 소연이 맡았다.

"별말씀을요. 회장님과 함께해서 영광인걸요."

진우의 눈동자가 도로록 소연에게 향했다. 청순한 외모와는 다르게 똑 부러진 말씨였다. 종범을 의식하느라 느끼지 못했는데, 처세술이 제법이다. 종범의 비위를 맞추기 위해 아부를 떠는 것도 아니었고, 적당히 제 의견을 피력하되 거슬리지 않는 말들로 포장하는 게 수준급이었다.

"하하하. 그래도 이만 자리를 피해줘야지. 그래야 당사자들끼리 단란한 시간 보내면서 정도 붙이고 할 테니."

호탕하게 웃는 소리만 들어도 종범이 소연의 말을 기껍게만 들고 있다는 걸 알 수 있었다. 종범은 시원하게 자리에서 일어났다. 벗어 두었던 재킷을 챙기는 손길이 기분 좋아 보였다. 진우는 형식상 종범을 따라 자리에서 일어났다. 뒤따라 일어나긴 소연도 마찬가지였다.

"먼저 일어날 테니 두 사람 좋은 시간 보내요. 늙은이랑 시간 보내줘서 고마웠어요, 소연 양."

미닫이문 앞에 선 종범이 소연에게 악수를 청했다. 소연은 흔쾌히 종범의 손을 맞잡으며 가볍게 묵례를 했다.

"오늘 시간 내주셔서 정말 감사했습니다."

"감사하긴 내가 고맙지."

"다음번에 뵈면 아버님이라고 불러도 될까요?"

"아버님? 하하, 좋지요. 어차피 곧 듣게 될 말인데 미리 들어서 나쁠 거야 없지."

아버님이라.

진우는 소연의 말을 곱씹으며 입매를 비틀었다. 결혼이란 말은 오늘 이 자리에서 처음 들었을뿐더러 결혼할 상대 역시 처음 보는 자리인데, 서로를 대하는 소연과 종범의 태도는 이미 한 가족이나 다름없어 보였다. 이 자리 어디에도 자신의 의견 따위는 없다는 사실에 새삼 속이 뒤집혔다. 그럼에도 진우는 묵묵히 치미는 분노를 억눌렀다.

"그럼 두 사람 좋은 시간 보내고. 진우, 너는 소연 양 댁까지 바래다주고 와야 한다."

"전 괜찮아요, 회장님. 연락드리면 아버지 모시는 분께서 와 주실 거예요."

"이미 퇴근한 직원 번거롭게 할 필요가 뭐가 있어요. 이놈이 데려다주면 될 일인데. 부담 갖지 말고 편하게 자리 즐기다 가요, 소연 양."

소연은 종범의 권유를 두 번 거절하지 않았다. 비록 그것까지도 진우의 의중은 담겨 있지 않았지만, 깔아준 멍석을 굳이 거절하지 않겠단 태도였다.

진우는 맞붙인 입술에 더욱 힘을 주었다. 정략결혼이라, 이 바닥에선 너무나도 당연하게 행해지는 절차와도 같은 거라 언젠가 이런 날이 올 거라고 예상은 했지만, 생각보다 훨씬 더 기분이 더러웠다. 적어도 제게 미리 언질은 줬어야 하지 않았을까. 제 결혼을 저만 모르고 있었다니. 장님도 이런 눈뜬장님이 없었다. 그사이 종범은 룸을 빠져나갔다. 그제야 진우는 꽉 쥐고 있던 손에서 힘을 풀었다.

"어지간히 불만스러운 얼굴이네요?"

별안간 톡 쏘는 여자의 말소리가 들려왔다. 진우는 몸을 돌려 여자를 바라보았다. 여자는 어느새 앉아 있던 자리를 찾아 다리를 굽히고 있었다. 물 잔을 들어 목을 축이는 모양새가 종범과 함께 했을 때와 하나 다를 것 없이 여유로웠다.

"내가 마음에 안 들어요?"

연이어 물어오는 질문은 당돌하기 그지없다.

"이 바닥에서 나 마다하는 집안은 딱히 없는데, 의외네."

혼잣말인 척 내뱉은 말엔 자부심이 한껏 실려 있었다. 더불어 자신을 환영하지 않는 진우를 가소롭다는 듯 여기고 있었다. 진우는 몸을 돌려 소연을 똑바로 마주했다. 자리에 앉을 생각은 없었다. 종범의 말마따나 단란한 시간을 보낼 생각은 더더욱 없었고.

"미안하지만, 그쪽이 마음에 들고 말고와는 별개로 난 그쪽이랑 결혼할 생각이 없습니다."

"왜죠?"

"이유가 있어야 합니까?"

"그냥 궁금해서요."

여자는 대수롭지 않다는 말투였다. 하지만 이유를 듣고 싶단 고집이 어렴풋하게 느껴졌다.

"그쪽도 모르지는 않을 텐데요. 어차피 있는 집 자식으로 태어난 주제면 원하든 원하지 않든 언젠가 이런 식의 결혼을 하게 될 거란 거 알고 있잖아요."

반박할 여지가 없었다. 소연의 말은 두 사람이 앞으로 맞이하게 될, 지극히 현실적인 이야기였다. 하지만 진우는 그 말에 대꾸할 생각이 없었다. 소연의 말이 지극히 현실적인 이야기라고 하더라도 모든 일엔 늘 예외가 있는 법이었다. 그리고 진우는 그 예외의 영역에 발을 들이기 위해 수단과 방법을 가리지 않고 노력하는 중이었다.

"다음부턴 이렇게 마주하는 일이 없었으면 좋겠습니다. 어차피 하지도 않을 결혼인데, 이렇게 시간 뺏겨서 서로 좋을 건 없을 테니."

진우는 차분히 제 의중을 전했다. 이만하면 알아들었을 것이다. 똑똑한 여자인 듯 보이니 일언반구 변명도 없이 결혼을 거절당한 게 자존심이 상해서라도 귀찮은 일은 만들지 않을 것이리라. 그렇게 생각하며 막 뒤돌아선 참이었다. 등 뒤로 예상치 못한 말이 박혀 들었다.

"미안하지만, 나는 그쪽 말대로 할 생각이 없어요. 나는 그쪽이 꽤 마음에 들거든."

예상을 완벽히 벗어난 말에 막 고개를 돌린 찰나였다. 재킷 안 주머니에 넣어두었던 핸드폰이 바르르 진동했다. 습관처럼 핸드폰을 꺼내 액정을 확인했다. 그가 늘 애가 타게 기다리는 가은의 연락이었다.

[어디야?]

* * *

가은은 아일랜드 식탁 앞에 앉아 핸드폰을 멀거니 바라보았다.

[일이 좀 바빠서. 미안해. 이따 다시 연락할게.]

조금 전 진우에게서 도착한 메시지였다. 가은은 길지도 않은 메시지 내용을 몇 번이고 반복해 읽었다. 분명 진우에게서 도착한 것이 맞는데 어딘지 모르게 낯설었다. 내용도 자신이 물은 질문에 아귀가 맞지 않은 답이었다. 어디냐고 물었는데 일이 바쁘다니. 일이 바쁘다니 바쁜 줄 알면 되겠지만, 자신이 아는 진우라면 적어도 질문에 맞는 대답은 함께 곁들였을 것이다. 그게 회사나 집이라는 짧은 설명이라고 할지라도.

"뭘 그렇게 봐?"

별안간 낯설지 않은 목소리가 머리 위로 떨어졌다. 가은은 고개를 들었다. 잠깐 전화를 받고 오겠다며 자리를 비웠던 해운이 어느새 홈 바 앞에 서 있었다.

"아니요, 그냥……."

가은은 말을 얼버무렸다. 해운은 가은의 반응에 그저 어깨를 한 번 으쓱거렸다. 그러곤 따뜻하게 우린 캐모마일 차를 가은의 앞으로 내밀며 맞은편 자리에 앉았다.

"그건 그렇고 할 말이 뭔데?"

해운은 제 몫의 캐모마일 차를 한 모금 들이켜며 물었다. 그러면서도 아닌 척 가은의 표정을 세세히 살폈다. 자리를 비운 건 잠깐 사이일 뿐인데, 그새 가은의 표정이 어딘지 모르게 굳어 있었다. 반갑지 않은 연락이라도 받은 건가. 핸드폰에서 시선을 떼지 못하던 모습이 그런 것 같았지만, 꼬치꼬치 캐물을 생각은 없었다. 그간 지켜봐 온 가은은 방어기제가 강한 사람이었다. 그런 사람에겐 무엇이 됐든 원치 않는 이야기를 깊게 물어서 좋을 게 없었다. 그건 되레 방어기제를 더욱 강하게 만들 뿐이니까.

"무슨 일이길래 그래? 하기 어려운 말이야?"

그러면서도 해운은 은근히 돌려 물었다. 오늘은 예기치 않게 동기와 당직을 바꾸며 얻은 휴일이었다. 예상에 없던 변수로 생긴 날인 만큼 가은과 약속한 수업은 없었다는 말이다. 쉬게 되었단 말을 가은에게 따로 한 적 없으니, 가은도 자신이 집에 있을 거란 사실은 알지 못했을 것이다. 그런데 무슨 일인지 막 잠자리에 들려던 찰나, 가은에게 연락이 왔다.

[혹시 시간 좀 내줄 수 있어요?]

언제라는 언급은 없었지만, 빠르면 빠를수록 좋다는 말이 생략된 느낌이었다. 밀려오는 피로감이 무겁게 어깨를 짓눌렀지만, 해운은 기어이 자리에서 일어나 답장을 했다.

[지금 집이야. 지금이라면 시간은 될 것 같은데, 괜찮으면 건너올래?]

그 메시지를 보내고 얼마 지나지 않아 초인종 소리가 집 안을 울렸다. 그렇게 해서 만들어진 자리였다.

해운은 가은이 이 늦은 시각 제게 연락한 이유가 무엇일지 아주 궁금했다. 그간 내색한 적은 없지만, 줄곧 가은을 주시하고 있었다. 진우가 처음으로 관심을 둔 여자라는 것도 크게 한몫했지만, 그보다 더 큰 이유는 고인이 된 옆집 아주머니의 부탁으로 보았던 가은의 첫 모습을 잊을 수 없었기 때문이다.

어느 날 갑자기 옆집 아주머니가 찾아와 다급하게 부탁을 하기에 얼떨결에 발을 들였던 집이었다. 거기서 보았던 가은의 모습은 다시 생각해도 처참하기 짝이 없었다.

열이 펄펄 끓어 40도에 육박하는데도 가은은 미동조차 하지 않았다. 고열에 기절하듯 의식을 잃어 그럴 수도 있지만, 그렇다기엔 가은은 작은 신음 소리도 내지 않았다. 굳이 표현하자면, 그날의 가은은 마치 송장 같았다.

해운은 가은의 팔에 링거 바늘을 꽂던 그 순간을 잊을 수 없었다. 뼈밖에 남지 않은 손목은 앙상했고, 생기라곤 없었다. 손끝에 닿은 피부에서 뜨거운 열기가 느껴지지 않았다면, 해운은 한 치의 망설임도 없이 그녀를 죽은 사람이라고 생각했을 것이다. 그날 이후 아주머니의 부탁으로 시간이 날 때마다 가은을 멀리서라도 지켜보기 시작했다.

가은의 일상은 별게 없었다. 아주 가끔 이삼십 분 남짓 동네 산책을 했고, 또 아주 가끔은 아파트 단지 앞 카페에 가서 커피를 마시며 책을 읽었다. 겨우 그 정도였다. 이제 막 피어나기 시작할 때인 제 또래 여자의 일상이라기엔 지나치게 단조로웠다. 그래서 위험하게 보였다. 특별할 거라곤 하나도 없어서. 더욱이 작은 표정 하나 찾아볼 수 없는 가은의 얼굴은 죽을 날을 받아 놓은 시한부 같았다. 그런 가은을 보며 진우가 본 적 없는 미소를 머금었을 때, 해운은 설명 못 할 기분을 느껴야만 했다.

아끼던 친척 놈이 마음 둘 곳을 찾았다는 건 분명 기뻐 마땅한 일이었다. 하지만 그 상대가 가은이란 사실에 해운은 마냥 기뻐할 수만도 없었다. 내심 진우의 마음이 호기심에서 그치길 바란 적도 있었다. 그렇지 않아도 상처 많은 진우의 상대로 보기에 가은은 진우보다도 더 많은 상처를 가진 것처럼 보였으니까. 그러나 해운의 바람은 철저히 배반당했다. 그렇다고 해서 진우를 뜯어말리고 싶은 생각은 없었다. 뜯어말린다고 들을 놈도 아니거니와 뜯어말리고 나면, 그렇게 해서 두 사람을 갈라놓고 나면. 29년 만에야 처음으로 찾은 사랑을, 진우가 또다시 찾을 수 있을까.

해운은 장담할 수 없었다. 오히려 그럴 수 없다는 쪽에 훨씬 더 마음이 기울었다. 그렇다면 할 수 있는 건 응원하는 일뿐이었다. 쉽지 않겠지만, 부디 두 사람이 서로를 만나 행복할 수 있길. 그래서 가은이 처음 요리를 배우고 싶다고 이야기했을 때도 거절하지 않았다. 그게 누굴 위한 노력인지 알 것 같았기에.

수업을 핑계로 종종 만나게 된 가은은 다행스럽게도 처음 보았던 것과 달리 미세하게나마 생기를 찾아가고 있었다. 그게 해운을 그래도 안심할 수 있게 만들어 주었다. 그런데 오늘 마주한 가은은 내려놓았던 불안을 단숨에 다시 쥐게 만든다.

해운은 캐모마일 차가 바닥을 보일 때까지도 가은을 재촉하지 않고 기다렸다. 지켜봐 온 가은은 이유 없이 이렇게 연락을 해 올 사람이 아니었다. 그것도 이 늦은 시간에 자신을 찾아올 정도의 일이라면…… 자신이 묵묵히 기다리기만 한다면 분명 그녀의 속내를 털어놓을 거란 확신이 들었다.

"……부탁이 있어서요."

예상은 빗나가지 않았다. 해운은 대답 대신 고개를 끄덕이며 가은의 눈동자를 빤히 바라보았다. 가은은 일정한 박자로 눈을 끔뻑였다. 그렇지 않아도 탁한 눈동자가 심연을 헤매듯 더욱 깊게 가라앉아 있었다.

"치료가, 받고 싶은데. 어떻게 해야 할지 모르겠어서……"

어렵사리 떼어낸 입술 사이로 예상하지 못한 말이 흘러나왔다.

"치료?"

해운이 조금쯤 놀란 어조로 되물었다. 가은은 잔잔히 미소를 머금었다. 이 정도 반응쯤이야 충분히 예상했다. 뜬금없이 치료가 받고 싶다니, 해운의 입장에선 당황스러울 것이다.

"네."

"치료라면 무슨……"

"정신과, 치료요."

조심성 가득한 해운의 말에 가은은 담담히 대답했다. 삽시간에 무거운 정적이 찾아왔지만, 가은은 개의치 않았다. 복잡하게 돌아가는 해운의 머릿속이 보지 않아도 보이는 것 같았다.

복잡한 게 당연했다. 자신과 진우의 사이를 모르는 것도 아니고, 더욱이 그간 겪어온 해운은 진우를 많이 아끼는 것 같았다.

그런데 아끼는 가족이 만나는 여자의 입에서 정신과 치료라는 말이 나오니, 해운으로서는 혼란스러울 것이다.

"진우도 알아?"

해운에게서 대답이 돌아온 건 한참이 지난 뒤였다. 가은은 선뜻 대답하지 못했다. 이 부분만큼은 그녀 역시 꽤 많이 고민했던 부분이기에 섣불리 말을 할 수가 없었다.

"아니요. 얘기를 꺼내 볼까도 싶었는데……."

하지만 이젠 답을 내려야 했다.

"근데 방금 마음이 바뀌었어요. 그냥 진우는 모르게 저 혼자 치료받고 싶어요."

가은은 해운을 올곧게 직시했다. 마주하는 해운의 동공이 저를 대신해 위태로이 흔들리고 있었다. 가은의 고개가 서서히 아래로 떨어졌다. 계속 해운을 마주하고 있으면 가까스로 먹은 제 마음까지도 흔들릴 것 같았다.

"그렇지 않아도 바쁜 사람, 심란하게 하고 싶지 않아요."

어디냐는 메시지에 진우가 알맞은 답장을 주었더라면, 그랬다면 마음이 달라졌을까. 그랬더라면 달라졌을지도 모르겠다. 진우가 바쁘다는 말만 하지 않았더라도 그에게 전화를 걸 작정이었으니까. 그에게는 솔직해져도 좋을 것 같았다. 사실은 내가 많이 아픈 것 같다고. 근래 들어 자꾸만 이상한 게 보인다고. 그러나 바쁘다는 사람에게 그런 말을 할 순 없었다.

가은은 천천히 고개를 돌렸다. 이내 시선이 멈춘 곳은 거실 한편에 자리한 가죽 소파 위였다. 탁하게 죽은 눈동자로 고집스레 눈을 떼지 않으며 중얼거렸다.

"보이지 말아야 할 게 보여요."

이제야 겨우 행복이 뭔지 알 것만 같은데.

"꽤 됐어요. 아마 한 달쯤. 아니, 그것보다 더 된 것 같기도 하고……."

이제야 보통의 사람들처럼 평범하게 살아보고 싶어졌는데.

"아줌마가 계속 옆에 있어요. 내가 뭘 하고 있든 사라지질 않아요."

지수가 MT를 갔던 날부터 연옥의 허상이 사라지질 않았다.

'너도 어디 한번 아파 봐. 너한테 소중한 걸 나도 괴롭혀 줄게. 네가 사랑하는 사람이 힘들어하고 고통스러워하는 꼴을 보면서, 너도 죽도록 아파해 보라고.'

제게 소중한 걸 무참히 괴롭혀줄 테니 어디 한번 아파보라고 악독하게 퍼붓던 말이 괜한 말이 아니라는 듯.

"계속 무서운 눈으로……."

진우와 함께하며 행복해지면 행복해질수록.

"……나를 죽일 것처럼 봐요."

연옥이 잔혹하게 목을 죄어왔다.

폭풍전야

　자정이 다 되어 가는 시각. 밤이 깊도록 진우는 집무실을 나서질
못했다. 살펴봐야 할 서류 더미가 줄어들 생각을 않았다.
　"후우."
　한숨을 푹 내쉬며 지끈거리는 관자놀이를 짚었다. 마음이 편치
않았다. 벌써 며칠째 가은을 보지 못한 건지 가늠도 되지 않았다.
다른 때였다면 보고 싶을지언정 이렇게까지 애가 타지는 않았을
텐데, 며칠 전 소연과 가졌던 자리 때문에 진우는 하루 24시간 내
내 가은의 생각이 머릿속을 떠나지 않았다.

마음의 문을 열었다고는 하지만, 가은은 먼저 연락하는 스타일이 아니었다. 제게 밀당이나 하겠다고 그러는 게 아니다. 그녀에게 핸드폰이란 그저 시계에 불과했고, 핸드폰으로써의 기능을 할 때는 지수의 연락을 받을 때뿐이었다. 평생을 그렇게 살아왔으니, 진우의 입장에선 그녀가 자신의 연락을 무시하지 않는 거로도 고마울 따름이었다. 그런 그녀가 처음으로 먼저 연락을 해 온 것이다. 그런데 그 반가운 연락에 바쁘다는 말이나 했으니, 어떻게 마음이 편할 수가 있을까.

  – 여보세요.
 '잤어?'

 그날 진우는 소연을 돌려보내자마자 가은에게 전화를 했다. 잔잔하게 가라앉은 목소리가 금방까지도 자고 있었던 것 같았지만, 마음이 조급했다.

 '미안해. 갑자기 일이 생기는 바람에.'
 – 괜찮아.
 '뭐 때문에 연락했어? 무슨 일 있어?'

 무작정 그렇게 물었다. 아무리 생각해 보아도 안 그러던 가은이 갑자기 먼저 연락해 올 이유가 무엇인지 알 수가 없었다. 그러나 가은은 대답이 없었다. 그게 진우를 더 불안하게 만들었다.

86

- ……그냥 했어. 뭐 하고 있는지 궁금해서. 별 뜻 없었어.

인내심의 한계를 느낄 무렵 가은의 목소리가 들려왔지만, 진우의 불안감을 해소해 주진 못했다. 진우는 가슴이 답답했다. 정략결혼을 이유로 소연과 한자리에 있는 순간에 가은에게 연락을 하는 건 예의가 아니라고 생각했다. 더욱이 물러설 생각이 없다는 소연을 앞에 두고 가은에게 전화를 걸었다가 어떤 상황이 벌어질지, 그다음 상황을 예측할 수 없었다. 괜한 오해를 사고 싶지 않았다. 그래서 바쁘단 핑계를 댔던 것뿐이다. 어서 소연을 돌려보내고 가은에게 연락하면 될 거라고만 생각했으니까. 하지만 진우는 '그냥'이라는 가은의 대답을 듣고 무언가 실수했다는 걸 깨달았다.

그날 가은은 끝끝내 어떤 말도 해주지 않았다. 그저 낮에는 책을 봤고, 저녁엔 파스타를 만들어 봤다고. 다음번엔 파스타를 꼭 해주겠다고. 그래서 오늘은 너무 피곤해 이만 자야 할 것 같다고. 가은답지 않게 늘어놓은 말이 적지 않았지만, 그 안에 진우가 바라는 답은 없었다. 피곤하다는 그녀를 더 붙잡을 수 없어 그대로 통화를 마무리했다.

정확히 그때부터였다. 진우는 가슴에 무언가 얹힌 것처럼 답답했다. 마음 같아선 지금 당장이라도 가은에게 달려가고 싶었다. 가은을 찾아간다고 하더라도 그날 진짜 하고 싶었던 말이 무엇이었냐는 말 같은 건 꺼내지도 못하겠지만, 그래도 그녀를 눈에 담는 것만으로 한결 속이 시원해질 것 같았다.

진우는 앉아 있던 자리를 박차고 일어났다. 한 걸음만 떼도 자제하지 못하고 가은에게 달려갈 것 같은데. 그런데 결국 제자리를 지켰다. 재킷을 집었던 손이 무능하게 아래로 떨어졌다. 뒤를 돌자 탁 트인 서울 야경이 동공 가득 들어찼다. 왜 자꾸 꼬여만 가는 기분일까. 태어나 처음으로 제 인생을 살기 위해 무던히 노력 중인데, 야속하게도 시간이 가면 갈수록 진우는 더욱 깊은 수렁으로 빠지는 기분이었다.

"하아……."

할 수 있는 거라곤 목 끝까지 차오른 한숨을 내뱉는 것뿐이었다. 결국 오늘도 가은에게 향할 수 없었다. 정략결혼이란 카드를 종범이 밀어붙이기 시작한 이런 때에 섣불리 감정에 취해 움직였다간 그나마 지켜온 것도 잃기 십상이었다. 무엇보다 가은에게 상처가 될 상황은 만들고 싶지 않았다. 그게 지독히도 그리운 마음에 제동을 걸었다. 진우는 망연히 고개를 떨궜다. 스스로의 무능함이 유난히도 한탄스러운 밤이었다.

* * *

진우는 불이 꺼진 집 안으로 터덜터덜 걸음을 떼었다. 무슨 생각으로 여기까지 운전을 한 건지 기억도 잘 나지 않았다. 새벽이라 도로 위가 한산했다는 게 불행 중 다행이라면 다행일까. 급격히 밀려오는 피로감에 2층으로 이어진 계단을 향해 무거운 다리를 떼는데, 별안간 들려온 목소리가 발목을 붙잡았다.

"요즘 계속 늦는구나."

굳이 보지 않아도 목소리의 주인이 누구인지 알 수 있었다. 진우는 뒤돌지 않았다. 그럴 여력도 없거니와 감정적으로 몰려 있는 지금의 상황에서 종범을 마주했다간 그간 꾹꾹 눌러왔던 것들이 전부 폭발할 것 같았다.

"소연 양이랑은 잘 만나고 있겠지?"

하지만 종범은 기어이 진우의 심기를 건드렸다. 진우는 있는 힘을 다해 무섭게 밀려드는 감정을 억눌렀다.

"……윤소연 씨 만날 생각 없습니다."

분노에 찬 목소리만큼은 숨기지 못했지만, 이 정도쯤은 상관없었다. 순순히 정략결혼을 받아들일 거라곤 종범 역시 생각지 않았을 테니까.

진우는 계단에 발을 올렸다. 더는 할 말도, 듣고 싶은 말도 없었다. 있다고 하더라도 오늘은 아니었다. 쉬고 싶었다. 미치게 밀려드는 그리움을 다스리기 위해서라도 휴식이 필요했다. 그러니 지금부터는 종범이 무슨 말을 하더라도 무시할 작정이었다. 그러나 계단 한 칸조차도 오를 수 없었다.

"그 아이를 만나려고 같지도 않은 눈속임을 하고 있다는 거."

"……."

"그걸 내가 몰라서 입을 다물고 있다고 생각하면 오산이야."

진우는 온몸이 딱딱하게 굳는 걸 느꼈다. 단전에서부터 분노가 끓어오른다. 멀쩡한 사람이 미칠 수 있다면, 그게 바로 지금 이런 순간 때문이 아닐까 싶었다.

"네가 아무리 발버둥 쳐도 그 결혼은 하게 될 거야. 네 결혼이 아무나 다 하는 그런 결혼이 아니란 건 너도 알고 있을 테니 길게 말하지 않으마."

정략결혼은 재벌가의 자식으로 태어났다면 당연하게 받아들여야 할 절차 중 하나일 뿐이다. 종범에게 평생을 강요받은 이야기였다. 그래서 낯설 것도 없는 말인데, 진우는 분노가 절제되지 않았다. 온몸이 부들부들 떨릴 뿐만 아니라 솜털까지도 바짝 서기 시작했다.

"결혼해. 그게 네가 해야 할 도리야."

툭.

진우의 머릿속으로 팽팽하게 당겨져 있던 이성의 끈이 끊어지는 소리가 울렸다. 거기까지였다. 그가 참고 인내할 수 있는 건, 결혼하라는 강압을 받기 직전. 딱 그 지점까지였다. 진우는 천천히 뒤를 돌았다. 건조하게 말라버린 동공 위로 종범이 걸음을 떼는 게 보인다. 결혼하라는 통보, 그것만이 용건이었다는 듯 종범은 침실로 향하고 있었다. 진우는 느긋하게 움직이는 종범의 걸음을 바라보다 입술을 떼었다.

"안 합니다, 그 결혼."

고저 없는 목소리가 정적을 꿰뚫곤 종범에게 향했다. 침실로 향하던 종범의 다리가 우뚝 멈추었다. 종범은 옅은 한숨을 내쉬며 고개를 반쯤 돌렸다. 미처 진우에게 닿기도 전이었다.

"네가 원하는 게 그 아이냐?"

가은을 가리키는 목소리가 소름 끼칠 정도로 무감했다. 진우는 양손을 꽉 그러쥔 채 입을 다물었다. 그것만으로 이미 진심을 들켰다는 걸 알고 있었지만 최선이었다. 고작 그게 지금의 그가 가은을 지키기 위해 할 수 있는 최선의 대처였다.

"그 아이가 그렇게까지 좋다면……. 그래, 좋다. 만나거라."

그런데 상상도 못 한 대답이 진우의 심장을 거칠게 찌르고 들어왔다. 종범을 직시하고 있던 진우의 눈동자가 속절없이 흔들렸다. 무슨 속셈일까. 그토록 바라던 말을 듣고도 진우가 해야 할 건 의심이었다. 그가 아는 종범이라면, 이렇게 순순히 원하는 바를 손에 쥐여 줄 리가 없었다.

"대신 소연이랑 결혼은 해."

역시나 예상은 틀리지 않았다.

"소연이랑 결혼도 하고 계획대로 회사도 물려받아. 네가 해야 할 역할 착실하게 하면서 그 아이를 만난다면, 그것까진 말리지 않으마."

정말 일말의 오차도 없이 정확했다.

"하."

진우는 헛숨을 토해냈다. 금방이라도 눈이 뒤집힐 것 같았다. 피가 몰리기 시작했는지 깨질 듯한 두통까지 밀려온다. 도통 이 화를 어떻게 풀어야 할지 알 수가 없다. 과부하가 걸린 것처럼 머리가 아프고 금방이라도 터질 것처럼 심장이 뛰었다. 종범을 마주할 때마다, 이 집으로 걸음을 들일 때마다 겪는 끔찍한 증상이었다. 그런데 이젠 정말 한계였다.

잠깐만 방심해도 미칠 수 있을 것 같았다. 이대로 눈이 뒤집히면서 까무룩 정신을 놓으면, 모든 게 평온해질 것 같았다. 반쯤 미치게 만드는 집안의 압박에서도 벗어나고, H그룹에 남은 유일한 아들이란 속박에서도 벗어난 채. 비록 그게 나사 하나 풀린 모자란 놈이 돼서야 얻을 수 있는 자유라고 할지라도. 이 끔찍한 굴레 속에서 벗어날 수만 있다면 그렇게 하고 싶었다.

아마 몇 달 전의 자신이었다면 기꺼이 정신을 놓았을 것이다. 이 엄청난 스트레스를 이기지 못해 이대로 미친놈이 된다고 해도, 기꺼이. 정말이지 기꺼이 의식을 놓았을 것이다. 하지만 이젠 그럴 수가 없었다.

'……보고, 싶었어.'

가은아.

'많이, 보고 싶었어.'

보고 싶다, 정말.

'……나는, 네가 좋은가 봐, 정말.'

네가 보고 싶어서, 정말 미칠 것 같아…….

가은의 얼굴이 눈앞에 아른거렸다. 그게 진우를 미치지도 못하게 만들었다. 버석하게 마른 눈매를 타고 눈물이 주르륵 흘러내렸다. 목 끝까지 울음이 차올랐다. 도대체 어떻게 해야 벗어날 수 있을까. 대체 어떻게 해야, 이 끔찍한 굴레에서 벗어날 수 있는 걸까. 망연하게 서 있던 진우가 종범을 향해 나직이 물었다.

"저까지 죽어야……."

"……."

"……속이 시원하시겠습니까."

마지막 발악이었다.

"입, 다물어."

종범이 분에 끓는 목소리로 말했다. 가히 오랜만에 보는 모습이었다. 종범은 작은 상회에 그쳤던 H 점포를 지금의 세계적인 기업으로 이끈 수장답게 언제나 정도를 벗어나는 법이 없었다. 그것에 걸맞게 사소한 감정 변화도 겉으로 드러내지 않았다.

친자식인 선우가 죽었을 때도 종범은 울지 않았다. 적어도 진우가 기억하는 모든 순간 안에서 자식의 죽음에 슬퍼하는 아비의 모습은 잠깐도 존재하지 않았다. 진우는 그런 종범이 제 친부임에도 불구하고 소름 끼쳤다. 어떻게 그럴 수가 있는 건지 미워하고 원망했다.

선우는 자신의 소중한 형이기 이전에 모두에게 소중한 가족이어야 마땅했다. 그런 선우가 죽었는데 어떻게 한순간도 흐트러지지 않을 수가 있는 걸까. 처음엔 그 사실만으로도 제 위치가, 이 집안이 끔찍하기만 했다. 그런데 시간이 지나면 지날수록 그 모든 원망이 스스로를 겨냥했다.

왜 하필 자신이 이 집안에 태어나서.

왜 하필 자신이 선우의 동생으로 태어나서.

왜 하필 자신이 종범과 선영의 자식으로 태어나서.

끝없는 원망의 마지막은 언제나 자학이었다. 자주 반복되는 자학은 멀쩡하던 정신도 피폐해지게 만들었다. 그래도 버텼다. 사랑했던 형인 선우가 제게 바라는 게 저 역시 스스로 생을 마감하는 일은 아닐 거라고 믿었기에. 진우의 인생은 스스로의 삶이자 동시에 먼저 간 선우를 대신한 삶이었다. 누가 그렇게 가르친 적도 없건만, 진우는 스스로 그렇게 생각했다.

'미안해, 진우야.'

 선우가 죽기 직전 했던 말이 아직도 머릿속에 선명했다. 힘없이 중얼거리던 선우는 죽는 그 순간까지 미안하다고 했다.
 그리고.

'너라면 할 수 있을 거야. 넌 나보다 훨씬 더 똑똑하니까. 나보다 더 아버지 기대에 부응할 수……!'

 지금껏 한 번도 꺼낸 적 없던 진심을 전했다. 언제나 만점을 받아 오던 동생과 비교를 당하며 홀로 무서운 매질을 견뎌야 했을 때도 드러내지 않던 진심을, 승합차에 처참히 치이는 그 순간에야 시원하게 토해냈다. 그 사실이 줄곧 진우에겐 마음의 짐이 되었다.
 엉덩이가 터질 때까지 맞고도 고작 한 대 맞은 동생을 걱정하던 착한 형은.
 그토록 좋아하던 초콜릿도 어린 동생을 위해 기꺼이 양보하던 형은.
 하루가 멀다 하고 코피가 터질 때까지 미친 듯이 공부만 하던 형은.
 언제나 하나 있던 동생과 비교를 당하며 수치를 느끼면서도 견뎠던 것이다. 그러면서도 등신같이 착하기만 했던 형은 동생을 미워할 줄도 모르고 언제나 사랑으로 품기만 했다. 부디 동생만큼은 자신과 같은 지옥 속에서 살지 않길 바랐을 테니까.

"하아."

진우는 거친 숨을 토해냈다. 이렇게 견디는 게 대단하다 싶을 정도로 가슴이 찢어질 듯 아팠고, 머리가 터질 것처럼 조였다. 선우 없이 살았던 시간이 머릿속을 빠르게 스치고 지나갔다. 이따금 발악은 했지만, 최선을 다해 견딘 시간이었다. 차마 무책임하게 살 수가 없었다.

길지도 않은 선우의 19년 짧은 생이 내내 지옥이었을 것만 같아서.

선우의 생을 지옥으로 만든 것에 저 역시 일조한 것만 같아서.

결국 그 책임감이 H그룹의 하나 남은 아들이란 속박과 맞물리며 그를 궁지로 몰아간다는 건 꿈에도 알지 못했다.

"형 하나로는 부족하신가 봐요."

그게 이렇게 폭발할 줄 알았더라면 조금 더 빨리 도망쳤을 텐데.

"형이 왜 그런 선택을 했는지, 아직도 모르시겠어요?"

가은을 만나고 나서야 도망칠 계획을 세우는 게 아니라, 진작 종범이 잡을 수 없는 자리까지 도망쳐 기껍게 가은을 맞이했을 텐데.

"그럼, 이제 저도 죽으면 되겠습니까."

"이진우!"

"하나 남은 자식까지 다 잃어야!"

그랬다면 지금쯤 선우의 그림자에서 벗어나, 조금 더 온전하게 가은을 품어줄 수 있었을 텐데.

"그래야 속이 시원하시겠어요?"

눈가에 고인 눈물이 무게를 견디지 못하고 후두둑 떨어졌다. 견디고 싶었다. 사실 괜찮지 않다는 걸 진작부터 알고 있었지만, 억지로라도 스스로 괜찮다 주문을 걸었다. 이유는 하나였다. 가은을 지키고 싶어서. 저만큼은 온전한 사람으로 남아 가은이 기댈 수 있는 든든한 사람이 되고 싶었다. 제게는 그런 사람이 없었으니까. 기댈 수 있는 버팀목 하나 없는 삶이 얼마나 외롭고 힘든지 누구보다 잘 알고 있었으니까. 사랑하는 가은만큼은 그 고통을 모르길 바랐다.

자신으로 인해. 그녀 역시 태어나 처음 해 보았을 사랑으로 인해. 이미 만신창이가 되었을지 모를 가슴을 치유해 가길 바랐다.

"······저까지 잃어야 그 끔찍한 욕심을 버리시겠어요? 그래요?"

진우는 모든 걸 놓아버린 허망한 목소리로 읊조렸다. 이를 악물고 버텼지만, 결국 처절하게 무너지고 말았다. 억지로 외면했던 상처가 곪다 못해 썩어가고 있었다는 걸 이제 와서야 깨달았다.

분노에 찬 종범의 거친 숨소리가 고막을 사정없이 내찔렀다. 그럼에도 진우는 아무것도 할 수가 없었다. 느릿하게 끔뻑이던 눈꺼풀이 들리고 탁하게 죽어버린 동공 위로 매섭게 다가오는 종범의 모습이 비쳤지만, 선 자리에서 미동도 하지 못했다.

"입 다물라고 했어!"

짜악-.

거친 고성과 함께 얼굴이 오른쪽으로 돌아갔다.

"여보!"

언제부터 서 있던 건지, 침실 문 앞에 못 박힌 듯 서 있던 선영이 찢어질 듯한 고음을 내질렀다. 하지만 이성을 잃은 종범을 말리기엔 역부족이었다.

"얼마나 더 눈감아 줘야 정신을 차릴 거야!"

칼날처럼 벼른 묵직한 음성이 진우를 사정없이 두들겼다. 진우는 한쪽으로 돌아간 고개를 원래대로 돌릴 생각도 하지 못하고 헛웃음을 토했다. 그동안 눈을 감아 줬던 거구나. 정신을 못 차리는 건, 나인 거구나. 종범의 말을 곱씹을 때마다 허탈함은 배가 되어 진우를 짓눌렀다.

"남부럽지 않은 환경, 조건 다 손에 쥐고 태어나게 해 줬으면 그 값을 하고 살아!"

이어지는 종범의 말들은 폭력이나 다름없었다. 그가 한마디 내뱉을 때마다 진우의 가슴엔 씻을 수 없는 상처가 생기고 있는데, 정작 상처를 내는 종범은 아무것도 모르는 듯했다. 진우는 그 사실이 이제 와 원망스럽지도 않았다. 종범은 원래 그런 사람이었으니까.

"네 말처럼 선우까지 죽고 없으면 너라도 잘해야 될 거 아니야!"

하지만 선우를 들먹거린 마지막 말만큼은 참을 수 없었다. 진우는 아래로 처박고 있던 고개를 천천히 들어 올렸다. 매섭게 뜬 눈으로 종범을 똑똑히 바라보았다. 오래전에 죽어버린 눈동자가 형형한 빛을 띠고 있었다.

"형이, 왜 죽었을지는……."

"……."

"……궁금하지 않으세요?"

선우가 죽고 10년이 넘는 세월이 흘렀지만, 지금까지 한 번도 언급한 적 없는 말이었다. 유언이나 다름없는 선우의 마지막 말을 들은 건 진우뿐이었다. 하지만 진우는 선우의 유언을 종범에게도 선영에게도 전하지 않았다. 아마 종범과 선영 모두 선우가 죽음을 선택한 이유에 대해 어렴풋이 짐작은 하고 있을 것이다. 그러나 그건 말 그대로 짐작일 뿐이었다.

지금까지 선우가 마지막으로 남긴 말을 전하지 않은 건 그게 종범과 선영에게 줄 수 있는 유일한 벌이라고 생각했기 때문이다. 선우가 죽음을 선택한 그 이유를 알게 되면 둘은 분명 괴로워할 것이다. 하지만 정확한 이유를 알지 못한 채 추측만 해야 하는 그 시간이 훨씬 더 고통스러울 거라고 생각했다. 그런데 착각이었던 걸까. 종범은 10년이 넘는 시간 동안 아들을 잃었던 사실에 상처는 받았을지언정 아들이 극단적인 선택을 한 이유가 무엇일지에 대해선 고민해 본 적 없는 사람 같았다. 그렇지 않고서야 선우의 죽음을 들먹이며 자신을 압박할 순 없을 테니까.

"형을 죽인 건, 형 자신이 아니에요."

진우는 허망하게 중얼거렸다.

"형을 죽인 건."

진우의 눈동자가 종범과 선영을 차례로 응시했다.

"어머니랑 아버지예요."

"너, 이 자식!"

짜악─.

부어오른 뺨 위로 다시금 통증이 느껴졌다. 고개가 또 한 번 오른쪽으로 처참히 처박혔다.

"하, 여보, 제발……!"

재차 종범을 말리는 목소리엔 울음이 가득했다. 그런 와중에도 진우는 생각했다. 과연, 제 부모에게 울 자격이란 게 있을까. 아니. 자신이 선우였더라면 우는 것도 바라지 않았을 것 같았다.

"도대체 뭐가 그렇게도 못마땅해. 남들은 하고 싶어도 못 하는 수준으로 입혀주고 먹여주고 재워주고!"

"······."

"내가 너희들한테 못 해준 게 대체 뭐야!"

종범이 거친 숨을 내쉬며 발악이나 다름없는 울분을 터트렸다. 어깨가 들썩일 정도로 숨을 몰아쉬는 게 곧 뒤로 넘어가기라도 할 것 같았다. 그러나 진우에게 남아 있는 자비란 없었다. 진우는 제게 박혀 있는 종범의 시선을 한순간도 피하지 않으며 나지막이 말했다.

"입히고 먹이고 재우고."

"······."

"그걸 제외한 전부요."

진우는 평소와 같은 목소리로 말하며 일정한 박자로 눈을 끔뻑였다. 가라앉은 동공 위에 비친 종범의 얼굴이 처참했다. 눈 아래로 처진 살들이 거칠게 경련했다. 종범은 분에 이기지 못하고 악을 내질렀다.

"그렇게도 불만이면, 당장 내 집에서 나가!"

종범의 손끝이 정확히 현관을 가리키고 있었다. 진우는 시선을 아래로 내리깔며 피식거렸다. 아마 나가란 말은 종범이 할 수 있는 최대의 협박일 것이다. 그러나 동시에 그것은 진우가 가장 원했던 말이기도 했다. 진우는 미련 없이 걸음을 떼었다. 그러곤 종범의 바로 앞에 서서 고개를 꾸벅 숙였다.

"감사합니다."

"……."

"지금이라도 절 놔주셔서."

한 치의 거짓도 없는 진심이었다. 하지만 종범에겐 그저 노엽기만 한 말이었다.

"너, 이, 이……!"

종범이 분을 삭이지 못하고 말까지 더듬는 게 들렸지만, 진우는 매정히 등을 돌렸다. 곧 선영이 찢어질 듯 소리를 지르는 게 들려왔다. 그러나 진우는 뒤 한번 돌아보지 않았다. 그만한 애정이 더는 한 톨도 남아 있지 않았다.

* * *

"한결 표정이 좋아 보여서 내가 다 기분이 좋네요. 혹시나 힘든 일 생기면 언제든 연락해요."

서글서글한 인상을 가진 남자가 환하게 웃으며 말했다. 가은은 표정 없는 얼굴로 남자를 바라만 보다 이내 고개를 가볍게 숙였다.

"말이라도 감사합니다."

그녀 딴에는 진심을 가득 담은 인사였다.

"그냥 하는 말 아닌데! 진짜예요. 언제든 연락해요. 아마 어지간 해선 언제든 가은 씨 연락받을 수 있을 테니까."

가은은 설핏 미소를 머금었다. 이제 고작 서너 번쯤 보았을까. 처음 보았을 때도 인상이 좋단 생각은 했지만, 남자는 생각보다 훨씬 더 넉살이 좋았다.

"어어, 왜 웃지? 난 진심인데."

"알아요. 충분히 진심처럼 보여요."

"그래요? 음, 사심을 너무 드러냈나? 하하."

남자가 짓궂게 눈썹을 세우다 이내 호탕하게 웃었다. 가은은 남자를 따라 편히 웃다 자리에서 일어났다. 제 상담 시간은 10분 전쯤에 이미 끝난 참이었다. 이런 식으로 남자의 시간을 더 뺏을 순 없었다.

"다음 주에 뵙겠습니다."

"네에. 오늘 고생 많았어요. 예약은 다음 주가 맞지만, 힘들면 언제든지 찾아오는 거 잊지 않았죠?"

"네. 그렇게 할게요."

"힘들면 곧장 와요. 잠깐도 참지 말고. 나한테 연락하는 게 부담스러우면 해운이 놈한테 연락해도 좋고요."

"네. 선생님 말씀대로 할게요."

가은은 편안한 얼굴로 다시 한 번 고개 숙여 인사했다. 치료를 서너 번 받았을 뿐인데도, 신기하리만치 마음이 한결 편안해졌다. 눈앞의 남자가 아직 썩 편하지 않은 상대임에도 전처럼 불안하거나 불편하지 않았다. 그것만으로도 장족의 발전이었다. 가은은 그런 스스로가 대견했다.

천천히 몸을 돌린 그녀가 진료실 문을 향해 걸음을 내딛는데 순간 멈칫거렸다. 찰나에 불과한 순간 가은의 시선이 진료실 구석에 닿았다. 그녀가 바라보는 자리에 연옥이 서 있었다. 장족의 발전이긴 했으나, 여전히 연옥의 환영은 사라지지 않았다. 하지만 가은은 더 이상 두려워하지 않았다. 의사의 말대로라면 언젠가 지워질 환영에 불과했다. 스스로 마음만 잘 다스린다면, 제게 해를 가할 수도 없는 존재였다.

연옥은 이미 죽은 사람이었으니까. 그렇게 생각하면서도 섬찟한 기분을 지울 수 없었지만, 가은은 애써 무시했다. 괜찮다고, 아무 일도 없을 거라고 스스로를 다독이며 다시금 걸음을 뻗었다.

탁.

등 뒤로 진료실 문이 닫히는 둔탁한 소리가 들려왔다. 고작 치료를 받기 위해 병원으로 나선 걸음이 오늘 한 일의 전부였는데, 진땀이 나는 기분이다. 이대로 수납을 하고 약을 처방받으면 곧장 집으로 가 낮잠을 즐기고 말리라. 그렇게 막 한 걸음을 내딛는데, 별안간 그녀의 앞으로 낯익은 얼굴이 나타났다.

"안녕?"

해운이었다. 자신을 기다리기라도 했던 건지 진료실 문 옆에 기대선 그가 사람 좋은 미소를 머금고 있었다. 가은은 다시금 속절없이 입매를 당겨 올렸다.

* * *

"치료는 받을 만해?"

해운이 캔커피로 목을 축이며 물었다. 가은은 병원 중간층에 마련된 정원을 둘러보다 고개를 끄덕였다.

"의사는 마음에 들고?"

이어진 질문엔 장난기가 묻어나 있었다. 가은은 실없는 질문에

푸슬푸슬 웃음을 뱉다 적당한 말로 맞받아쳤다.

"네. 선생님이 되게 잘생겼더라고요."

"와, 지금 그 말 이진우가 들으면 눈 뒤집히겠는데?"

편안한 얼굴로 미소 짓던 가은의 얼굴에 별안간 균열이 생겼다. 진우의 이름에 속절없이 반응하고 만 것이다. 오늘로 벌써 며칠째 진우를 보지 못한 건지 기억도 나지 않았다. 그래도 연락만큼은 규칙적으로 이어왔는데, 요즘은 그마저도 여의치 않았다. 바쁘다더니 핸드폰 볼 시간이 잠깐도 없는 모양이었다. 물론 그에게서 연락이 잘 왔다고 하더라도 자신이 답장을 잘할 수 있었을지는 미지수였다.

최근 자신의 상황이 그랬다. 일주일에 많으면 두 번, 보통 한 번. 그 시간만큼 시간을 내어 병원에 나와 치료를 받는 중이었다. 많아야 두 번에 그치는 치료였지만, 치료가 끝나면 그다음 치료까지 마음을 다스리며 지내느라 정신이 없었다. 마음을 다스린다고 해 봐야 처방받은 약을 꼬박꼬박 챙겨 먹으며 혼자 있는 시간에 되도록 많은 생각을 하지 않으려고 노력하는 정도였지만, 그것도 쉽지 않았다.

생각을 줄이는 건 이미 습관으로 자리 잡은 당연한 일을 참고 견뎌야 하는 일이었다. 무의식중에 벌어지는 일을 통제하는 건 생각보다 훨씬 더 어려웠다. 처음엔 아무리 노력해도 결국 또 나쁜 생각에 잠겨 있는 자신을 발견하곤 했다. 그때마다 밀려드는 자괴감은 말로 표현할 수가 없었다. 하지만 이젠 좀 나았다. 지금도 저도 모르게 생각에 빠져 있는 스스로를 발견하곤 했지만, 그럴 때면 전과 달리 다정한 목소리로 내면을 다스렸다.

그럴 수도 있어. 괜찮아. 앞으론 더 좋아질 거니까. 그리고 나면 스스로를 다스리지 못했다는 불안감에서도 서서히 벗어날 수 있었다. 그게 치료를 받으면서 터득한 방법이었다.

"······진우한텐, 여전히 알릴 생각이 없어?"

잠잠하던 해운이 다시 질문을 던져왔다. 가은은 상념에서 빠져나와 해운의 말을 곱씹었다. 잠시 고민했지만 답은 변함없었다.

"네. 혼자 이겨내 보고 싶어요."

해운의 표정이 잠시 복잡하게 물들었다. 그는 곧 감정을 말끔히 숨긴 얼굴로 말을 덧붙였다.

"혼자 견디는 거, 힘들지 않아?"

가은은 뭐라고 말하면 좋을까 고민하다, 문득 주변을 응시했다. 조금 떨어진 자리에 휠체어에 앉아 있는 남자가 보였다. 남자의 주변으로는 다섯 살쯤 돼 보이는 남자아이가 해맑게 웃으며 뛰놀고 있었다.

아마 부자지간이겠지? 저 남잔 어디가 아파서 휠체어에 앉아 있는 걸까. 겉으로 보기엔 깁스를 한 데도 딱히 없는 것 같은데. 그래도 휠체어에 앉아 있을 정도면 어디가 많이 불편한 거겠지. 그런데도 행복해 보이네, 많이. 가은은 행복해 보이는 부자의 모습에서 한참이나 시선을 떼지 못했다. 그러다 남자와 아이가 정원을 빠져나가는 걸 보곤 뒤늦게 해운의 말에 대꾸했다.

"솔직히 힘들지 않다면 거짓말인데."

"······."

"그래도 진우 생각하면 버틸 만해요."

한 치의 거짓 없는 진심이었다. 요즘 가은은 힘들고 지칠 때마다 진우를 떠올렸다. 그냥 진우의 생각을 하는 것뿐인데, 그게 의외로 많은 힘이 되었다. 포기하고 싶을 때마다 그럴 수 없게 만드는 원동력이 되었으니까.

"행복해지고 싶어졌거든요."

"……."

"진우랑 같이."

가은은 그렇게 말하며 조금 전까지 남자와 아이가 있던 자리를 뚫어지게 보았다. 남자와 아이는 누가 보아도 부자지간이라고 생각할 수 있을 만큼 단란해 보였다. 가은은 그렇게 되고 싶었다. 다른 누구도 아닌 진우와 함께. 조금 전 본 남자와 아이처럼. 진우와 갔던 영화관에서 본 다른 커플처럼.

"나는, 지금처럼 비밀 지켜주는 게 맞는 거지?"

잔잔한 말소리에 가은이 고개를 돌렸다. 해운은 어느새 다 마신 캔커피를 바로 앞에 보이는 쓰레기통에 넣고 있었다. 정말 특별할 것 없이 평범한 일상이었다. 가은은 아직도 자신이 평범한 일상에 머무르고 있다는 게 믿기지 않았다. 그럼에도 이렇게 한 번씩 그 사실을 실감할 때면 기분이 날아갈 듯 좋았다.

"그렇게 해주셨으면 좋겠어요."

"그래. 그렇게 할게."

해운의 대답에 가은은 환하게 웃었다. 그런데 별안간 해운의 낯빛이 다시금 짓궂게 물들었다.

"근데 조건이 있어."

조건? 예상하지 못한 말에 가은이 눈을 둥그렇게 떴다. 처음부터 가은의 의사는 중요하지 않았는지 해운이 대뜸 조건에 대해

읊었다.

"나랑은 언제까지 존대할 거야? 네가 편하게 놓을 때까지 기다리려고 했는데, 괜히 늙은이가 된 기분이라 좀 그래."

"……."

"나 진우랑 동갑이야. 너랑도 동갑이고."

가은은 길게 이어진 해운의 말에 선뜻 대답하지 못했다. 제게 그런 말을 한 해운의 마음이 무엇일지 가늠이 되어 그랬다. 아마도 그는 단순히 진우에겐 말을 놓고 그에겐 말을 놓지 않은 것에 시기를 한 것이 아닐 터다. 어쩌면 유일하게 기댈 수 있는 사람인 진우에게도 기대지 않으려고 하는 자신이 안쓰러워서. 정말 견딜 수 없을 때면 그래도 찾을 수 있도록 자신과의 거리를 조금이나마 좁히기 위해 노력하는 것이 분명했다.

"……조금만 더 편해지면요."

그 마음을 알면서도 가은은 말을 놓겠다고 대답하지 않았다. 마음은 고맙지만 해운에게 기댈 생각은 없었다. 진우에게 치료에 대해 알리지 않은 건 자존심 때문이 아니라 스스로 해결해 보고 싶은 욕심 때문이었다. 진우에게도 기대지 않은 마음을 다른 사람에게 기댈 생각은 추호도 없었다.

"그래. 기다릴게."

웃으며 건넨 거절의 의미가 무엇일지 해운이라면 분명 알 것이다. 그럼에도 해운은 늘 그랬듯 가은을 다그치지 않았다. 가은이 정말 필요할 때면 찾을 수 있도록, 그 정도의 선을 분명하게 지켰다. 그게 가은이 말을 놓지 않으면서도 이따금 해운에게 도움의 손길을 내미는 이유였다.

"와, 날씨 진짜 좋다. 병원에서만 썩고 있기 너무 아까운 날씨야."

차분하게 가라앉은 분위기를 환기라도 시키고 싶은 건지, 해운이 상체를 뒤로 젖히며 밝은 목소리로 투정을 부렸다. 가은은 소리 없이 웃었다. 그때, 해운이 젖혔던 상체를 느닷없이 당겨 앉곤 심오하게 가은을 바라보았다.

"그래서 말인데, 내가 선물 하나 줄까?"

아주 맥락 없는 전개였다. 근데도 해운이 말한 선물이 무엇일지는 은근하게 궁금했다. 가은은 해운을 빤히 바라보았다.

* * *

진우는 주차를 마친 뒤, 차에서 내려 주변을 두리번거렸다. 애타게 찾는 얼굴은 보이지 않았다. 시간을 확인하자, 해운에게 전해 들었던 시간까지 아직 여유 있는 게 보였다. 진우는 자동차 보닛에 엉덩이를 슬쩍 걸쳤다. 불현듯 지난밤 나눴던 대화가 떠올랐다.

'인마, 너 어떻게 된 거야? 연락도 없이 웬일이야?'

종범과 한바탕 소동을 벌인 뒤 집을 나온 진우가 향할 수 있는 데라곤 해운의 집뿐이었다. 워낙 바쁜 놈이라 당연히 없을 거라고 생각했는데, 익숙하게 도어록을 누르고 들어간 집엔 해운이 있었다.

현관 앞까지 버선발로 달려온 해운은 갑작스러운 방문에 무척 놀란 듯 보였다. 하지만 진우는 이 시간에 왜 여기까지 오게 된 건지, 단 하나도 설명할 수가 없었다. 그럴 여유가 없었다. 종범과의 일은 묵직한 두통으로 여전히 남아 있었고, 거칠게 뛰는 심장 박동 역시 진정하지 못한 채 잔재해 있었다.

진우는 곧장 자신이 머무는 방을 찾아 들어갔다. 심상치 않은 기운을 알아채기라도 한 건지 해운이 바쁘게 뒤를 쫓아왔다.

'무슨 일이야. 말해.'
'⋯⋯.'
'큰아버지랑 싸웠어? 어?'

다그치는 해운의 목소리엔 걱정이 가득했다. 진우는 입을 꾹 다물었다. 말을 하고 싶지 않은 게 아니었다. 뭐라고 말을 해야 할지 알 수가 없었다. 눈동자가 연신 혼란하게 흔들렸다. 해운은 그것만으로도 진우의 상태를 단번에 파악했다.

'결국, 사달이 난 모양이구나.'

해운의 말은 그걸로 끝이었다.

진우는 지그시 눈을 감았다. 연이어 흘러나오는 해운의 한숨이 진우의 가슴에 묵직이 내려앉았다. 뭐가 이렇게도 어려운 걸까. 바란 거라곤 그저 평범하게 살고 싶다는 거뿐이었는데. 그게 그렇게도 큰 욕심이었던 걸까.

자꾸만 목이 따끔거리고 아팠다. 치미는 울분을 꾹꾹 억누르기만 하려니 병이 날 것 같았다. 바로 옆집에 가은이 있다는 사실을 알면서도 당장 달려가지 못하는 이유가 그거였다. 조금만 마음을 가라앉히고 가야지. 엉망진창이 된 얼굴이 조금만 괜찮아지면 바로 달려가야지. 다시 괜찮은 척할 수 있는 여유가 조금만 생기면, 그땐 곧장 찾아가 고민할 것도 없이 품에 꼭 안아야지.

가은을 떠올리자 그래도 조금은 감정이 억눌리는 것도 같았다. 한시라도 빨리 그녀가 보고 싶었으니까. 그게 건강한 방법이 아니란 걸 알면서도 진우는 최선을 다해 가은을 생각했고, 지저분하게 흩어진 감정들을 한데로 끌어모았다.

종범의 앞에서 결국 참지 못하고 터트렸지만, 다시 깨끗하게 정리해 마음속에 차곡차곡 쌓아두면 될 것이다. 이제 그만 털어내고 해갈하는 게 최선이란 걸 알지만, 그러기엔 가벼운 문제가 아닐뿐더러 선우를 향한 죄책감은 쉽게 버릴 수 있는 감정이 아니었다.

그래도 가은은 보고 싶었다. 그럼에도 가은은 봐야 할 것 같았다. 그래서 이렇게 하는 게 낫지 않은 상처를 곪게 만들고 병이 되게 한다고 할지라도 기꺼이 감수하기로 했다. 상처가 곪아서 또 터질 때까진, 그래도 그때까진 시간을 벌 수 있을 테니까. 그때까지는 괜찮은 척 가은을 볼 수 있을 테니까. 맹목적인 어리석음의 허를 찌르고 들어온 건 침묵하고 있던 해운이었다.

'당분간, 가은이랑 거리를 좀 두는 건 어때?'

무척이나 조심스러운 목소리였다. 그걸 알면서도 진우의 잇새로 새어 나온 말은 매섭게 날을 세우고 있었다.

'말 같지도 않은 소리 할 거면, 나가.'

진우가 사납게 으르렁거렸다. 그런 반응을 보일 줄 알았다는 듯 해운이 재차 한숨을 내쉬었다. 그것까지도 진우는 꼴 보기 싫었다. 모르지 않을 터다. 지금에 와 제게 가은이 어떤 의미의 사람인지를. 그런데 어떻게 가은과 거리를 두란 말을 할 수 있는 걸까. 진우는 해운이 야속했다. 집을 나와 향할 곳이 여기뿐이기도 했지만, 고민할 새도 없이 이곳으로 달려온 건 그래도 유일하게 믿는 사람이 해운이었기 때문이다.

선우가 죽은 이후 해운은 진우의 마음을 다 아는 것처럼 선우의 빈자리를 천천히 메워주었다. 한 걸음 다가올 때마다 날카롭게 세우는 발톱에도 해운은 기꺼이 제 몸을 내주며 상처 내도 좋으니 곁만 내어 달라고 했다. 그런 해운의 희생은 기어이 진우의 마음을 열었다. 그날 이후로 해운은 달갑지 않은 말을 할지언정 그게 진우를 위하지 않은 말은 없었다. 지금이라고 다르진 않을 것이다. 하지만 그게 가은과 연관된 일이라면 진우 역시 다른 때와 같은 반응을 보일 수가 없었다.

'나가.'

진우는 맹렬히 저항했다. 이렇게 하는 게 그나마 해운에게 상처를 주지 않기 위해 할 수 있는 최선이었다. 그러나 해운은 끝끝내 진우의 말대로 해주지 않았다. 고집스레 자리를 지키며 하고 싶은 말이 아직 남은 것처럼 입술을 달싹거렸다.

'이럴 때일수록 냉정하게 상황을 봐. 너도 가은이가 감정적으로 건강하지 않은 애라는 건 알 거 아니야.'

해운을 외면한 채 허공을 헤매던 진우의 동공이 아련히 흔들렸다. 자신이 없는 사이 가은과 해운 사이에 어느 정도 교류가 있었다는 건 알고 있었다. 그런데 그 몇 번으로 해운은 가은을 정확하게 간파하고 있었다. 해운이라면 무리일 것도 없었다. 겉으로 드러낸 적 없던 제 상처도 알아챘던 놈인데, 가은의 상태를 눈치채지 못했을 리가 없다.

진우는 숨을 죽였다. 다른 사람도 아닌 해운이 하는 말이니 진중하게 고민해 볼 필요가 있었다. 그러나 이런 상황에 가은마저 없다면 정말 죽을 것 같았다. 가은이라도 붙잡고 있지 않으면, 이대로 미쳐버릴 것만 같았다.

'헤어지라는 말이 아니야. 다신 보지 말라는 말도 아니고. 그냥 내 말은……'

'……'

'잠깐만, 일주일이 됐든 한 달이 됐든, 아주 잠깐만 떨어져 지내 보라는 거야.'

'……'

'너도 가은이도. 터진 상처가 조금이라도 아물 때까지만.'

진우는 두 눈을 질끈 감았다. 그렇지 않아도 빠르게 뛰던 가슴
이 더욱 속도를 더해갔다. 애써 외면했던 걱정이 목 끝까지 차올
랐다. 지금껏 최선을 다해 외면하고 있던 걱정거리를 마주하고
나면 해운의 말대로 해야만 할 텐데. 그러니까 절대 마주하고 싶
지 않은데.

'……가은이한테, 무슨 일 있어?'

그러나 결국 묻고 말았다. 가은과 떨어져 지낸다는 건 생각만으
로도 끔찍했지만, 가은에게 무슨 문제가 생긴 것 같다고 짐작하
면서도 외면하는 일은 그보다 더 끔찍하게 아팠다.

'묻지 말고 그냥 이번엔 내 말대로 하면 안 되겠어?'

해운은 답을 내어 주지 않았다. 하지만 그것만으로 진우에겐 충
분한 답이 되었다. 몇 번을 생각해도 소연을 만난 날 가은의 연
락을 피했던 것이 마음에 걸렸다. 먼저 연락하는 법이 없던 가은
이 제게 먼저 연락을 했다는 건, 분명 무슨 일이 있었기 때문일
것이다. 제게 어떤 말이 하고 싶었던 걸까. 무슨 말이 하고 싶었
기에 같은 자리에 서서 기다릴 줄만 알던 그녀가 제 행방을 궁금
해 했던 것일까.
　진우는 속이 문드러지는 것만 같았다. 그렇지 않아도 상처가 벌

112

어진 가슴이 가은을 생각할 때면 피를 토하는 기분이었다. 해운의 말이 현명한 답일 것이다. 그의 말처럼 당분간은 가은을 보지 않는 것이 서로를 위한 방법일 것이다. 그러나 당장은 힘들었다.

'……시간을 줘.'

진우는 간곡히 부탁했다. 가은을 만나는 걸 해운에게 허락받아야 할 필요는 없었지만, 그렇게라도 허락을 구하고 싶었다. 한 번을 보든 두 번을 보든, 그게 결코 잘못된 일이 아니라는 걸 해운을 통해 합리화하고 싶었다.

'후……. 오늘은 이만 쉬고, 내일 두 시까지 병원 앞으로 와.'
'……'
'그때면 가은이 만날 수 있을 거야.'

해운은 그 말만 남긴 채 방에서 나갔다. 진우는 해운을 붙잡지 않았다. 왜 병원으로 오라는 건지. 왜 거기서 가은을 만날 수 있을 거란 건지. 왜, 도대체 왜 가은이 내일 병원에 있는 건지. 묻고 싶은 말이 많았지만 묻지 않았다. 아직은 가은의 문제까지 직면할 자신이 없었다. 억지로 가은의 문제까지 떠안는다고 해고 도움이 되지 못할 것이다. 지금은 저부터 돌봐야 했다. 자신을 위해서도, 가은을 위해서도.

지난밤 있었던 일을 찬찬히 곱씹는데 별안간 근처에서 헐떡이는 소리가 들려왔다. 진우는 고개를 들어 정면을 보았다. 언제 온 것일까.

"왜, 왜 여기에……."

그토록 그리웠던 가은이 눈을 휘둥그렇게 뜬 채 헐떡이고 있었다. 오랜만의 만남을 병원 앞에서 한다는 사실에 놀란 것도 같았지만, 그보다 병원에 있었다는 사실을 들켜 두려운 것처럼 보였다. 진우는 아무것도 묻지 않았다.

"나, 나는. 어, 요즘 몸이 조금 안 좋았거든. 그래서, 링거라도 맞으려고……."

가은이 횡설수설했다. 사실이 아니란 걸 알면서도 그녀를 탓하지 않았다. 그저 가은을 보자마자 속절없이 말려 올라가는 입술을 막지 못한 채로 그녀의 손목을 부드럽게 움켜쥐었다.

"하아……."

손가락 아래로 부드러운 살결이 느껴지자 진우는 참았던 숨을 내쉬었다. 그저 손가락 몇 개가 가은에게 닿았을 뿐인데, 심장이 빠르게 뛰기 시작했다. 이게, 얼마 만에 느껴보는 한가은인 걸까. 진우는 쥐고 있던 가은의 손목을 조심스레 당겼다. 그러곤 기쁘게 그녀를 품에 안았다.

"……우리 여행 갈래?"

가은의 귓가에 속삭인 목소리엔 표현 못 할 복잡한 감정이 녹아 있었다. 그게 전해진 건지 긴장한 듯 경직되었던 가은의 몸이 천천히 풀어진다. 그럴수록 진우는 가은의 등을 더 부드럽게 쓸어내렸다. 네가 걱정해야 할 일 같은 건 벌어지지 않을 테니 걱정하지 말라고 다독이듯. 짧지 않은 침묵 끝에 가은의 대답이 돌아왔다.

"응, 좋아."

진우의 입가로 잔잔한 미소가 스며들었다. 그 안에 담긴 감정이 기쁨일지, 슬픔일지, 아니면 또 다른 어떤 감정일지. 그건 진우만이 알 일이었다.

* * *

가은은 차창 너머를 빤히 바라보며 생각에 잠겼다.

'병원 앞에 진우가 있을 거야. 이즈음 근처에 외근 나와 있을 거 같다길래, 시간 되면 잠깐 오라고 했거든.'
'……'
'날씨가 너무 좋아서 주는 선물이야. 치료받고 견디는 게 쉽지 않을 텐데 기특해서 주는 선물이기도 하고.'

병원에서 해운이 제게 해 준 말이었다. 처음엔 믿지 않았다. 짧은 연락을 주고받는 것도 쉽지 않던 남자가 이 시간에 여기에 와 있을 리가. 게다가 진우가 여기에 와 있다기엔 시간도 애매했다. 퇴근 시간도 아니고 점심을 먹은 뒤 한창 또 바쁘게 일하고 있을 즈음이었으니까. 처음엔 해운이 선의의 거짓으로나마 자신을 웃게 만들려고 그러는 건가 싶었다. 하지만 이어진 해운의 말은 믿을 수 없는 말을 믿어보고 싶게 만들었다.

'진우한텐 요즘 몸살 기운이 있는 거 같아서 내가 병원으로 불렀다고 했어. 그러니까 병원에 있던 걸 진우가 아는 게 불편하면

그렇게 둘러대면 될 거야.'

'……정말, 여기에 왔어요?'

'당연하지. 선물이라고 했잖아. 설마 거짓말이나 하면서 선물 준다고 했을까 봐?'

말끝에 빙그레 웃는 해운의 얼굴엔 일말의 거짓도 담겨 있지 않았다. 가은은 그대로 자리에서 벌떡 일어났다. 해운을 향해 고개를 꾸벅 숙이곤 곧장 달음박질을 쳤다.

엘리베이터에 오르고 병원에서 나와 주차장으로 달려가 진우를 찾기까지. 가은은 무슨 정신으로 뛰어다녔는지, 기억이 나질 않았다. 정신을 차렸을 땐 진우의 품 안이었고, 함께 여행 가지 않겠느냐는 진우의 말소리가 들렸다. 그게 어디든 가지 않을 이유가 없었다. 진우와 함께 가는 곳인데 어디인 게 뭐가 중요할까. 그래서 무작정 그러겠노라 대답했는데, 막상 병원을 빠져나와 고속도로에 진입하고 나니 잊고 있던 현실이 보이기 시작했다.

가은은 차창 너머에 두었던 시선을 천천히 돌렸다. 고개를 돌리자 운전에 집중하고 있는 진우의 얼굴이 보인다. 그는 한 손엔 핸들을, 나머지 한 손으론 제 손을 깍지 껴 잡은 채 정면을 주시하고 있었다. 그런 그의 모습은 해운의 말이 전부 진실은 아니라고 말하듯 정장이 아닌 편한 일상복 차림이었다. 그가 무슨 옷을 입고 있든 문제가 될 건 없지만, 해운에게 들었던 말이 자꾸만 반복해서 떠올랐다.

해운은 그가 근처에 외근을 나왔고, 그런 김에 시간이 되면 병원에 들르라고 한 거라 했다. 하지만 지금 진우의 차림은 외근을 나왔다기엔 출근을 한 것 같지 않았고, 잠깐 짬이 나 병원에 들렀다기엔 자신과 함께 어딘지 모를 목적지로 향하는 중이었다. 고속도로를 탄 것만 봐도 목적지가 서울에서 벗어난 지점이란 걸 의미했다. 오류투성이인 해운의 말과 진우의 모습을 곱씹다 보면 결국 그가 오늘 출근하지 않았다는 결론에 도달했다.

해운은 왜 제게 거짓말을 한 걸까. 그보다 진우는 지난번처럼 모친이 불같이 화를 낼지도 모르는데, 어쩌자고 출근도 하지 않고 병원에 온 것일까.

가은은 마음이 불편했다. 의문과 걱정이 겹겹이 쌓여가는 와중에 그녀를 가장 무섭게 잡아먹는 건 불안이었다. 혹, 그가 자신이 정신과 치료를 시작했다는 걸 알고 있는 건 아닐까. 혹시라도 그런 거라면, 어떻게 해야 하지…….

"……."

가은은 아랫입술을 꾹 물었다. 진우라면 자신이 정신과 치료를 시작했다고 해서 매몰차게 떠날 사람 같진 않았다. 하지만 그렇게 믿으면서도 불안한 건 어쩔 수 없었다. 정신과 치료를 받는 사람을 달갑게 생각하는 사람이 세상에 어디 있을까. 그냥저냥 알고 지내는 사람이 그렇다고 해도 색안경부터 끼고 보는 게 사회의 인식이었다. 홀로 이겨내고 싶은 욕심에 진우에게 알리지 않은 것도 있었지만, 그보다 더 큰 진심은 그 색안경이 무서워 털어놓을 수가 없었다. 진우는 그런 사람이 아닐 거라고 믿었지만, 그 역시 사람이기에 충분히 그럴 수 있었다. 그가 색안경을 끼고 자신을 본다고 해서 그를 나쁘다고 탓할 수도 없는 일이었다.

그럼에도 실망할 수밖에 없겠지. 믿었던 너마저 마음의 감기를 손가락질하는 사람밖에 되지 않았던 거구나 탓하면서. 그렇게 멀어지는 널 바라만 봐야 할 내가 할 수 있는 건 철저히 무너지는 것뿐이겠지. 부디 그런 상황은 오지 않길 바라지만, 온다고 해도 자신이 할 수 있는 일은 괴로울지언정 진우의 선택을 담담히 받아들이는 일뿐일 것이다. 가은은 두 눈을 꼭 감았다. 생각만 해도 숨이 막히는 기분이다. 그때 진우의 목소리가 나직이 들려왔다.

"나 뚫어지겠다."

잔잔히 가라앉아 있었지만, 특유의 재치가 옅게 묻어났다. 가은은 눈꺼풀을 슬쩍 들어 올리곤 진우를 빤히 보았다. 최악의 상황을 떠올리고 있는 상황에서도 진우는 여전히 그만의 방식으로 다정했다.

"……어디로 가는 거야?"

가은은 뭐라고 대답을 해야 할까 한참을 고민하다 짐짓 아무런 생각도 하지 않은 표정으로 물었다. 그러자 진우가 입술을 비죽거렸다. 목적지를 말해 줄까 말까, 고민하는 것처럼 보였다. 가은은 잠자코 기다렸다. 이내 진우가 대답을 해 왔다.

"속초."

가은은 말없이 고개를 끄덕였다. 마음을 복잡하게 만드는 생각은 우선 접어두기로 했다.

* * *

차가 멈춰 선 건 한적한 바닷가 근처의 주차장이었다. 휴가철도 아닐뿐더러 평일 오후였기에 해변을 거니는 사람은 보이지 않았다. 그래서 좋았다. 진우와 함께 여행 온 기분을 만끽할 수 있는 최적의 장소인 것 같았다.

"손."

차에서 내리자 보닛을 돌아 걸어온 진우가 손을 내밀어 왔다. 가은은 잠시 내밀어진 진우의 손을 응시하다 맞잡았다. 아직은 바닷바람이 차가운데 마주 잡은 손에선 온기가 충만했다. 그게 내내 잠잠하던 가슴을 쿵쿵 뛰게 만들었다.

진우와 함께 한 발 한 발 걸음을 내디딜 때마다 설명 못 할 기분이 온몸을 휘감았다. 폭신폭신한 모래사장이 구름 위처럼 느껴졌고, 겨울이 남아 있는 바닷바람마저 살랑살랑 불어오는 봄바람 같기만 했다. 혼자 있었다면 느끼지 못했을 기분이었다. 아니, 함께 걷는 사람이 진우가 아니었더라면 느낄 수 없을 기분이었다.

"……좋다."

가은은 저도 모르게 속삭였다. 곧장 따라붙는 진우의 시선이 느껴진다. 그를 바라보진 않았지만, 느낌으로 알 수 있었다. 그는 지금 무엇이 좋다는 건지 시선으로 묻고 있을 것이다.

"그냥, 너랑 이렇게 걷고 있는 게."

수줍게 대답하자 기분 좋은 웃음소리가 들려온다. 가은은 절로 입매가 휘어지는 걸 느꼈다. 어느 순간부터 줄곧 이랬다. 진우의 미소는 언제나 가은을 들뜨게 만들었다. 가은은 속으로 생각했다. 누군가를 웃게 만들 수 있다는 게 이토록 행복할 수도 있는 거구나. 그게 가은에게 전에 없던 용기를 만들어 주었다.

"나 바다 처음 와 봐."

"……정말?"

"응. 기억도 안 나는 어릴 때 와 본 게 아니라면……."

 가은은 말을 하면서도 곰곰이 생각했다. 하지만 아무리 떠올려 봐도 기억하는 순간 중엔 바다에 왔던 적이 없었다. 잠시였지만 바다를 보자마자 마음이 뻥 뚫린 듯하면서 전에 없이 설렜던 것만 봐도 처음이 분명했다.

"오늘이 처음이야."

 가은은 좀 더 확신에 찬 어조로 말했다. 처음이란 사실을 알리면 제 덕에 바다 구경을 하게 된 거라 으스대거나 30년 가깝게 살면서 바다도 안 와 보고 뭐 했느냐고 타박인 척 위로를 하거나, 진우에게서 둘 중 하나의 반응이 돌아올 거라고 생각했다. 그런데 생각과 달리 나란히 걷고 있는 남자에게선 쉽사리 반응이 돌아오지 않았다.

"……나도 열여섯 겨울 이후로는 처음인데."

 한참 만에 돌아온 진우의 대답은 어딘지 모르게 슬픔에 잠겨 있었다. 가은은 처음 들어보는 진우의 말투에 고개를 번쩍 들었다. 진우는 가은을 보고 있지 않았다. 짙게 가라앉은 눈동자는 허공을 끊임없이 배회하고 있었다. 그토록 들끓게 바라보는 곳이 어딘가 하고 시선을 따라가 보니 정확한 지점은 알 수 없지만 너울거리는 바다 위였다.

 진우는 밀려오는 파도를 따라 정처 없이 방황하고 있는 것처럼 보였다. 가은은 불현듯 잊었던 불안이 스멀스멀 밀려오는 걸 느꼈다. 그때 진우가 느닷없이 걸음을 멈추었다. 덩달아 멈춰 선 가은은 어찌할 줄 모르는 얼굴로 진우를 바라보기만 했다.

 진우는 아예 몸까지 돌려 바다를 마주했다. 침묵이 찾아왔다.

가은은 불안을 이기지 못하고 진우에게 잡혀 있는 손가락을 꿈지럭거렸다. 이렇게 하면 걱정 어린 진우의 시선이 제게 향해야 맞는데 진우는 요지부동이었다. 진우의 목소리가 들려온 건 가은의 불안이 절정에 다다랐을 즈음이었다.

"같이 어디로 갈까 고민 많이 했는데, 그래도 한 번은 소개해 주고 싶어서 내 마음대로 여기로 정했어."

불시에 들려온 차분한 목소리가 가은의 온몸을 꽁꽁 묶었다.

"인사해. 여기는 우리 형이 잠들어 있는 곳."

가은은 달달 떨리는 눈으로 진우를 올려 보았다.

"그러니까 내가 너한테 소개해 주고 싶었던 건……."

"……."

"우리 형."

저 멀리에서부터 밀려오기 시작한 파도가 순식간에 가은과 진우를 집어삼켰다. 가은은 진우에게서 눈을 뗄 수 없었다.

* * *

뜨거운 숨이 낯선 공간을 가득 메웠다. 오늘따라 진우가 유난히 집요하게 굴었다.

"하아."

가은은 온 힘을 다해 진우를 받아내면서도 아슬아슬하게 쏟아지는 신음을 참지 못했다. 날이 어두워질 때까지 바다를 마주하고 있다가 근처 호텔로 향한 건 반쯤 충동적으로 벌인 일이었다. 아직은 냉랭한 바닷바람에 몸이 차게 식었다는 게 허울 좋은 핑계였지만, 이대로 헤어지고 싶지 않았다. 가은도, 진우도 조금 더 서로와 함께하길 갈망했다.

체크인한 룸으로 들어오기 무섭게 진우는 맹렬히 가은에게 달려들었다. 가은은 그런 진우에게 기꺼이 제 모든 걸 내맡겼다. 목덜미에 닿는 진우의 입술이 뜨겁게 들끓고 있었다. 그의 입술이 닿고 지나간 모든 자리가 홧홧하게 달아올랐다. 그러고 나면 여지없이 낙인과 같은 흔적이 남았다.

가은은 진우의 목을 힘껏 끌어안았다. 잠깐도 쉴 틈을 주지 않고 밀어붙이는 진우가 벅찬 게 분명한데, 그 몸짓이 꼭 상처 입고 발악하는 새끼 호랑이 같아서 차마 내칠 수가 없었다. 오히려 할 수만 있다면 그의 전부를 품어내고 싶었다. 그게 욕심이란 걸 알면서도 감히 바랐다.

'열여섯 겨울에 형이 죽었거든.'

'…….'

'자살이었어. 형은 내가 보는 앞에서 스스로 차도에 뛰어들었어.'

마음속에 담아 두었던 상처를 담담히 꺼내는 진우의 모습이 눈앞에 아른거렸다. 가은은 진우의 말들이 쉽지 않은 고백이란 걸 알면서도 선뜻 어떤 말도 할 수 없었다. 무슨 말을 해야 그에게 위로가 될 수 있을지 갈피가 잡히지 않았다.

'나한텐 정말 좋은 형이었어.'

'…….'

'나한텐 유일한 가족이기도 했지만, 가족이기 이전에 살면서 유일하게 마음을 내준 사람이었거든.'

진우가 한마디 한마디 꺼낼 때마다 가은은 가슴이 찢어질 듯 아팠다. 유일한 가족, 유일하게 마음을 내주었던 사람. 분명 가은에게도 그런 사람이 존재했다.

서연옥과 서지수.

둘은 세상에 유일하던 부모를 잃은 가은이 유일하게 마음을 주었던 사람이었다. 홀로 덩그러니 남아버린 세상에서 믿을 수 있는 사람이라곤 그 두 사람이 유일했다. 그러나 가은은 오래 지나지 않아 그 둘을 잃어야만 했다.

'다들 형이나 날 보면 전생에 업을 쌓은 운 좋은 애들이라고 했어. 그런데 정작 형이랑 난 남부러울 것 없는 환경에서 지내면서도 그런 생각을 해 본 적이 단 한 번도 없었어. 오히려 전생에 죄를 많이 지어 현생에 벌을 받고 있는 거라고 생각했지.'

'…….'

'어렸던 나나 형이 감당하기에 우리 집안은…… 너무 가혹하고 끔찍한 곳이었거든.'

가은은 목구멍에 복숭아씨가 콱 박힌 기분이었다. 진우의 목소리를 타고 흘러나오는 모든 말들이 꼭 제 이야기 같았다. 문득 모든 것에 둔감해지기 이전의 스스로가 떠올랐다.

가은은 점점 악독하게 변해가는 연옥을 대할 때마다 발악에 가까운 모습을 보이곤 했었다. 부디 이전의 따뜻했던 아주머니로 돌아오길 바라는 마음에 했던 표현이었다. 감정적으로 대드는 것처럼 보일지언정, 가은은 연옥을 향한 기대와 간절한 희망으로 매서운 눈초리를 견뎌냈다. 이 지독한 악몽에서 어서 빨리 깨어날 수 있길 간곡하게 바랐으니까. 하지만 연옥은 그때마다 더욱 악독한 말로 가은을 잔인하게 깔아뭉갰다.

'네까짓 게 돈 좀 손에 쥐었다고 눈에 뵈는 게 없어?'

연옥은 언제나 가은의 기대와 희망을 무차별하게 짓밟았다.

짜악-.
'네 부모가 살아 있을 때나 털끝 하나 손대기도 아까운 무남독녀 외동딸이지, 지금도 같을 거라고 생각해? 멍청한 년.'

때때로 연옥은 폭력도 서슴지 않았다. 지치지 않을 수가 없었다. 수차례 반복되던 상처와 아픔은 어느 날부터 가은을 건조하게 만들었고 무감해지게 했다. 가은으로선 그게 최선이었다. 그렇게라도 지독히도 고통스러운 자극에 무뎌져야 잠깐이나마 마음 편히 숨을 쉴 수가 있었다.
그런데 진우는 달랐다. 처음 본 그 순간부터 그는 자신과 같았던 적이 없었다. 적어도 그는 사랑이라는 감정 앞에 도망친 적이 단 한 번도 없었으니까. 몇 번이고 밀어내는 자신을 향해 몇 번이고 기꺼이 밀려와 주었으니까. 이렇게 큰 상처를 가진 사람이라기엔 그는 언제나 용감했다. 그게 자신과는 다른 수많은 것들 중에서도 가장 결정적인 부분이었다. 그러나 아무리 다르다고 한들 진우 역시 상처를 받으면 고통을 느끼는 사람이었다.

오늘 이곳으로 향하는 내내 그의 마음이 얼마나 처절하고 고통스러웠을지, 가은은 감히 상상이 되지 않았다. 소중했던 형이 잠들어버린 바다를 마주하는 그의 마음이 얼마나 무너져 내렸을까. 그럼에도 그는 자신을 보며 희미하게나마 웃어 보였다.

'같이 와 줘서 고마워.'

'……'

'네가 없었다면, 오늘이 아니라 그게 언제였어도 이렇게 올 엄두는 못 냈을 거야.'

진우는 고맙다고 했다. 이렇게 함께 와 주어서 고맙다고. 순간 가은은 말문이 막혔다. 설명 못 할 감정이 가슴속에 묵직이 차오르는 게 느껴졌다. 그게 너무 고통스러워서 금방이라도 눈물이 날 것 같았다.

가은은 부러 먼 곳을 바라보았다. 저까지 진우를 힘들게 만들고 싶지 않았다. 그러면서도 머릿속 가득 떠오르는 생각들을 지울 수 없었다. 내가 너무 좋은 사람을 만났구나. 지나치게 착하고 여린 너를 만나 사랑에 빠졌구나. 네가 이렇게 상처가 있는 사람이란 걸 진작 알았더라면 이렇게까지 무방비하게 널 사랑하지는 않았을 텐데. 너를 더 온전히 품어줄 수 있는 사람을 찾아갈 수 있도록 가능한 한 네게서 최선을 다해 도망쳤을 텐데. 가은은 무섭게 밀려오는 착잡한 생각들에 질끈 눈을 감았다. 그리고 다시 눈을 번쩍 떴을 땐, 제 위를 점령하고 있는 진우의 모습이 선명히 보였다.

어느덧 실오라기 하나 걸치지 않은 나신 두 개가 새하얀 시트 위를 가득 채우고 있었다. 가은은 거칠게 가슴을 들썩거리며 숨을 몰아쉬었다. 조금 전까지 이어졌던 진한 키스에 현기증이 밀려올 지경인데, 정작 제게 키스를 퍼붓던 진우는 멀쩡해 보였다.

"한가은."

뜨겁게 달아오른 진우의 숨이 가은의 얼굴 위로 고스란히 쏟아졌다. 그 숨결까지도 너무 아찔해서 가은은 또 눈을 질끈 감아야만 했다. 곧 그르렁거리는 진우의 목소리가 귓가를 파고들었다.

"내가, 네 인생의 불청객일까?"

가은은 아랫입술을 꽉 물었다. 울음기라곤 찾아볼 수 없는 목소리인데, 가은은 꼭 진우가 울먹이는 것만 같았다. 그를 마주할 자신이 없는데, 마주하지 않을 재간이 없었다. 혹시라도 그가 울먹이고 있다면 위로의 말은 하지 못하더라도 눈물은 닦아주고 싶었다.

가은은 천천히 눈꺼풀을 들어 올렸다. 곧장 보인 그의 눈동자가 불안하게 흔들리고 있었다. 그걸 보고 있노라니 왜 이렇게 착잡해지는 걸까. 진우 역시 저와 다를 것 없는 상처를 품고 살아왔지만, 그래도 여전히 저보단 진우가 더 단단한 사람이라고 생각했다. 현실에 승복한 자신과는 달리 그는 그럼에도 꿋꿋하게 버텨온 사람이었으니까. 그런 그가 불안한 모습을 하고 있었다. 그 역시 이렇듯 불안해 할 줄 아는 사람인데, 그간 자신을 돌보아왔던 거다.

가은은 느릿하게 눈을 깜빡거렸다. 진우로부터 빠르게 전염되는 불안이 가슴을 불안정하게 만들었지만, 내색하지 않기 위해 노력했다. 오늘만큼은 이렇게 곁을 지키는 것으로라도 그를 위로하고 싶었다. 그게 그에게 위로가 되는지는 알 수 없었지만, 그렇게라도 해야 할 것 같았다. 이 여리고 착한 남자를 사랑한 죄를 그렇게라도 조금이나마 씻고 싶었다.

가은은 소리 없이 입술을 달싹거렸다. 불청객이냐는 진우의 질문에 답을 해야 하는데, 불현듯 지나간 어떤 날이 떠올랐다.

'네가 인생 처음으로 하는 일탈에, 나는 지금 불청객쯤 되려나?'
'……'
'나, 지금 너한테 불청객이야?'

불청객이냐는 진우의 질문이 언젠가 들었던 말이듯.

'……아니.'
'……'
'아니야, 불청객.'

언젠가 제가 했던 대답 역시 또렷하게 상기되었다.

"아니."

가은은 그날의 자신과 진우를 떠올리며 담백하게 대답했다.

"불청객 아니야. 넌……."

"……."

"넌 내 인생에 찾아온 유일한 선물."

말을 한마디 이을 때마다 심장이 격렬하게 요동쳤다. 담담한 척하고 있었지만, 사실은 그렇지가 못했다. 가은은 금방이라도 심장이 터질 것 같았다. 태어나 처음으로 전해보는 진솔한 고백이었다. 진우에게 좋아한다고 고백할 때마다 진심인 건 마찬가지였지만, 이 순간엔 비할 바가 못 되었다. 가은은 다시금 딱딱하게 굳어 버리려는 입술에 힘을 주었다.

"사랑해, 이진우."

줄곧 하고 싶었던 말이었다. 언제나 목 끝에 걸려 괴롭기만 하던 그 말. 널 무던히도 많이 사랑하게 된 것 같다는 고백을, 가은은 오늘에서야 전할 수 있었다.

"하."

진우가 참지 못하고 더운 숨을 토해냈다. 그게 신호탄이 되어 다시 뜨겁게 입술이 맞닿았다. 닫혀 있던 몸을 열고 들어오는 몸짓 역시 함께였다. 가은은 고통스럽지만 기쁘게 그를 받아들였다. 그러면서도 심장을 후벼 파는 열뜬 감정에 눈물을 글썽거렸다.

가슴이 아팠다. 그를 이토록이나 사랑하는데, 그를 사랑하는 제 마음이 죄스러웠다. 이렇듯 가까이에 있는데 왜 이렇게 멀게만 느껴지는 걸까. 이진우와 한가은은 닿을 듯 닿을 수도, 멀어지려야 멀어질 수도 없는 것만 같았다. 지독히도 멀고 가까웠다. 그게 꼭 자신과 진우를 의미하는 말인 것 같았다. 가은은 망연히 눈꺼풀을 내려 닫았다.

* * *

"들어가."

서울에 도착한 건 다음 날 오후였다. 새벽이 깊도록 뜨겁게 몸을 섞었지만, 둘 간의 거리는 가까워지기보단 여전히 제자리걸음에 가까웠다. 그럼에도 헤어지고 싶지 않은 마음은 변함이 없었다.

가은은 선뜻 뒤돌아서지 못한 채 진우를 보았다. 시선 안에 담긴 의미가 무엇일지 진우라면 모르지 않을 터다. 진우는 고집스럽게 맞붙이고 있던 입술을 조심스레 떼어냈다.

"당분간, 또 많이 바쁠 것 같아. 이만하면 일이 좀 정리가 될 것도 같았는데, 진척이 없네……."

진우는 말을 하면서도 가은을 똑바로 바라보지 못했다. 뿐만 아니라 언제나 당당하던 진우의 말투가 어울리지 않게 긴장을 잔뜩 싣고 있었다. 가은은 뒤로 숨긴 양손을 꽉 움켜쥐었다. 그가 바쁜 건 어제오늘 일이 아니었다. 그럼에도 그는 헤어짐을 목전에 둔 때면 '금방 올게.' '최대한 빨리 달려올게.'라고 말하곤 했었다. 그런데 오늘은 그의 말 어디에서도 제게 다시 오겠다는 말이 없다.

순간 하고 싶은 말들이 입안 가득 모이기 시작했다. 가은은 당장이라도 입안에 응축된 그 말들을 뱉고 싶었다. 진우에게 전하고 싶은 말이 한가득했으니까. 하지만 그러지 못했다. 힘주어 움켜쥐었던 손이 맥없이 풀리고, 입안을 맴돌던 말들이 가슴에 차곡차곡 쌓여갔다.

"응. 조심히 가."

하고 싶었던 말 대신에 내뱉은 건 이 순간 가장 하고 싶지 않던 말이었다. 가은은 진우에게 안녕을 고하곤 차갑게 뒤를 돌았다. 건물 입구로 향하는 걸음걸음이 아프고 쓰라렸다. 그래도 하는 수 없었다. 지금의 자신으로는 지친 진우를 위로할 수도, 힘이 되어 줄 수도 없었다. 어쩌면 그에게 힘은커녕 짐밖에 되지 못할지도 몰랐다. 그걸 알면서도 그를 붙잡을 순 없었다. 가은은 점점 힘이 빠지려는 다리에 몇 번이고 힘을 주었다. 결국 주저앉는 한이 있더라도 진우의 앞은 피하고 싶었다.

"연락할게!"

뒤늦게 진우의 목소리가 들려왔지만, 이미 움직이기 시작한 가은의 마음은 붙잡지 못했다. 가은은 아무 대답도 하지 않았다. 그저 막 도착한 엘리베이터 안으로 몸을 감출 뿐이었다.

* * *

진우가 해운의 집으로 들어온 건 가은과 헤어지고도 한참이 지난 후였다. 갈 곳은 딱히 없었다. 지하 주차장에 주차를 마치고 맥없이 앉아 있길 한 시간여. 이 정도면 집으로 들어간 가은이 쉬고 있을 것 같았다. 그래서 무거운 몸을 이끌고 막 집으로 들어온 참인데, 별안간 반갑지 않은 인기척이 진우를 맞이했다.

"야, 너……!"

오늘은 왜 또 집에 있는 걸까. 집주인이 집에 있는 게 이상할 건 없지만, 일에 치여 늘 바쁘기만 하던 놈이 요즘 들어 자꾸 집을 지키고 있으니 퍽 적응이 되지 않았다.

"하, 내가 이러라고 가은이랑 만나게 해 준 건 줄 알아?"

대뜸 으박부터 지르던 해운은 진우의 낯빛을 보기 무섭게 한풀 꺾인 목소리로 말했다. 기세가 꺾이긴 했어도 진우를 타박하는 본질은 잃지 않았다.

"후우."

진우는 한숨을 내쉬었다. 상의 없이 한 일탈에 이 정도 잔소리는 예상했지만, 가슴이 묵직해지는 건 어쩔 수 없는 일이었다.

"가은이는 집에 들어갔어? 가은이도 너 여기에 있는 거, 이제 알아?"

질문이 연달아 이어졌다. 진우는 본능이나 다름없이 손을 올려 관자놀이를 꾹꾹 눌렀다. 편두통이 밀려왔다. 과부하가 왔다는 신호였다.

"가은이는 잘 들어갔고, 내가 여기에 있다는 건 아직 몰라."

진우는 해운의 질문에 간단히 답을 했다. 노파심에 움직인 눈동자로 해운의 입술을 달싹거리는 게 보인다. 진우는 힘없이 늘어져 있던 손을 해운의 앞으로 들어 올렸다. 그만하라는 의미였다. 그런다고 그만할 해운이 아니란 걸 알기에 재빨리 말을 덧붙였다.

"……네 말대로 할 거야."

깊은 체념의 목소리였다. 해운은 예상하지 못한 말에 움찔거리면서도 진우의 말이 의미하는 바가 무엇인지 정확하게 물었다.

"뭘. 뭘 내 말대로 하겠다는 건데."

지금의 이 확인 사살이 진우에게 얼마나 고통스러운 질문일지 모르는 게 아니었지만, 그럼에도 그렇게 해야 했다. 진우도 가은도 너무 위험했다.

"가은이, 당분간 만나지 않을 거라고."

이어진 진우의 말은 해운의 불안을 한결 해소해 주었다. 그럼에도 해운은 잔뜩 구기고 있던 표정을 펴지 못했다. 방으로 걸어가는 진우의 뒷모습이 유난히 힘에 겨워 보였다. 태어나 유일하게 사랑했던 여자와 떨어져 지내기로 작심한 지금, 과연 저 속이 속일까. 그 생각만으로 해운은 한숨이 절로 밀려 올라왔다.

　곧 방문이 닫히고 진우가 모습을 감추었다. 아끼는 진우를 위해 할 수 있는 일이 고작 이런 것뿐이란 사실이 야속하기만 했다. 그러면서도 해운은 바랐다. 부디 바라건대 두 사람이 이 힘든 시기를 잘 이기고 견뎌내길. 그 누구보다 애틋한 마음으로, 해운은 그 한 가지만을 바랐다.

사랑하기 때문에

　달칵.

　가은의 등 뒤로 진료실 문이 닫히는 묵직한 소리가 울렸다. 어느 덧 일주일이 지나고 진료가 예정되어 있던 날이었다. 지난주만 해도 많이 나아졌단 생각을 스스로 하곤 했는데, 고작 일주일이 지난 오늘은 모든 게 엉망이었다. 한 시간 남짓 주치의와 했던 대화는 조금 전에 있었던 일임에도 불구하고 드문드문하게만 기억이 났다. 그나마 선명하게 떠오르는 게 있다면 그의 표정이 깊은 수심에 잠겨 있었다는 것 정도.

멍한 정신으로 어떻게 병원을 빠져나온 건지도 알 수 없었다. 막 자동문 사이로 걸어 나오자 그사이 한결 따뜻해진 봄바람이 그녀를 향해 불어왔다. 그제야 조금은 정신이 드는 것 같았다.

가은은 흐릿하게나마 초점이 잡힌 눈으로 주변을 둘러보았다. 눈동자 안으로 누구도 알아채지 못할 절박함이 담겨 있었다. 담담한 척 한참이나 주변을 응시하며 무언가를 찾고 또 찾았다. 하지만 눈길을 사로잡는 건 그 무엇도 없었다. 생기를 되찾는 듯 싶던 가은의 눈동자가 다시금 탁하게 죽어버리기까진 순식간이었다.

가은은 우두커니 멈추었던 다리를 움직였다. 원하는 바는 한 가지였다. 진료가 약속된 날이긴 했지만, 모든 게 무의미한 이 시점에 병원까지 걸음을 한 건 간절히 원하는 그 한 가지 때문이었다. 말도 안 되는 바람을 기대한 욕심의 대가는 형용할 수 없는 허탈함으로 대신했다.

가은은 바로 앞에 보이는 택시를 잡아탔다. 그러곤 짧게 목적지를 말했다. 택시가 운행을 시작하자, 감정 없는 먹색 동공 위로 생기 넘치는 타인의 일상들이 빠르게 스치고 지나갔다. 하지만 가은을 자극하기엔 역부족이었다. 내내 조용하던 핸드폰이 진동하기 시작한 건 목적지에 다다를 무렵이었다.

가은은 느릿한 손길로 외투 주머니에 넣어두었던 핸드폰을 꺼내었다. 액정 위로 저장되지 않은 번호 11자리가 찍혀 있는 게 보였다. 평소라면 받지 않았을 전화다. 그러나 미련한 욕심은 단 1%의 희박한 가능성에도 목을 맸다.

“……여보세요.”

힘없는 목소리가 일말의 기대를 품고 옅게 흔들렸다. 핸드폰을 타고 상대의 목소리가 들려오기까지의 그 짧은 시간 동안 가은의 심장은 터질 듯 박동했다.

─ 한가은 씨 핸드폰 맞나요?

하지만 이내 들려온 목소리는 생전 처음 들어보는 낯선 이의 것이었다. 가은의 입술이 또 고집스레 다물렸다.

─ 여보세요?

핸드폰 건너에서 재차 목소리가 들려오지 않았다면, 이대로 끊어버렸을지도 모르겠다. 가은은 뒤늦게 정신을 차리곤 대답했다. "네. 맞습니다. 누구시죠?"

─ 나 진우 엄마예요.

그런데 정신을 차리기 무섭게 다시금 혼몽해지는 기분이다. 진우의 모친. 그녀가 왜 제게 전화를 걸어온 것일까. 무슨 일로 전화를 걸어온 것인지 묻기도 전에 답이 돌아왔다.

─ 좀 만났으면 해요. 내가 한가은 씨 집으로 가긴 좀 그렇고, 내가 있는 곳으로 와 줬으면 좋겠는데.

먼저 만남을 청하는 것이 무색하도록 무례한 요구가 이어졌다. 가은은 말없이 눈만 끔뻑거렸다. 그사이 목적지에 도착한 택시가 주행을 멈추었다. 룸미러를 통해 흘끔거리는 택시 기사의 눈길이 느껴졌다. 가은은 짧은 손짓으로 양해를 구하곤 통화에 집중했다.

"무슨 일로 그러시는 건지 여쭤 봐도 괜찮을까요?"

지금 자신이 한 말이 진우의 모친이 원하는 대답이 아니라는 것쯤은 알고 있었다. 하지만 되도록 만나고 싶지 않았다. 지금 제 상태가 낯선 사람을 마주하고 상대하기엔 몹시 적절하지 않다는 걸 너무나도 잘 알고 있었으니까.

 – 무슨 일인지는 만나 보면 알겠죠. 한 시간쯤 뒤에 H호텔에서 봤으면 좋겠어요. 거기서 보는 걸로 알고 끊을게요.

 가은은 허무한 눈으로 전화가 끊긴 핸드폰을 바라보았다. 만남을 청한 건 상대 쪽이 분명한데, 제 의사라곤 눈곱만큼도 반영되지 않은 결과였다. 한숨이 절로 밀려왔다. 이대로 무시하고 집으로 들어가고 싶은 마음이 굴뚝같았지만, 무작정 그렇게 하자니 마음이 불편했다. 전화를 걸어온 무례한 상대가 진우의 모친이기 때문이겠지. 답은 이미 정해졌지만, 가은은 한참을 고민했다.

 긴 고민 끝, 그녀는 더욱 침잠한 눈동자로 택시 기사를 바라보았다.

"기사님. 죄송하지만, H호텔로 가주실 수 있을까요?"

* * *

 가은은 눈앞에 놓인 찻잔을 양손으로 그러쥐었다. 숨 쉬는 일조차 조심스러운 가은과 달리 맞은편의 중년 여성은 고상한 자태로 차를 들이켰다. 가은은 입안 가득한 한숨을 속으로 삼키며 천천히 고개를 들었다.

"……."

 불시에 시선이 부딪쳤다. 그것만으로 가은은 숨이 탁 막히는 기분인데, 상대에게선 그런 기색을 조금도 읽을 수가 없었다. 되레 가은을 구석구석 살피는 눈초리에 견디기 힘든 경멸이 섞여 있었다.

"기억하죠? 초면은 아닌데."

선영은 한 모금 들이켠 찻잔을 내려놓으며 가볍게 물었다. 가은은 티 나지 않게 심호흡을 하곤 천천히 입술을 움직였다.

"네. 지난번에 아파트 복도에서 뵈었던 거 기억합니다."

"뭐 썩 유쾌한 상황은 아니었지만, 내가 누구인지 설명할 필요가 없다는 건 좋네요."

여자는 무척 귀찮은 듯 보였다. 이곳까지 걸음을 한 것도. 가은을 마주하고 있는 일까지. 가은은 상대의 요구로 이 자리에 있는 것인데, 오지 말아야 할 곳에 온 것 같단 생각을 지울 수 없었다.

"우리 진우는 다시 만났나요?"

여자가 직설적으로 물었다. 가은은 진우의 이름에 속절없이 반응하며 아래로 내리깔았던 시선을 위로 들었다. 그러기 무섭게 여자가 눈살을 찌푸린다. 눈을 마주치는 것만으로도 불쾌하다는 기색이었다.

가은은 서둘러 시선을 피했다. 이렇게 주눅 들 필요가 없는데. 자신을 찾은 건 분명 진우의 모친인데. 그런데도 노골적인 경멸에 가은은 스멀스멀 밀려오기 시작한 불안을 외면하지 못했다.

"혹시 우리 진우 그쪽 집에 들어가 살아요?"

이어진 여자의 말은 무척이나 당혹스러웠다. 진우의 행방이라면 제게 물어볼 일이 아니었다. 해운의 집에서 머물던 진우를 데리고 간 건 여자였고, 여자에게 끌려간 진우는 그 이후 무척이나 바쁜 일상을 보내고 있었으니까. 질문의 의도를 알 수가 없어 대답할 말을 찾지 못한 것뿐인데, 여자는 침묵을 긍정의 의미로 받아들인 듯했다.

"하, 진짜 기가 막혀서."

추임새처럼 곁들여진 말소리만 들어보아도 여자가 자신을 얼마나 아니꼽게 보고 있는지 알 수 있었다. 가은은 테이블 아래로 손을 내리곤 힘주어 말아 쥐었다. 손끝이 자꾸만 부들거렸다. 빠르게 증폭되는 불안의 전조 증상이었다. 이미 자신을 하찮게 보고 있는 여자에게 잘 보이고 말고 할 것도 없었지만, 그래도 최악의 모습까진 보이고 싶지 않았다. 그래도 여자는, 진우의 모친이었으니까.

"걔가 아무리 생각 없이 그쪽을 찾아갔기로서니 주제도 모르고 그 애를 받아준 거예요?"

그런데 중심을 지키기가 너무 어려웠다. 줄줄이 이어지는 선영의 말은 어느 한군데 수치스럽지 않은 곳이 없었다. 더욱이 그녀의 말을 이해할 수도 없었다. 회사 일로 바쁘다던 진우를 어째서 제게 와 찾는 것일까.

"아까부터 내 말이 우스워요? 어른이 말하면 대꾸는 해야 할 거 아니야. 누가 근본 없는 기집애 아니랄까 봐."

선영의 말을 이해하기 위해 분주히 돌아가던 사고 회로가 일시에 멈추었다. 가은은 움켜쥐고 있던 손에 더욱 힘을 주었다. 힘을 이기지 못한 피부가 희게 질리고, 자라난 손톱이 손바닥을 파고들 때까지.

가은은 빠르게 눈을 깜박였다. 선영의 멸시가 뭐든 대꾸 좀 하라는 의미라는 걸 알고 있었지만, 진작부터 딱딱하게 굳어 있던 입술이 움직일 리 만무했다. 더욱이 머릿속이 하얗게 세기 시작했다. 제게 바쁘다고 이야기하던 진우의 모습과 제게서 진우를 찾는 선영의 모습이 혼란하게 뒤섞였다. 어느 때보다 정신을 바짝 차려야 하는 상황임이 분명한데, 도통 의지대로 되지를 않는다.

"하, 됐어요. 내가 뭘 바라겠어. 이렇게 마주 보고 있는 거 껄끄럽긴 피차 마찬가지일 테니까 본론만 얘기할게요."

선영은 머리가 아프다는 듯 관자놀이를 짚으며 한숨을 내쉬었다. 하지만 이내 가은을 향한 눈초리는 지금까지보다도 더 차갑고 냉랭했다.

"한가은 씨는 그쪽이 우리 진우한테 어울리는 여자라고 생각해요?"

내내 경직되어 있던 가은이 아랫입술을 바르르 떨었다. 진우에게 어울리는 여자. 그 말이 심장을 아프게 후벼 팠다.

"한가은 씨 생각은 어떨지 몰라도 내 생각엔 아니에요. 감히 가당치도 않죠."

네, 저도 그렇게 생각해요.

가은은 그 말이 목 끝까지 차올랐다. 소리 내어 말하진 않았지만, 선영을 마주한 이후 처음으로 고민 없이 할 수 있는 대답이었다. 자신이 진우에게 어울리는 여자가 될 수 없다는 건, 어떤 면으로 보나 달라질 것 없는 사실이었다. 그런데 왜 이렇게도 가슴이 아픈 걸까. 가은은 숨을 깊숙이 들이마셨다.

"우리 진우한테 필요한 여잔 진우를 든든하게 뒷받침해 주고 내조해 줄 수 있는 여자예요."

"……."

"그쪽처럼 정신과 치료나 받는 환자가 아니라요."

선영의 말투는 담담하기 그지없었다. 마치 일상을 이야기하듯 자연스럽고 매끄러웠다. 그러나 입술에 칼이라도 물려 있는 건지, 내뱉는 말 족족 잔인하지 않은 게 없었다. 자신이 정신과 치료를 받는다는 사실을 어떻게 알았는지는 궁금하지도 않았다. 알고자 마음먹었다면 어떤 방식으로든 어렵지 않게 알아낼 수 있었을 것이다.

가은은 망연히 고개를 떨구었다. 이렇게 짚어주지 않아도 제 주제는 누구보다 잘 알고 있었다. 진우에게 위로 한마디도 해주지 못하는 자신이. 진우 모친의 말마따나 정신과 치료나 받는 환자 주제인 자신이 진우의 짝으로는 조금도 어울리지 않는다는 것 정도는 충분히.

"이미 짐작하고 있겠지만, 나 한가은 씨가 우리 진우 만나는 거 몹시 불쾌해요."

하지만 선영의 멸시는 그치지 않았다.

"변변치 않은 집안에 가정환경은 그렇다고 치더라도, 정신과 치료가 필요한 환자 주제에 어떻게 감히 우리 진우를……. 하."

미간을 있는 대로 구기며 가은이 마음에 차지 않는 이유를 조목조목 읊어대던 선영이 기어이 불쾌함 섞인 한숨을 내쉬었다. 가은은 억장이 무너지는 기분이었다. 선영이 내뱉은 한숨에 날것 그대로의 경멸이 가득 실려 있었다.

"옮는 전염병은 아니더라도 옆에 있다 보면 아무렴 영향은 받지 않겠어요?"

선영은 미간을 좁히며 몸을 뒤로 당겼다. 그 모습이 꼭 그녀가 뱉은 말처럼 전염병 환자를 앞에 둔 사람 같았다.

"우리 진우 H그룹 이어 가야 하는 인재예요. 변변치 않은 여자랑 붙어먹었단 소문이 도는 것도 마뜩잖아 죽겠는데, 정신병자란 꼬리표가 붙어 돌아다니는 걸 내가 두고만 볼 수 있겠어요?"

"……."

"내 눈에 흙이 들어가도 난 한가은 씨 못 받아들여요. 한가은 씨는 내 아들한테 그저 걸림돌, 그 이상도 이하도 될 수 없어요. 그러니까 이만 정신 차리고 진우 돌려보내요."

선영의 말은 거기까지였다.

가은은 여전히 아무 말도 할 수 없었다. 처음 선영을 마주했을 때보다 정신이 또렷함에도 입술이 움직이질 않았다. 머릿속으로 선영의 말들이 질서정연하게 정립이 되었다.

H그룹을 이어받아야 할 인재.

그를 든든하게 뒷받침하고 내조할 수 있는 여자.

정신병자라는 꼬리표.

그 모든 것들이 가리키고 있는 건 한가은은 이진우의 곁에 머물 자격이 단 한 가지도 없다는 명확한 사실이었다. 진우와 함께할 때면 언제나 지나친 행복에 구름 위를 걷는 기분이었다. 이렇게 행복해도 되는 건지, 생전 처음 느껴보는 이 몽글거리는 감정을 느낄 자격이 제게 있기는 한 건지, 늘 그런 생각을 하곤 했는데…….

가은은 슬며시 입꼬리를 당겨 올렸다. 오늘에서야 정확히 깨달았다. 진우는 제게 선물이 아니라 그저 꿈이었을 뿐이다. 평생을 갈망하던 행복, 그게 잠시 꿈처럼 찾아왔던 것이다. 그래도 이왕 세상에 태어난 거, 행복이란 게 무엇인지 정도는 알아도 좋단 하늘의 배려였을까. 가은은 뒤늦게야 제게 영원한 행복은 너무도 과분한 바람이란 걸 처절히 깨달아야만 했다.

"머리가 나쁜 아가씨 같지는 않으니까 내 말 알아들었을 거라고 생각해요. 그럼 먼저 일어날게요."

내내 변변치 않고 근본 없는 정신병자 취급을 하던 선영이 느닷 없이 대우를 달리했다. 그런다고 해서 선영에게 한가은의 인식이 달라졌다고는 생각하지 않았다. 불행하게도 가은은 선영의 말처 럼 머리가 나쁘지 않았으니까.

선영은 자리를 털고 일어났다. 호텔 레스토랑을 유유히 빠져나 가는 걸음걸이는 고아했고 기품 있었다. 가은은 선영의 모습이 완 전히 사라지고 또 한참이 지날 때까지 자리를 벗어나지 못했다. 두려웠다. 이곳을 벗어나 자신이 해야 할 일이라는 게, 이 순간 죽 어도 하고 싶지 않은 일일 게 너무도 자명해서. 가은은 자리에서 일어나고 싶지 않았다.

* * *

선영을 만나고 돌아온 이후, 가은은 일주일이 다 되어가도록 집 밖으론 한 걸음도 나가지 않았다. 원래도 외출이 잦은 편은 아니 었지만 그래도 이삼 일에 한 번 정도는 집 앞 카페에 가기도 했는 데, 그럴 정신이 없었다.

일주일이 다 되는 시간 동안 정말 눈코 뜰 새 없이 바빴다. 하루 는 먼지가 내려앉은 옷들을 정리했고, 또 하루는 연옥이 죽은 이 후로는 관리가 되지 않던 주방 곳곳을 뒤집었다. 뿐만 아니라 거실이며 욕실, 집 안 곳곳을 청소하며 묵은 때를 벗겼고, 또 다른 날은 지수에게 필요할 만한 물건을 고르고 구입하는 데에만 꼬박 하루를 다 썼다.

처음 온 집 안을 들쑤시고 다닐 때는 도대체 왜 이러는 거냐고 지수가 만류했지만, 며칠 내리 같은 행동이 거듭되자 지수도 지쳤는지 더는 말리지 않았다. 덕분에 태어난 이래로 가장 바쁘게 보낼 수 있던 며칠이었다. 하지만 그렇게 며칠을 보내고 나니 더는 할 일이 눈에 띄지 않았다. 아침 일찍 일어나 구석구석 할 일을 찾아 헤맸지만, 결국 반나절이 넘도록 소파에 앉아 있기만 해야 했다. 가은은 굳이 거실 이곳저곳으로 눈동자를 굴리며 멍한 정신을 다잡기 위해 애를 썼다. 그런 그녀의 손엔 오래된 책상 서랍을 벗어난 적 없던 다이어리가 쥐여 있었다.

"……."

가은은 빛바랜 다이어리 겉면을 멀거니 바라보았다. 우울했던 어린 시절이 오롯하게 담겨 있는 물건이었다.

천천히 첫 장을 넘겼다. 얼마나 자주 들여다봤던지 굳이 확인하지 않아도 첫 장에 적힌 내용이 무엇인지 머릿속에 빼곡하게 떠올랐다. 그럼에도 가은은 한 장, 한 장 페이지를 넘기며 제 흔적을 따라 걸었다. 어떤 부분에선 당시의 고통이 떠올라 절로 미간이 구겨졌고, 또 어떤 부분에선 이런 말도 안 되는 일에 잠시나마 행복했었구나 생각하며 실없는 웃음이 나왔다.

다이어리 한 권을 정독하기까진 꽤 오랜 시간이 걸렸다. 그리고 마침내 펼쳐진 마지막 장. 가은은 마지막 장 위에 시선을 두며 서글픈 미소를 지었다.

〈버킷 리스트〉

 1. 다리가 아파서 주저앉고 싶을 때까지 걸어보기.

 2. 대학생인 척 전공 서적 들고 캠퍼스 거닐어 보기.

 3. 분위기 좋은 스카이라운지 레스토랑에 가서 야경도 보고 맛있는 저녁 먹어 보기.

 4. 음식 하나쯤은 전문가 못지않게 직접 만들어 보기.

 5. 바다 보러 가기. 질릴 때까지 해변에 앉아서 바다 구경하기.

 얼마 전 다이어리를 봤을 때만 해도 내용만 깔끔하게 적혀 있던 리스트였다. 그 위로 어느새 취소 선이 여러 개 그어져 있었다. 스스로 그은 선들이었다. 처음 버킷 리스트를 다시 보았을 때만 해도 뭘 이렇게 사소한 것들을 버킷 리스트랍시고 적어두었을까 싶었는데. 어느덧 어린 시절 그토록 하고 싶던 일들을 전부 해낸 것이다. 마지막 5번엔 취소 선이 그어져 있지 않지만, 그것마저 진우와 함께 속초에 다녀오며 이룬 셈이었다.

 가은은 소파 테이블 위에 놓인 연필꽂이에서 펜 하나를 꺼내 쥐었다. 그러곤 다른 항목들과 똑같이 취소 선을 그었다. 느리게 움직이는 손끝이 아릿했다. 최대한 곧은 선으로 그리고 싶은데, 지나가는 자리마다 비뚤배뚤한 흔적이 새겨졌다.

 펜을 손에 쥐고 있길 한참. 다이어리에서 손을 떼자 버킷 리스트의 항목 위로 전부 취소 선이 표시되었다.

 「5. 바다 보러 가기. 질릴 때까지 해변에 앉아서 바다 구경하기.」

 가은은 어느 하나 빠진 것 없이 완벽하게 이루어낸 버킷 리스트를 오랫동안 바라보았다. 하나하나 진득하니 바라볼 때마다 그날의 일들이 선연하게 떠오른다. 산책로를 다섯 시간이나 걸었던 일. 서점에 가 경영 서적을 구매하곤 근처 대학을 찾았던 일. 호텔 라운지 레스토랑에서 먹었던 맛 좋은 음식들과 해운에게 배운 음식들을 홀로 만들어 보았던 일. 그리고 누군가에게 가슴 아픈 곳으로 남겨진 속초에 다녀온 일까지.

"······기특하네, 한가은."

가은은 주문을 외듯 스스로에게 말했다. 기특하다는 말을 들어 본 게 언제인지 기억이 나질 않았다. 아주 어린 시절을 제외하곤 제게 기특하단 말을 해줄 사람이 아무도 없었으니 이상할 일도 아니었다. 그래서 가은은 저라도 제게 기특하다고 말해 주고 싶었다. 남들은 비웃을지 몰라도 저 자신에겐 이 다섯 가지 항목 중 단 한 가지도 쉬운 게 없었으니까.

물론 혼자였다면 하지 못했을 일이다. 엄두조차 나지 않는 일을 다섯 개씩이나 해낼 수 있었던 건 어디까지나 전부······.

"······이진우."

진우가 곁에서 함께해 주었기 때문이리라.

지난 며칠간 잊었던 진우의 생각이 속절없이 머릿속을 그득 채웠다. 속초에서 돌아온 이후 그에게선 전화도 메시지도 오지 않았다. 그런 그를 잠깐이지만 원망했다. 바쁘다곤 했어도, 그래도 연락하겠다고 했잖아. 하루 온종일을 그 생각에 잠겨 핸드폰만 들여다보곤 했었다. 하지만 그것도 선영을 만나기 전까지의 일이었다.

가은은 아주 오랜만에 핸드폰을 손에 쥐었다. 액정 위를 지분거리는 손가락에 망설임이 가득했지만, 기어이 선명하게 기억하는 숫자 11자리를 꾹꾹 눌렀다. 그러곤 마지막 통화 아이콘까지 꾹 눌렀다. 투박한 신호음이 이어질 때마다 입안이 바싹 마르는 기분이었다. 못내 밀려오는 초조함이 그녀를 무섭게 잡아먹었지만, 견뎠다. 신호음 대신 상대의 목소리가 들려온 건 한참만이었다.

– ……여보세요.

그토록 듣고 싶던 목소리엔 힘이 실려 있지 않았다. 바쁘게 이어지는 업무에 지친 건지, 그게 아니라면 받고 싶지 않은 전화가 걸려와서인 건지. 이유는 알 수 없었지만, 가은은 그런 진우의 반응을 담담히 받아들였다. 이유가 뭐든 우선은 좋았다. 오랜만에 듣고 싶었던 목소리를 들을 수 있어서.

"잘 지내?"

가은은 진우에게 물었다. 수차례 몸을 섞었던 상대에게 하는 질문치고는 무척이나 어색한 뉘앙스였다. 그러나 이게 맞을 것이다. 이진우와 한가은은 스스럼없는 사이이기보단 조금 불편한 사이인 게 훨씬 더 어울렸다.

– 그냥……

여전히 힘을 찾아볼 수 없는 목소리가 가은의 고막을 울렸다. 그게 못내 가은에게 희망으로 다가왔다. 혹시나 그 또한 자신을 그리워하고 있는 건 아닐까. 정말 혹시나 그도 자신과 마찬가지로 만날 수 없는 이 시간을 괴롭게 느끼는 건 아닐까.

다시금 가슴이 몽글몽글한 감정에 젖어 들려고 했다. 잠시간 머릿속을 스친 생각은 가은을 저 높은 하늘 위로 두둥실 떠오르게 만들었다. 하지만 금세 빠른 속도로 추락하며 아찔한 현기증이 이어졌다. 가은은 고개를 세차게 저으며 정신을 차리기 위해 노력했다. 헛된 기대에 부풀어선 안 되었다. 그 후에 찾아올 허탈함은 오롯한 제 몫이 될 테니. 그 끔찍한 고통을 두 번은 겪고 싶지 않았다.

"……요즘도, 많이 바빠?"

그러나 바보같이 또 헛된 기대를 품고 말았다. 마음이 의지처럼 되지 않았다. 이미 단맛을 본 내면의 자아가 더는 외로움에 머무르고 싶지 않다고 몸부림을 쳤다. 진우의 대답이 쉬이 돌아오지 않는다는 걸 인식하고 또 겁부터 먹을 거면서 자꾸만 기대를 한다. 너 또한 나와 다름이 없다면. 네 마음 역시 나와 같은 거라면. 그런 거라면 마지막일지도 모를 용기를 한 번 더 내 보고 싶은데.

─ 응. 당분간은, 계속 이럴 거 같아.

하지만 이변은 없었다. 가은은 힘없이 고개를 떨구었다. 도대체 무얼 기대했던 걸까. 진우 모친의 말처럼 자신은 진우에게 걸림돌 밖에 되지 않는 정신 질환 환자일 뿐인데.

─ 미안해, 가은아.

별안간 진우의 목소리가 불시에 들려왔다. 힘없는 목소리가 이유도 모른 채 사과를 하고 있었다. 그것도 무척이나 지친 음색으로 힘겹게 말을 건네고 있었다. 그 순간 가은은 스스로 쓸모없는 짐이 되어버린 기분을 지울 수 없었다.

"아니야. 네가 일개 회사원도 아니고 팀을 이끌어 가는 팀장인데 한가하면 그게 더 이상한 거지. 일 봐. 갑자기 전화해서 내가 미안해."

─ 아니야. 연락하겠다고 했는데, 네가 먼저 연락하게 해서 정말 미안해. 근데 정말 계속 정신이 없었어.

"응. 알겠어. 그냥 갑자기 생각나서 전화해 봤어. 바쁠 텐데 얼른 일 봐. 나중에 또 전화할게."

진우의 말소리가 들려오는 것도 같았지만, 가은은 서둘러 종료 아이콘을 눌렀다. 더는 듣고 싶지 않았다. 제 존재가 짐처럼 느껴지는 이 기분을 더 이상 느끼고 싶지 않았다.

아래로 고꾸라져 있던 고개가 창문 너머로 향한 건 그로부터 한참 뒤였다. 어느덧 해가 지고 주황빛 노을이 하늘을 가득 물들이고 있었다. 가은은 세상이 완전한 어둠에 물들 때까지, 미동도 하지 않았다. 그리고 제 마음의 노을이 완전하게 진 그 순간, 힘없이 늘어트리고 있던 손가락을 움직였다. 핸드폰 너머로 아주 오랜만에 듣는 목소리가 들려왔다.

"……아저씨, 잘 지내고 계시죠? 갑자기 연락드려서 죄송해요. 다른 게 아니고 부탁드릴 게 있어서요."

줄곧 생각해 왔던 말이 자연스럽게 흘러나왔다. 준비한 말을 모두 전하기까진 오래 걸리지 않았다. 가은은 부탁한다는 말과 고맙다는 말을 몇 번이고 전한 후에야 통화를 끝마쳤다.

가은의 시선이 다시 차창 너머로 향했다. 노을이 지고 완전한 어둠에 물든 도시 곳곳이 화려한 네온사인에 뒤덮여 있었다. 그 모습에서 오랫동안 눈을 떼지 못했다. 언젠가 호텔 라운지 레스토랑에서 보았던 야경이 떠올랐다. 그 순간 느꼈던 설렘이 상기되자, 절로 입가에 미소가 걸렸다. 아름다웠던 야경과 정말 맛있었던 음식들. 그리고 그중에서도 가장 빛나던 너.

속절없이 심장이 두근거렸다. 간절히 지우고 싶지만 지울 수 없는 그 기분을 마음속 깊이 간직하며 가은은 천천히 자리에서 일어났다. 그런 그녀의 입가엔 여전히 미소가 걸려 있었다. 서글프고 처량하기 그지없는 미소가 꼭 그녀의 마음 같았다.

가은은 터덜터덜 방 안으로 발을 내디뎠다.

달칵.

곧 묵직한 소리가 고요한 거실 안을 울렸다. 환기를 위해 조금 열어두었던 창문 틈새로 바람이 불어왔다. 거실을 배회하던 바람이 주방으로 향하고, 이내 가은의 방 앞에서 방황했다. 빈틈이 없었다. 그녀의 방문 너머로 불어가고 싶었지만, 작은 틈도 찾아볼 수가 없었다. 다신 열리지 않을 것처럼, 완벽하게 닫히고 말았다.

* * *

밤늦은 시각.

지수는 동아리 술자리를 마치곤 휘청거리며 집으로 들어왔다. 온 집 안의 불이 꺼져 있었다.

"……벌써 자나?"

지수는 괜스레 닫혀 있는 가은의 방문을 쳐다보았다. 가은이 거실 소파에 있을 때를 제외하곤 언제나 닫혀 있는 문인데 어쩐지 오늘따라 자꾸만 눈길이 갔다. 밤 11시면 늦은 시간이긴 했지만, 가은이 잠을 청할 시간은 아닌 탓이다.

뭐 오늘따라 유난히 피곤했다면 벌써 잠이 들었다고 해서 이상할 건 없었지만, 이상하게 찝찝했다. 슬쩍 방문을 열어볼까 고민했지만, 지수는 그러지 않았다. 정말 가은이 잠들어 있기라도 한 거라면, 방해하고 싶지 않았다. 근래 들어 도통 숙면을 취하지 못

하던 그녀였다. 간만에 단잠에 빠졌을지도 모르는 일인데, 제 호
기심 때문에 깨울 순 없는 노릇이었다.

지수는 까치발을 들고 조심스레 제 방으로 향했다. 문을 닫는 손
길까지도 조심스럽기 그지없었다. 침대 앞에 서기 무섭게 벌러덩
누웠다. 씻고 와야 하는데 점점 더 눈꺼풀이 무거워지는 게 금방
이라도 까무룩 잠에 빠져들 것 같았다.

의식과 무의식의 경계 어딘가. 그 순간 코트 주머니에 넣어두었
던 핸드폰이 요란하게 진동했다. 지수는 화들짝 놀라 자리에 앉
았다. 진동임에도 가은의 잠을 방해하기라도 할까 봐 누군지 확
인도 하지 않고 서둘러 통화 아이콘을 눌렀다.

"여보세요."

소곤거리는 목소리가 가은의 눈치를 한껏 살피고 있었다. 지수
는 방문 너머로 느껴지는 인기척은 없는지 감각을 곤두세우면서
도 들려오는 목소리에 집중했다.

– 납니다.

어딘지 낯이 익은 듯 익숙하지 않은 중후한 목소리였다. 그제야
지수는 뚫어지게 바라보던 문에서 시선을 떼곤 핸드폰 액정을 확
인했다. 액정 위엔 저장되어 있지 않은 번호가 나열되어 있었다.
그런데 당연히 알 거라는 듯 나라고 대답하는 건 뭐지? 지수는 고
개를 갸웃거리며 다시 핸드폰을 귀에 가져다 댔다.

"누구신데요?"

– 내 번호를 저장해 두지 않은 모양이군요. 나, 이 변호사입
니다.

이어진 소개에 지수는 그제야 납득한 얼굴을 했다. 그러면서도

이 시간에 왜 제게 전화를 건 건지는 여전한 의문으로 남았다.

"저한테 전화 거신 거 맞으세요? 언니한테 할 전화를 저한테 잘 못 거신 게 아니고요?"

– 아니요. 맞게 잘 걸었습니다. 가은이한테 용건이 있는 게 아니라 서지수 양한테 용건이 있어서 전화한 거니까요.

지수는 재차 고개를 갸웃거렸다. 이 변호사는 가은의 대리인 자격을 가진 사람이었다. 비록 가은이 이 집에 핸드폰도 없이 갇혀 살았던 동안엔 가은의 신변을 조금도 지키지 못한 사람이었지만, 가은과 연락이 닿은 후엔 최선은 다해 가은을 지켰던 사람이었다.

지금껏 한 번도 본 적은 없지만, 생전 연옥이 혀를 내두르며 치를 떨었던 사람이기에 지수는 똑똑히 기억했다. 그런 남자가 이 시간에 제게 전화를 걸어 올 이유가 무엇일까. 지수는 미간을 찌푸리다가도 이어지는 이 변호사의 말에 귀를 기울였다. 이 변호사는 차분하게 말을 이어왔지만, 그 목소리는 어딘지 심상치 않았다. 지수는 저도 모르게 긴장을 했다. 기분이 이상했다. 왠지 모를 불길한 예감이 무섭게 밀려왔다.

* * *

진우는 밤이 깊도록 책상 앞을 벗어나지 못했다. 그의 손끝에 티끌 하나 없는 새하얀 봉투가 닿아 있었다. 그걸 바라보는 진우의 눈동자 위로 글자 석 자가 선명하게 박혔다.

[사 직 서]

종일 준비한 낱장짜리 종이와 그걸 담을 봉투였다. 사직서를 적는 손길엔 거칠 것이 없었다. 처음부터 준비했던 일이고, 오늘이 아니라도 언젠가는 적어 내려갔을 내용이었다. 종범에게 별거 아닌 이 종이를 내밀기 위해 그간 눈속임을 하고자 얼마나 애를 썼던가. 비록 생각했던 대로 완벽한 준비는 하지 못했지만, 더는 시간을 지체할 수가 없었다.

　진우는 머릿속으로 분주히 그림을 그렸다. 종범 모르게 이곳저곳으로 숨겨 두었던 자금은 순조롭게 회수되고 있었다. 그 문제가 깔끔히 해결되면 작은 사업체 하나는 꾸려갈 수 있을 것이리라. 하지만 순조로운 와중에도 골치를 앓게 만드는 결정적인 이유는 도통 해결될 기미를 보이지 않았다.

　종범은 아무리 제 자식이라고 하더라도 그의 뜻을 거스른 자식이 마냥 잘되기만을 지켜보고 있을 사람이 아니었다. 종범의 손안에서 완전히 벗어나기 위해선 종범으로부터 자신을 지켜줄 가림막이 필요했고, 그건 곧 종범 못지않은 막강한 힘을 가진 사람을 의미했다. 그러나 이 바닥에서 감히 종범을 척지고 자신의 가림막이 되어주겠다 나설 수 있는 사람을 찾기란 쉽지 않았다.

　누구든 종범을 대적할 수 있는 사람이 나타나만 준다면 수단과 방법을 가리지 않고서라도 보답을 할 텐데, 이제 고작 사회초년생 정도로 보일 진우를 믿어주는 사람은 어디에도 없었다. 그런 진우에게 느닷없이 전화를 걸어온 사람은 전혀 예상하지 못했던 인물이었다.

　- 윤소연이에요.

'알고 있습니다. 무슨 일입니까? 나한테 이렇게 전화 걸 일이 딱히 없을 거 같은데.'

─ 그렇게까지 경계할 거 없어요. 오늘은 이진우 씨가 반가워할 얘기를 좀 하려는 거니까.

자신이 반가워할 이야기라. 소연에게 들을 이야기 중 자신이 반가워할 수 있는 일이 뭐가 있을까. 진우는 당치도 않은 소연의 말을 헛소리로 치부했다.

─ 소문은 들었어요. 집을 나가셨다고요? 그것도 대단하신 사랑놀음 때문에 그런 거라던데.

'말장난이나 하려고 전화한 거면 그만 끊죠.'

─ 성격 참 급하시네. 사람 말은 좀 끝까지 들어요.

진우의 미간이 무차별하게 구겨졌다. 하는 말 족족 속을 뒤집는 말뿐인데, 도대체 무슨 말이 더 하고 싶어 이러는 건지 도통 그 저의를 알 수가 없었다.

─ 소문 쫙 났어요. H그룹 이진우가 잃어버린 유리구두 한 짝 들고 신데렐라 찾으러 집 나갔다고. 덕분에 내가 아주 불쌍한 여자가 되었더라고요. 내가 이진우 씨랑 곧 정략결혼 할 사이라는 건 또 어떻게들 안 건지, 오늘 나갔던 사교 모임에서 동정 어린 시선 받느라 엄청 힘 뺐지 뭐예요.

'하고 싶은 말이 뭡니까, 대체.'

- 어휴, 정말 성격 급하시네. 뭐 결론만 말하자면 덕분에 아버지께서 화가 잔뜩 나셨어요. 내가 아무리 이 결혼 하겠다고 우겨도 절대 허락 안 하실 눈치세요. 이만하면 이진우 씨한테 좋은 소식, 맞죠?

길게 이어진 소연의 말에 기쁘기보단 절로 한숨이 나왔다. 소연과는 처음부터 결혼할 생각이 없었다. 그런 그에게 상대 측 부모의 반대가 뭐 그리 기쁜 일이 될 수 있을까. 진우의 심기를 불편하게 만드는 건 다른 문제였다.

집을 나온 건 어디까지나 제 집안의 사정으로 인한 트러블 때문이었다. 그런데 벌써 자신이 집을 나온 게 소문이 난 것은 물론 가은이 신데렐라로 둔갑해 있다니. 진우는 정말이지 자신이 속한 세계에 진절머리가 났다.

- 근데 이게 이진우 씨한테만 좋은 소식인 건 아니거든요. 사실 나도 그쪽이랑 결혼하는 거 썩 내키진 않았어요. 나도 이진우 씨랑 입장이 다를 게 없었거든.

'⋯⋯.'

- 당신이 유리구두 한 짝 들고 신데렐라를 찾아 나선 왕자님이라면, 나는 언제든 인당수에 뛰어들 준비하고 있는 심청이었거든요. 그쪽처럼 꼭 지키고 싶은 사람이 있어서.

진우는 밀려오는 두통에 관자놀이를 짚던 것도 잊고 소연의 말에 집중했다. 그녀에게 그런 사연이 있을 거라곤 생각지 못했다.

정략결혼을 통보받던 한정식집에서도 그녀는 끝까지 자신과의 결혼에 의지를 보였으니까. 갑자기 선로를 튼 이야기는 이상하리만치 기분을 들뜨게 만들었다. 진우는 꼭 희미하게나마 희망이 엿보이는 기분이었다.

– 어떻게든 인당수에 뛰어드는 건 피하고 싶어서 그렇게나 발악을 해 왔는데, 아버지가 완강하게 이진우 씨랑 결혼을 고집하셨어요. 나름대로는 버틴다고 버텼는데, 결국 이렇게 인당수에 뛰어드는 일 말곤 할 수 있는 게 없는 건가 싶고……. 사실 그간 되게 무기력했거든요. 인생에 회의감이 들 만큼. 그런데 덕분에 나는 시간을 벌었어요.

'…….'

– 그래서 말인데, 내가 이진우 씨를 좀 도와 볼까 하고요. 뭐, 인당수에 버려질 목숨 구해 준 보답쯤이라고 생각해도 좋아요.

예감은 틀리지 않았다. 소연의 말은 그간 진우가 그토록 찾아 헤매던 희망을 품고 있었다.

– 당신이 준비 중인 그 사업, 내가 투자할게요. 계속 이 회장님께 대적할 수 있을 투자자 찾고 있었죠?

'……이미 결정된 정략결혼도 무산시키실 만큼 윤 회장님께서 화가 잔뜩 나셨다면서 윤소연 씨가 날 도우면 그걸 가만히 두고 보고 계시겠습니까.'

– 뭐……. 당분간은요? 오래는 힘들겠지만, 어느 정도 사업이

자리 잡을 때까진 버틸 수 있을 거예요. 내가 이래 뵈도 우리 윤
회장님 사랑을 한몸에 받는 딸자식이거든요.

 소연과의 통화는 거기까지였다.

 진우는 곰곰이 생각에 잠겼다. 소연의 말은 곧 K그룹이 제 뒷배
가 되어 준다는 의미인데, K그룹이라면 H그룹을 대적할 수 있는
최적의 상대였다. 아무리 H그룹이라고 하더라도 K그룹과의 관계
를 지저분하게 몰고 갈 순 없을 테니.

 소연의 말처럼 K그룹이 사업을 성장시킬 수 있을 시간을 벌어
준다면, 쉽지 않겠지만 종범의 손아귀에서 완전히 벗어날 수 있
는 기회였다. 그렇다면 망설일 이유가 없었다.

 진우는 그 길로 사직서를 적어 내려갔다. 날이 밝고 나면 당
장 회사로 가 사직서를 제출하겠단 굳은 다짐을 새기며. 그렇게
만 된다면 가은에게 향하는 길이 조금은 더 쉬워질 것이다. 종범
의 눈치 같은 건 볼 필요가 없어질 것이고, 제 마음만 잘 정리하
면 될 테니까.

 그렇지 않아도 낮에 걸려온 가은의 전화가 계속 마음에 걸리던
차였다. 진우는 책상 위에 놓은 사직서를 바라보며 마음의 짐을
조금이나마 덜어냈다. 드디어 종범에게서 벗어날 수 있을 거란 기
대감에 심장이 두근거리기까지 했다. 이 들뜬 마음으로 하루만
푹 자고 일어나면 본격적인 일의 서막이 올라가는 거나 다름없는
것이다. 그럼에도 쓸데없이 들뜨기라도 할까 봐, 그게 모든 일을
그르치는 원흉이 될까 봐, 진우는 설레는 마음을 억눌렀다. 그러
곤 억지로라도 잠을 청하기 위해 막 침대에 몸을 누인 찰나, 느닷

없이 핸드폰이 요란하게 울렸다. 해운의 전화였다.

"어."

짧은 대답과 함께 받은 전화는 길게 이어지지 않았다. 그러나 자리에서 벌떡 일어난 진우의 미간은 그 어느 때보다 무자비하게 구겨져 있었다. 희망을 엿보기 무섭게 더 큰 절망이 그를 집어삼킨 기분이었다.

* * *

진우가 곧장 향한 건 해운이 있는 병원이었다. 진우는 건물 입구에 아무렇게나 차를 세워두곤 숨 가쁘게 달렸다. 해운이 말한 진료실에 도착하기까진 순식간이었다. 벌컥, 문을 열고 들어갔다. 현기증이 일도록 숨을 몰아쉬는데도 부릅뜬 눈은 해운을 찾기에 급급했다.

"……왔냐?"

마침내 해운의 목소리가 진우의 귓속을 파고들었다. 하지만 진우의 시선이 향한 곳은 해운이 아닌 다른 곳이었다.

"뭐야."

불안하게 흔들리는 동공 위로 서럽게 울고 있는 여자의 모습이 비쳤다. 진우는 불안을 숨기지 못한 채 터벅터벅 그 앞으로 향했다. 시종일관 가슴이 거칠게 들썩거렸지만, 지금은 그게 문제가 아니었다.

"왜 울어, 너."

진우는 냉랭한 목소리로 물었다. 서럽게 우는 여자를 몰아붙일 생각은 없었는데, 도통 여유가 생기질 않았다. 해운의 전화를 받았을 때부터 그랬다. 격렬하게 밀려오던 불안에 기어이 온몸 구석구석을 잠식당한 것만 같았다. 진우는 지금의 이 기분을 도저히 견딜 수가 없었다. 의자에 앉아 있던 여자의 팔을 거칠게 붙잡아 일으켜 세웠다.

"아앗……!"

울먹이던 여자가 새된 소리를 낸다. 하지만 진우에겐 그런 것 따위 눈에 보이지도, 귀에 들리지도 않았다.

"왜 우냐고 묻잖아!"

"흐, 흐윽."

"왜 울어, 너. 도대체 여기서 왜 울고 있는 거냐고, 서지수!"

결국 울분을 참지 못한 진우가 매섭게 지수를 다그치고 말았다. 진정해야 한다는 걸 아는데 진정이 되지 않았다. 이토록 서럽게 우는 게 꼭 가온에게 무슨 일이 생겼다는 의미인 것 같아서 정신을 차릴 수가 없었다.

"진정해, 인마! 이렇게 지수를 다그친다고 해결될 일이 뭐가 있어!"

지켜보고 있던 해운이 진우와 지수 사이를 비집고 들어갔다. 시리게 가라앉은 진우의 눈동자가 대번에 지수에게서 해운으로 옮겨갔다. 해운은 저도 모르게 몸을 움찔 떨었다. 진우의 눈동자가 그 어느 때보다도 소름 끼치게 침잠해 있었다. 이렇게 묵직이 서 있는 게 대단하게 느껴질 정도로, 그는 제정신이 아닌 듯 보였다.

"너라도 설명해, 그럼."

"……"

"무슨 일이야, 도대체. 이 새벽에 나한테 가은이에 대해 물어본 이유가 뭐야."

진우가 거칠게 으르렁댔다. 불안해서 미칠 것 같았다. 침대에 누워 전화를 받기 무섭게 해운은 망설이는 목소리로 가은의 행방을 물어왔다.

– 너, 혹시……. 지금 혹시 가은이랑 같이 있어?

눈이 뒤집히는 것만 같았다. 가은과 함께 있냐니. 자신은 해운의 권유로 벌써 일주일이 넘도록 혼자 시간을 보내고 있었다. 가은에게 달려가고 싶은 적이 한두 번이 아니었지만, 이를 악물고 참았다. 가족 이해운이기 전에 의사 이해운이 권한 일이었고, 의사가 하는 권유엔 분명 이유가 있을 거라고 생각했으니까. 해운의 말대로 하는 게 가은을 위한 일일 거라고 믿었다. 그런데 그런 제게 가은의 행방을 물어오다니, 청천벽력이 아닐 수 없었다.

"왜 아무도 말이 없어. 누가 됐든 설명 좀 해 보라고! 가은이 어디 있는 건데!"

점점 높아지는 진우의 목소리는 절규나 다름없었다. 진우는 금방이라도 무너질 것 같은 얼굴로 해운을, 그리고 지수를 보았다. 지수가 어쩔 줄 몰라 하며 눈물만 뚝뚝 흘렸다.

"나, 나도 모르겠어요. 그냥 일찍 잠든 줄 알았어. 요즘 계속 잠을 못 자길래……. 그래서 피곤해서 일찍 자는 줄로만 알았는데, 근데, 흐윽."

기다리던 설명이 들려왔지만, 진우는 속이 시원하기는커녕 현기증이 일었다. 순식간에 눈앞이 핑 돌고, 다리에 힘이 풀렸다. 놀란 해운이 손을 뻗는 게 보였지만, 진우는 해운의 손길을 거칠게 뿌리쳤다. 그러곤 치밀어 오르는 감정을 억누르며 지수를 향해 가까스로 물었다.

"……그러니까 네 말은, 자는 줄 알았는데, 가은이가 없어졌다는 거야?"

말을 하면서도 기가 막혔다. 지수는 대답이 없었다. 긍정의 의미이리라. 진우는 눈을 질끈 감았다. 결국 지수의 말은 한집에 살면서도 가은의 행방에 대해 꿈에도 몰랐다는 것밖에 되지 않았다.

어떻게 그럴 수가 있을까. 도대체, 어떻게. 그 애가 얼마나 힘들게 살아왔는지 다 알고 있으면서. 그 애를 그렇게까지 힘들게 한 당사자이기도 하면서. 그들의 잘못으로 고통 속에 사는 그 애에게, 도대체 어떻게 최소한의 관심도 없을 수가 있는 걸까.

진우는 주먹을 꽉 움켜쥐었다. 그러곤 다리에 힘을 주었다. 이러고 있을 때가 아니었다. 어디든 가 보아야 했다. 가은이 있을 법한 곳이라면 그게 어디든.

"하, 어디 가, 인마."

짙은 한숨과 함께 해운의 말이 들려왔지만, 진우는 들은 척도 하지 않았다. 아무 말도 듣고 싶지 않았다. 아무것도 보고 싶지 않았다. 진우는 진료실 문을 향해 성급히 걸음을 뗐다.

"야, 이진우! 인마!"

"놔."

불시에 팔을 붙잡는 손길을 매섭게 뿌리쳤다. 그러곤 감정 한 톨 찾아볼 수 없는 서늘한 눈으로 해운을 응시했다. 해운이 원망스러웠다. 가은과 거리를 두는 게 그녀를 위한 일이라기에 그렇게 했는데, 결과는 최악 중에서도 최악이었다. 결국 이렇게 될 것을 왜 제게 가은을 만나지 말라고 했던 걸까. 진우는 무섭게 밀려오는 원망을 도무지 지울 수가 없었다.

"내가 찾아, 한가은. 어떻게든 찾을 거니까."

"……."

"여기서 눈물이나 질질 짜고 있든, 무기력하게 자리만 지키고 있든."

진우는 지수와 해운을 차례로 훑었다.

"너희는 너희 알아서 해."

회의감 가득한 목소리로 한 글자, 한 글자에 힘을 실어 꾹꾹 눌러 뱉곤, 진료실 문을 향해 성큼성큼 걸음을 떼었다. 둘 중 누구도 선뜻 진우에게 말을 붙이지 못했다. 그를 붙잡지도 못했다. 이번에도 붙잡았다간 정말 누구 하나 죽일 것만 같았다. 그럼에도 진우는 진료실 밖으로 나갈 수가 없었다. 문 앞을 가로막은 낯선 남자 때문이었다.

"가은 씨가 있을 법한 곳을 저희한테 알려주시죠."

진우는 더욱이 날 선 눈으로 남자를 응시했다. 해운과 같은 가운을 입은 남자는 자못 심각한 얼굴을 하고 있었다.

"당신은 누군데."

진우가 뇌까렸다. 기분이 더러웠다. 처음 보는 남자의 입에서 가은의 이름이 나오다니. 정말이지 끔찍하리만치 더러운 기분이었다. 그 기분을 고스란히 담아 남자를 바라보는데 남자는 일말의 표정 변화도 보이지 않았다. 도리어 더욱 차분해진 목소리로 진우의 심기를 건드렸다.

"그쪽이 가서 좋을 게 없어요. 그러니까 우릴 믿고 가은 씨가 있을 만한 장소를 알려줘요."

진우의 얼굴이 무자비하게 구겨졌다. 자신이 가서 좋을 게 없을 거란 남자의 말이 가뜩이나 불편한 심기를 엉망으로 헤집었다.

"꺼져. 가은이는 찾아도 내가 찾아."

진우는 남자의 어깨를 거세게 밀었다. 잠시 밀려나는 듯하던 남자가 다시금 꼿꼿하게 자리를 지키고 섰다. 진우의 미간이 속절없이 구겨졌다. 이러고 있을 시간이 없었다. 가은이 도대체 어디로 사라진 건지, 그 생각만 하면 애가 타서 미칠 것 같은데 왜 이렇게 제 앞을 막아서는 건지, 미치고 팔짝 뛸 노릇이었다.

"비키라는 말 안 들려?"

"시간이 없어요. 그러니까 우릴 믿고."

"당신 말처럼 이럴 시간 없으니까, 비키라고!"

진우가 미친 사람처럼 날뛰었다. 겨우겨우 참았던 감정이 기어이 폭발하고 만 것이다. 내내 평정을 지키던 남자의 표정이 순식간에 가라앉았고, 고집스레 치켜 올라간 눈썹은 이내 한숨과 함께 떨어졌다.

"지금 가은 씨한테 가장 위험한 건, 이진우 씨예요."

마지못해 벌어진 입술에선 차마 받아들이기 힘든 이야기가 흘러나왔다. 진우는 한껏 가열된 분노를 거침없이 드러냈다.

"그게 무슨 말도 안 되는……!"

하지만 미처 말을 다 뱉을 수가 없었다.

"가은 씨 조현병이에요. 다른 말로는 정신분열증이라고 하죠."

발악이나 다름없던 진우의 모든 행동이 단숨에 정지되었다. 툭.
순간 진우는 머릿속에 있던 스위치가 꺼지고 블랙아웃 상태가 되
어버린 것만 같았다.

조현병. 정신분열증.

……누가.

가은이가……?

남자를 밀어내기 위해 뻗었던 진우의 손이 아래로 떨어졌다. 폭
주하듯 뛰어대던 심장이 박동을 멈춘 것만 같았다. 진우는 감당
할 수 없는 절망에 숨이 다 쉬어지지 않았다. 믿을 수 없었다. 가
은이 정신분열증이라니. 어째서, 왜.

머릿속으로 가은과 보냈던 시간을 차례로 떠올렸다. 처음 러시
아에서 보았던 가은의 모습은 시종일관 알 수 없는 불안에 휩싸
여 있었던 게 맞았다. 하나 그 이후 함께 보낸 시간 동안은 아니었
다. 분명, 그녀는 나아지고 있었다. 적어도 자신과 함께하는 시간
동안엔 그랬다. 틀림없었다. 그렇게, 믿고 싶었다.

진우는 입술에 힘을 주었다. 말도 안 되는 헛소리 같은 건 집어
치우라고 뇌까릴 작정이었다. 그러나 목 끝까지 차오른 그 말이
입 밖으로 나오지 않았다. 그 순간 섬광처럼 떠오른 해운의 말 때
문이었다.

'당분간, 가은이랑 거리를 좀 두는 건 어때?'

'이럴 때일수록 냉정하게 상황을 봐. 너도 가은이가 감정적으로
건강하지 않은 애라는 건 알 거 아니야.'

'헤어지라는 말이 아니야. 다신 보지 말라는 말도 아니고. 그냥

내 말은…….'

'잠깐만, 일주일이 됐든 한 달이 됐든, 아주 잠깐만 떨어져 지내 보라는 거야.'

'너도 가은이도. 터진 상처가 조금이라도 아물 때까지만.'

설마……. 진우는 천천히 고개를 돌렸다. 망연자실한 까만 눈동 자 위로 차마 고개를 들지 못하는 해운의 얼굴이 비쳤다. 동시에 그날 해운과 나눈 마지막 대화가 귓가에서 뎅뎅 울렸다.

'……가은이한테, 무슨 일 있어?'

'묻지 말고 그냥 이번엔 내 말대로 하면 안 되겠어?'

그러니까 넌, 알고 있었던 거구나. 가은이의 상태를, 알고 있던 거야.

진우는 두 눈을 질끈 감았다. 두서없는 말들이 머릿속 가득 차 올랐다. 묻고 싶은 것이 많았다. 그러나 물을 수가 없었다. 고장이 라도 난 것처럼 입술이 떨어지질 않았다. 두려웠다. 자신의 말에 돌아올 해운의 대답이. 하지만 해운은 진우가 하고 싶은 말쯤은 이미 다 알고 있다는 듯, 무거운 목소리로 말을 시작했다.

"가은이가 부탁을 해 왔어. 한, 한 달쯤 전에."

"……."

"치료가 받고 싶은데 어떻게 하면 좋을지 모르겠다고. 돌아가신 아주머니 환영이 자꾸만 보인다고."

진우는 내리감았던 눈을 뜨곤 해운을 보았다. 죄책감에 사로잡힌 해운의 얼굴 위로 불현듯 언젠가 다짜고짜 자신을 찾아왔던 가은의 모습이 겹쳐져 떠올랐다.

 '이, 이진우! 이진우!'

 부서져라 현관문을 두드리던 소리가 아직까지 생생했다.

 '……죽은 여자가 보였어. 그래서…….'

 가은이 했던 말까지도 선연했다. 그날 가은은 분명 그렇게 말했었다. 죽은 여자가 보였다고. 그런데 그걸 가볍게만 넘겼다. 그 사실보다 가은이 제 발로 자신을 찾아왔다는 기쁨에 눈이 멀어서. 그게, 가은이 보낸 신호인 줄도 모르고 멍청하게 간과했던 거다.
 "하."
 진우는 헛숨을 토해냈다. 그 모습을 바라보던 해운도 덩달아 무거운 숨을 참을 수가 없었다. 가은의 상태에 대해선 아직 설명해야 할 것들이 많았다. 그런데 진우는 벌써부터 무너지기 직전의 모습이었다. 해운은 차마 입술을 뗄 수가 없었다. 그 탓에 침묵만 지키고 있는데, 그때 가은의 주치의가 진우의 앞으로 나섰다.
 "가은 씨의 경우 처음 내원했을 때부터 환시, 환각의 증상이 전부 있었어요. 그 외에도 여러 가지 증상이 있었지만, 그 두 가지가 가장 심했죠."
 "……."
 "상담을 통해 파악한 건, 가은 씨가 행복하단 생각을 할 때마다 환각이나 환시 같은 증상이 더 심해졌다는 거예요. 자신은 행복해선 안 된다는 생각을 무의식중에 수도 없이 하고 있었고요."

절망에 잠겨 있던 진우가 천천히 고개를 들었다. 행복하다는 생각을 할 때마다, 그 말이 진우의 귀를 사로잡았다. 탁하게 풀린 눈동자가 가은의 주치의를 바라보았다.

"가은 씨는 스스로 행복하다는 생각을 할 때마다 벼랑 끝으로 걸어갈 거예요. 그게 반복되고 반복되다 결국엔 죽음을 선택하게 되겠죠."

······말도 안 돼. 거짓말.

"그런 가은 씨가 말하길, 유일하게 행복을 느낄 때는······."

"······."

"이진우 씨와 함께 있을 때라고 하더군요."

사형선고나 다름없는 말이 진료실 안을 잔인하게 울렸다. 진우는 숨을 멈추었다. 이를 악물고 참았던 눈물이 볼 위로 떨어져 내렸다. 심장이 고장 난 것처럼 삐거덕거렸다. 이제야 겨우 아낌없이 줄 수 있을 것 같은 사람을 찾았는데. 이제야 겨우, 죽도록 사랑하는 여자를 만난 것 같았는데. 행복해질수록 죽음에 다가갈거라니······.

"하······."

더 이상 버티지 못한 다리가 허망하게 풀려버렸고, 진우는 주저앉은 자리에서 일어나지 못했다. 이보다 더 잔인할 순 없었다.

* * *

새벽의 고속도로는 한산했다. 진우는 반쯤 풀린 눈동자로 정면을 응시한 채 액셀러레이터 위로 올린 발에 힘을 주었다. 속도를 가리키는 계기판의 숫자가 무섭게 올라갔다.

'오빠, 제발 도와줘요. 우리 언니 좀, 우리 언니 좀 제발 찾아줘요. 언니가 나한테 재산을 상속했어요. 언니 대리인이나 다름없는 변호사님이 전화가 와서 분명 그렇게 말했어요.'

'……'

'언니가, 언니가 나쁜 생각을 하고 있는 거 같아요. 어떡해요, 흐윽.'

병원을 나서기 직전 들었던 지수의 말소리가 귓전에 달라붙어 떨어지질 않았다.

'그 전화 받고 지수가 놀라서 가은이를 찾다가 나한테 연락을 했어. 나도 정신이 없어서 나중에야 확인했는데, 가은이가 메시지를 보냈더라.'

'……'

'……그동안, 고마웠다고.'

울음으로 가득한 지수의 말소리 위로 해운의 것까지 더해지자, 진우는 눈을 질끈 감고 싶은 심정이었다. 속이 바짝 탔다. 아직 목적지까지 거리는 한참이나 남아 있는데, 두 사람이 전해 온 말이 의미하는 바가 너무도 명확했다.

"……제발."

진우는 나직이 읊조렸다. 살면서 무언가를 이렇게 바라본 적이 없었다. 이렇게까지 간절하게 염원한 적이 없었다. 그걸 기어이 한 가은이 해낸 것이다.

"그런데 가긴 어딜 가."

잔뜩 경직된 목소리로 말을 뱉으면서도, 진우는 떨고 있었다. 두려웠다. 겁이 나서 미칠 것 같았다. 가은을 한번 말려보기도 전에 이대로 잃게 될까 봐. 진우는 정말 너무도 무서웠다.

'……*내가 갈게.*'
'*하, 진우야, 제발.*'
'*가야 돼. 내가, 내가 가야 돼.*'

진료실을 나오기 직전 해운과 나눴던 말이 떠올랐다. 해운은 마지막의 마지막까지 자신을 말렸고, 만류했다.

'*이진우 씨, 지금은 이성적으로 판단해야 할 때예요. 저희를 믿고 가은 씨가 있을 만한 곳을 알려주세요. 무슨 일이 있어도 가은 씨 데려올게요.*'

가은의 주치의라던 남자까지 말을 거들었지만, 이번만큼은 진우도 물러설 수 없었다. 지수에게 재산의 일부를 넘기고, 해운에게 고마웠단 인사를 했다는 가은이, 정작 제게는 아무것도 남기질 않았다. 처음 그 생각이 들었을 땐, 그 정도로 자신이 미웠던 걸까, 연락하지 않는 자신을 그만큼이나 원망했던 걸까 싶었지만, 이내 그게 아닐 거란 예감이 들었다.

'가은이가 기다리고 있을 거야. 내가 오길 기다리고 있는 걸지도 몰라.'
'⋯⋯.'
'이번만 내 뜻대로 하자. 네가 하라는 대로 했잖아. 가은이 만나지도 않고, 계속 그랬잖아. 그러니까 이번만은 제발⋯⋯.'

진우는 눈물에 빈틈없이 젖은 얼굴로 해운을 향해 애원했다.

'제발, 제발 나 좀 보내 줘. 가은이 내가 꼭 데려올게. 무슨 일이 있어도 데려올 테니까, 그니까, 제발.'
'⋯⋯.'
'제발, 이번만 내 말 좀 들어주라.'

그의 간절한 눈물과 호소를 말릴 수 있는 사람은 그 자리에 아무도 없었다. 이따금 묵직한 한숨이 새어 나오긴 했지만, 그 누구도 진료실을 나서는 진우를 잡지 못했다.

진우는 차로 향하는 길목 내내 가은이 어디로 갔을지 골몰했다. 떠오르는 곳은 많지 않았다. 그간 자신이 낼 수 있는 시간은 모두 가은과 함께했지만, 그럼에도 함께 간 곳이 많지 않았다. 어쩌면 그래서 다행이었다. 덕분에 헛다리 짚을 가능성은 적어질 테니까.

진우는 머릿속으로 가은과 함께 갔던 장소를 나열했다. 아파

트 산책로, 서점, 대학교, 호텔 라운지 레스토랑과 영화관. 그리
고⋯⋯.

'속초.'

진우는 확신했다. 가은은 속초로 향했을 것이다. 속초를 제외한
다른 곳은 새벽이 깊어가는 이 시간에 문을 열지도 않았을뿐더
러 가은이 홀로 향할 만한 곳이 아니었다. 작정하고 자신과 관련
없는 곳을 찾아간 게 아니라면. 그렇다면 분명 속초로 갔을 것이
다. 거기까지 생각을 정리한 진우는 그대로 차에 올라타 액셀을
힘주어 밟았다. 그게 벌써 한 시간여 전의 일이었다. 속도를 있는
대로 낸 덕분에 반 이상은 달려온 것 같은데, 그럼에도 여전히 남
은 거리만큼 마음이 불안했다.

진우는 블루투스로 연결된 핸드폰을 조작해 가은의 번호로 전
화를 걸었다.

– 고객님의 전화기가 꺼져 있어⋯⋯.

속초로 출발하고부터 가은에게 전화를 걸 때마다 들었던 안내
음성이었다. 진우는 곧장 전화를 끊곤 다시 걸었다. 그때마다 안
내 음성만이 반복해서 나왔지만, 그렇게라도 해야 했다.

이렇게 간절하게 매달리면, 이 마음이 가상해서라도 자신이 도
착할 때까진 가은을 붙들어주겠지.

그러니 부디 신이 있다면, 제발.

진우는 마음속으로 간절히 염원하며, 액셀을 더욱 세게 밟았다.

* * *

철썩, 철썩.

가은은 모래사장 한가운데에 앉아 무섭게 밀려오는 파도를 멍하니 바라보았다. 무슨 생각으로 여기까지 왔는지 기억이 나질 않았다. 정신을 차리고 보니 진우와 함께 왔던 속초 바다 앞이었다.

"……."

한참을 바다만 바라보던 가은이 천천히 고개를 돌렸다. 오른쪽으로 세 걸음쯤 떨어진 자리에 연옥이 자신과 같은 모습으로 모래사장 위에 앉은 채 무릎을 끌어안고 있었다. 가은은 연옥의 모습에서 시선을 떼지 못하다 나직이 입술을 떼었다.

"……아줌마, 미안해요."

줄곧 연옥의 환영을 보아오면서도 단 한 번도 말을 걸어본 적이 없었다. 그런데 이상하게 연옥에게 말하고 싶었다.

"지수를 구박할 생각은 없었어요. 그냥, 그냥 조금 미웠어. 그동안 나, 정말로 많이 힘들었거든요……."

가은은 그 말을 하며 희미하게 미소를 지었다. 순간 눈앞으로 그간 있었던 일들이 주마등처럼 스치고 지나간다.

처음 연옥과 지수를 만났던 날과 러시아에서 친부모가 죽었다는 소식을 들었던 날. 가은은 연옥의 보호 아래 장례식장을 지키면서도 눈물 한 방울 흘리지 않았다. 하지만 납골함에 담긴 채로 제 품에 안긴 부모를 느낀 순간, 가은은 치미는 눈물을 참을 수가 없었다. 한참을 목 놓아 울었다. 그때 제 어깨를 다독이던 연옥의 손길이 아직까지도 선명했다.

"그때 아줌마 손, 진짜 따뜻했는데……."

그 말을 나직이 읊조리는데 눈물이 울컥 차올랐다.

분명 아름다운 순간들이 있었다. 이렇게 떠올리는 것만으로 눈물이 울컥 치밀 만큼 좋았던 기억들이 있었다. 그런데 그칠 줄 모르고 이어진 고통에 소중한 그 기억들을 전부 묻어두고 살았던 모양이다. 그랬던 순간이 있었다는 것도 까마득하게 잊어버리고 말았을 만큼. 그게 너무 서러워서 가은은 소리 내어 울었다. 납골함을 품에 안고 울었을 때를 제외하곤 단 한 번도 마음 편히 울어본 적이 없는데.

바다를 눈앞에 두고 운다는 건 꽤 나쁘지 않은 일이었다. 밀려오는 파도 소리가 제 울음 같은 건 아무것도 아니라는 듯 집어삼켜줬으니까. 가은은 부디 제 울음소리가 파도에 잠기길 바라며 참았던 눈물을 아낌없이 쏟아냈다. 그러나 곧 그마저도 멈추고 떠나야 할 때라는 걸 본능적으로 직감했다.

"아줌마, 혹시나 우리가 곧 만나게 된다면 말이에요."

"……."

"……그럼 나한테 미안하다는 말 한마디만 해줄래요?"

가은은 한결 편안해진 얼굴로 다시 연옥을 보았다.

"그 말이면, 나 전부 털어내고 용서할 수 있을 것 같아."

쉽지 않은 결심을 전했지만, 연옥은 여전히 무표정했다. 미안함도 고마움도, 줄곧 어려 있던 원망까지도 말끔하게 사라진 무표정이었다. 그게 무엇을 의미하는 것일까 습관처럼 생각이 들었지만, 가은은 떨쳐냈다. 이젠 정말 모든 걸 내려놓고 싶었다.

"하! 아직 좀 춥긴 한데 그래도 바다 보니까 좋죠? 이제 그만 가요. 여긴⋯⋯."

멀거니 바다를 응시하던 가은이 입술을 꾹 물었다. 그리움으로 가득한 눈동자가 허공을 정처 없이 헤매다 이내 한곳에 멈추었다. 이렇게 낭비할 시간이 없다는 걸 알면서도 선명하게 떠오른 언젠가의 기억이 그녀를 붙들고 쉬이 놓아주지 않았다. 그러나 잊을 수 없는 목소리가 잔잔하게 귓가를 울린 순간, 가은은 힘없이 떨어트리고 있던 두 손을 힘껏 움켜쥐었다.

'인사해. 여기는 우리 형이 잠들어 있는 곳.'

자신의 마지막이 어디여도 상관없었지만 그게 이곳이어선 안 되었다. 그렇지 않아도 고통스러울 자리였다. 사랑했던 형을 보내주어야 했던 자리. 그에게 이곳을 더 끔찍한 장소로 만들 수는 없었다.

"여긴 나까지 그래선 안 될 거 같아."

가은은 밀려오는 쓸쓸함을 감추며 애써 밝은 목소리를 쥐어 짜냈다. 대꾸도 하지 않는 연옥에게 말을 붙이며 자리에서 벌떡 일어나는데, 별안간 연옥이 가은의 옆을 스치고 지나갔다.

"⋯⋯아줌마?"

가은은 멍한 눈으로 연옥의 뒷모습을 바라보았다. 연옥은 거침없이 바다를 향해 나아가고 있었다. 그리고 바닷물에 발이 조금 잠길 법한 지점에 서서야 걸음을 멈추고 뒤를 돌아보았다. 불시에 시선이 맞물렸다. 가은은 묻고자 했다. 왜 위험하게 바다에 들어가 있는 것이냐고. 어서 이리로 오라고. 하지만 말문을 떼기도 전에 믿을 수 없는 일이 벌어졌다. 조금 전까지만 해도 연옥이 서 있던 자리에 진우가 있었다.

"이, 진우……?"

믿을 수가 없었다. 분명 어제 오후에 통화할 때까지만 해도 바쁘다던 그였다. 그런데 어떻게, 어떻게 여기에 와 있는 것일까.

생각을 앞선 몸이 앞으로 나아가기 시작했다. 가은은 다리에 힘을 주었다. 속도를 내고 싶었다. 조금이라도 더 빨리, 진우에게 닿고 싶었다. 그런데 한 걸음 내딛는 것도 쉽지가 않았다. 모래가 발을 잡아당기는 것만 같았다. 늪이라도 되는 것처럼, 자꾸만 제 다리를 삼켜내기 시작했다. 그래도 가은은 개의치 않았다. 그토록 그리워하던 진우가 눈앞에 있는데, 이 정도 수고쯤은 감수할 수 있었다. 하지만 아무리 힘을 내도 진우와의 거리는 쉽사리 좁혀지지 않았다. 아니, 그보다도 자신이 한 걸음 다가가면 그가 두 걸음 물러나는 기분이었다. 초조함이 밀려왔다. 가은은 다리에 더욱 힘을 주었다.

"진우야. 이, 진우!"

목이 터지게 불러보지만, 진우는 여전히 대답이 없었다. 감당할 수 없는 두려움에 가은은 그쳤던 눈물을 다시 흘렸다. 그때였다. 옅은 미소를 짓고 있던 진우의 표정이 무섭도록 구겨지기 시작했다.

"왜, 왜 그래. 응? 왜 그래, 이진우……."

가은은 저도 모르게 물었다. 하지만 대답은 돌아오지 않았다. 무참히 구겨지던 진우의 얼굴이 시간이 지날수록 흉측하게 일그러졌다. 종국엔 사람의 얼굴이라곤 생각도 할 수 없을 지경이었다. 가은은 덜컥 겁이 나 눈을 질끈 감았다. 그 순간, 그녀의 오른쪽 손을 붙잡는 매서운 손길이 느껴졌다.

"한가은!"

가은은 본능처럼 눈꺼풀을 들어 올렸다. 그러자 진우의 얼굴이 보였다. 가까워지려고 아무리 애를 써도 좁혀지지 않던 거리의 진우가 바로 코앞에서 보였다. 뿐만 아니라 흉측하게 일그러졌던 얼굴도 원래처럼 돌아와 있었다.

"어, 어떻게……."

가은은 얼빠진 얼굴로 중얼거렸다. 그러곤 본능이나 다름없이 고개를 돌렸다. 조금 전까지만 해도 연옥이 서 있던 자리를, 또 진우가 서 있던 자리를 향해서.

"하아……."

가은의 눈동자가 거칠게 흔들렸다. 입술 새로는 절망에 물든 신음이 새어 나왔다.

"……내가, 진짜 미친 건가 봐."

가은은 망연히 중얼거렸다. 바로 앞에 보이는 형상에서 시선을 뗄 수가 없었다. 자신이었다. 연옥이 서 있던 자리를, 그리고 진우가 서 있던 자리를 지키고 있는 건 연옥도 진우도 아닌, 자신이었다.

그제야 진우를 쫓기 위해 걸어 들어간 곳이 어디인지가 눈에 들어왔다. 분명 진우에게 닿기 위해 발이 푹푹 빠지는 모래사장 위를 내달렸는데, 정신을 차리고 보니 가슴 위까지 바닷물이 차올라 있었다. 여기까지 걸어 들어오면서도, 스스로 걸어 들어간 곳이 바다라는 건 조금도 인지하지 못했던 거다.

가은의 동공이 세차게 흔들렸다. 멈췄던 눈물이 눈동자 가득 들어찼다. 진우가 거세게 끌어안는 것이 느껴졌지만, 가은은 기쁘지 않았다. 지금까지와는 비교도 되지 않는 커다란 좌절이 그녀의 온몸을 좀먹어 가기 시작했다.

"하, 다행이다. 다행이야. 진짜 다행이야."

힘없이 중얼거리는 진우의 목소리에 울음이 묻어나 있었다. 그게 가은의 고막을 선명히 자극했지만, 가은은 도망치고만 싶었다. 그토록 기다리던 진우인데, 그에게서 벗어나고 싶었다. 영영 그를 보지 못하게 된다고 해도 상관없었다. 할 수만 있다면 그를 마주하기 이전으로 시간을 되돌리고 싶었다. 그럴 수만 있다면 그에게 붙잡히기 전에 도망쳤을 것이다. 이렇게까지 망가진 모습은 그에게 보이지 않았을 것이다. 그런데 진우에게 들키고 말았다. 가은은 아찔하게 눈을 내리감았다. 그러곤 허탈한 목소리로 중얼거렸다.

"결국은, 나였네."

나를 힘들게 만들었던 것도.

나를 벼랑 끝에 몰아세운 것도.

나를 죽음으로 밀어 넣은 것까지.

전부, 나였구나.

가은은 눈물을 그렁그렁 매단 채 무표정한 얼굴로 자신을 바라보는 환영에게서 눈을 떼지 않았다. 아무리 눈을 감았다 떠도 스스로의 형상은 사라질 생각을 않았다. 그게 너무도 절망적이었다.

'너도 어디 한번 아파 봐. 너한테 소중한 걸 나도 괴롭혀 줄게. 네

가 사랑하는 사람이 힘들어하고 고통스러워하는 꼴을 보면서, 너도 죽도록 아파해 보라고.'

　연옥이 한 말이라고 받아들였던 말도 결국 자신이 한 협박이었던 거고.

'얼른 들어가. 들어가는 거 보고 갈게.'

'오늘은 네가 먼저 가.'

'그러지 말고 얼른 들어가. 너 들어가는 거 보고 가야 마음이 편하지.'

'오늘은 너 말고 내가 마음 좀 편해 보려고. 그러니까 얼른 가.'

　진우와 함께 밥을 해 먹고 영화를 보았던 그날 금방이라도 자리에 주저앉을 것 같아 그에게 먼저 가라고 고집부릴 수밖에 없을 만큼 매섭게 자신을 노려보던 것도, 결국 연옥이 아니라 자신이었던 거다.

　거기까지 생각이 닿자 가은은 저 스스로를 용서할 수가 없었다. 늘 함께하던 연옥이 그 기세를 흉흉히 드러낼 때면, 자신이 진우와 행복한 꼴을 보고 싶지 않아 그런 거라고 생각했다. 먼저 죽은 것도 억울한데, 남아 있는 지수를 살뜰히 챙기지는 못할망정 저 혼자 진우와 지나치게 행복해서. 그게 너무도 노여워 이렇게 환영으로나마 나타나 자신을 괴롭히는 모양이라고 여겼다. 그런데 아니었던 거다. 진우와 행복할 때마다 스스로를 벼랑 끝에 몰아세운 채 기어이 죽음으로까지 밀어 넣은 게, 다른 사람도 아닌 저 자신이었던 거다.

가은은 견딜 수가 없었다. 이 죄스러운 마음을 진우에게 무어라 사죄해야 할까. 그렇지 않아도 상처 많은 그였다. 저처럼 마음속 어디 한구석도 멀쩡한 곳이 없는 사람이었다. 그런데 그간 자신은 그의 앞에선 행복한 얼굴을 했고, 뒤돌아서선 다가오는 행복이 두려워 그에게서 도망칠 궁리만 했단 의미였다. 그와 행복할 때마다 빠르게 몸집을 키우는 불안을 감당할 자신이 없어 기어이 자신을 죽음으로 밀어 넣고 말았다. 그걸로도 모자라 이미 그에게 상처로 남아버린 이 자리에서 저 역시 마지막을 맞이하려 했던 거다.

나쁜 년. 어떻게 그럴 수가 있어. 태어나 처음으로 널 사랑해 준 남자한테 어떻게. 도대체 어떻게!

뒤늦게 정신이 든 가은은 진우의 가슴팍을 힘주어 밀었다. 도망쳐야 했다. 진우에게 씻을 수 없는 상처를 안겨주기 전에, 가능한 한 그에게서 멀어져야만 했다.

"하, 가은아, 제발……!"

그에게서 도망쳐야 한다는 맹목적인 생각 하나만으로 발버둥을 치는데, 진우가 어깨를 거세게 붙잡아 왔다. 초점을 잃은 채 쉴 새 없이 흔들리는 눈동자가 진우를 응시했다.

"나 좀, 나 좀 제발 놔줘, 진우야."

가은은 정신이 나간 사람처럼 중얼거렸다. 그 모습을 놓치지 않고 눈에 담던 진우는 아무런 말도 할 수가 없었다. 한껏 힘이 들어간 턱이 불거지다 못해 경련이 일 것 같았다. 그럼에도 가은의 말을 이성을 잃고 아무렇게나 내뱉는 말이라고 치부할 수가 없었다.

"제발. 뭐든 다 할게. 네가 하라는 대로 전부 다 할 테니까, 그러니까 제발……."

그러기엔 자신을 밀어내는 그녀의 몸짓이 너무나도 절박했다.

"제발, 나를 좀 놔줘."

놓아 달라고 말을 하는 그녀의 목소리가 간절함을 싣고 있었다.

"하아……."

진우는 가은의 어깨를 붙잡은 양팔 사이로 고개를 처박았다. 참 았던 눈물이 후드득 떨어졌다. 가슴이 찢어질 것 같았다. 선우를 잃었을 때보다도 더한 고통이 심장을 헤집었다.

병원에서 지금 가은에게 제일 위험한 사람이 자신이라고 했을 때, 또 당분간 가은과 떨어져 있어야 할지 모르겠단 생각은 했었 다. 그래도 할 수만 있다면 그녀의 곁을 지킬 작정이었다. 아무리 자신이 가장 위험한 사람이라고 한들, 그녀를 도울 수 있는 것이 뭐 하나는 있지 않을까 희망을 품었다. 그런데 그 작은 희망조차 도 갈기갈기 찢기고 말았다.

악다문 잇새로 울음이 비집고 새어 나올 것만 같았다. 하지만 진우는 악착같이 참았다. 견뎠다. 그렇지 않아도 힘들 가은에게 저까지 이런 모습을 보일 순 없었으니까. 예고 없이 치고 올라오 는 감정을 다스리기까지는 꽤 오랜 시간이 걸렸다. 진우는 가까스 로 목을 가다듬곤 입술을 떼었다.

"……그래, 가은아. 그렇게 할게. 네 말대로, 해줄게."

진우는 말을 하기 무섭게 아랫입술을 꽉 물었다. 코끝이 시큰 거리고 목구멍이 묵직하게 아팠다. 고작 준비한 말 하나를 뱉었 을 뿐인데 다시금 치밀고 올라온 감정에 흐느낄 것 같았다. 하지 만 멈춰선 안 되었다. 이대로 뜸을 들이면, 그새 또 마음이 바뀔지도 모를 일이었다.

"가은아, 우리……."

"……."

"……우리, 그만하자."

그러나 그만하잔 말을 건네며, 결국 눈물을 흘리고 말았다. 진우는 눈물을 참기 위해 이를 꽉 물었지만, 소용없었다. 한번 터진 눈물은 쉬이 그치질 않았다. 어느덧 몸부림치던 가은의 몸에서 힘이 빠지는 게 느껴졌다. 그게 또 진우의 억장을 무너지게 했지만, 몇 번을 생각해도 지금 그녀에게 해줄 수 있는 거라곤 이것뿐이었다.

"이젠 정말 붙잡지 않을게. 찾지도 않을게. 네가 바라는 게 두 번 다시 나를 보지 않는 일이라면……."

"……."

"그것도 그렇게 하자. 네 눈앞에 나타나지 않을게, 절대."

피를 토하는 기분이 이런 걸까. 진우는 죽고 싶은 심정이었다.

내가…… 너 없이 살 수 있을까, 가은아.

머릿속엔 온통 그 한 가지 생각뿐이었다. 자신이 없었다. 가은 없이는, 가은을 보지 않고는 멀쩡하게 살아갈 수 없을 것 같았다. 그럼에도 견뎌야 했다. 지금의 가은에게 자신은 그저 독일 뿐이니. 사랑하는 그녀를 위해, 그녀를 놓아야 했다.

"그러니까 내 부탁 하나만 들어줄래?"

진우는 흐르는 눈물을 더 이상 말리지 않았다. 눈물이 쉬지도 않고 흐르는데, 그는 입술을 당겨 올렸다. 그 모습이 우스꽝스러워 보이든, 추하게 보이든, 그런 건 아무래도 상관없었다.

180

"살아만 있어 줘."

네가 살아만 있어 준다면 그런 게 뭐가 문제일까.

"어디에 있든 그런 건 상관없으니까, 제발."

가은아, 네가 이렇게나 힘들어했다는 걸, 나는 왜 더 빨리 알아채지 못했을까. 네가 그렇게나 많은 신호를 보내왔는데, 왜 바보같이 나는…….

"……제발, 살아만 있어 줘."

가은아, 너무 늦게 알아채서 미안해. 너 혼자 너무 오래 힘들게 돼서 미안해. 그 벌이라 생각하고 너를 놓을 자신은 죽어도 없지만, 그래도 해 볼게. 널 위해 할 수 있는 마지막 일을, 최선을 다해 지켜 볼게.

"이제 나한테 벗어나서 어디든, 네가 가고 싶은 곳으로 가."

그래도 이거 하나는 기억해 줬으면 좋겠다.

내가, 너를…….

"가, 가은아."

내가 너를, 내가 가진 모든 것과 바꿔도 아깝지 않을 만큼, 정말 많이 사랑한다는 거.

사랑해, 가은아.

너에게로 가는 길

가은은 새파란 하늘을 멍하니 바라보았다.

끔뻑, 끔뻑.

느릿하게 움직이는 눈꺼풀엔 힘이 없었다. 눈동자의 초점은 잡혀 있지 않았고, 입술은 생기를 잃은 채 버석하게 말라 있었다. 새하얀 병원복 아래로 나온 손과 발에는 거죽만이 남아 있었다. 선명하게 도드라진 뼈가 앙상한 그녀를 더욱 위태로워 보이게 만들었다.

"언니, 나 왔어."

등 뒤로 문이 여닫히는 소리와 함께 익숙한 목소리가 들려왔다. 하지만 가은은 돌아보지 않았다. 인기척조차 느끼지 못하는 사람처럼. 지금 가은의 모습은 살아 있음에도 죽은 것과 다를 게 없었다. 그럴수록 병원에 갇혀 있어야 할 시간이 길어질 뿐이란 걸 알면서도, 가은은 아무것도 하고 싶지 않았다.

"⋯⋯언니, 점심은 먹었어?"

망설임 가득한 목소리에 물기가 배어 있었다. 눈물을 참기 위해 무던히 애쓰는 모양인데, 노력이 무색하게도 가은은 그 사실을 선명히 알아차렸다.

터벅, 터벅.

차마 다가올 용기도 나지 않는지, 들려오는 발걸음 소리엔 두려움이 담겨 있었다. 그럴 거면 오지 말지. 이렇게 힘들어할 거면서, 바보처럼 왜 매일같이 이곳을 찾는 건지.

걸터앉은 침대로 한참 만에 인기척이 전해졌다. 그래도 가은은 눈길을 주지 않았다. 이렇게 매정하게 굴면, 언젠가 지친 지수도 자신을 찾지 않을 거라 생각했다. 가능하다면, 그날이 빨리 다가오길 바랐다. 지수가 힘들어한다는 걸 알면서도 이렇게 하는 게 저로서도 쉽지는 않은 일이었으니까.

"오는 길에 벚꽃 나무에 꽃이 활짝 폈더라. 진짜 예쁘던데⋯⋯."

"⋯⋯."

"언니도 봤으면 분명 좋아했을 거야."

글쎄. 그랬을까.

가은은 이어지는 지수의 노력에도 그저 침묵만을 고수했다. 이 시간이 제게도 고통이듯, 지수에게도 고통일 거란 걸 알고 있었다. 하지만 더는 누구도 곁에 두고 싶지 않았다. 지수뿐 아니라 해운도 이따금 면회를 왔지만, 이제 더는 찾아오지 않았다. 보름쯤 전, 온몸으로 발악하며 그의 방문을 거부한 덕분이었다.

정말 미친 사람처럼 몸부림을 쳤다. 자신을 통제하기 위해 달려든 보호사들의 손길에 몸 이곳저곳이 멍들어야 했고 안정제를 놓기 위한 주삿바늘에 살이 뚫려야 했지만, 충분히 감내할 수 있는 수고였다. 자신을 찾아오는 사람 둘 중 하나를 완전히 밀어냈으니 그걸로 족했다. 하지만 지수에겐 그럴 수가 없었다.

그렇지 않아도 연옥을 잃은 상처가 채 아물지 않았을 터였다. 그런 찰나에 자신까지 이런 꼴을 보였으니, 지금쯤 지수의 마음이 얼마나 상처로 헤집어졌을지 가늠도 되지 않았다. 그러니까 더는 찾아오지 않았으면 좋겠는데.

해운에게 보인 모습을 지수에게도 보인다면, 아마 지수는 더욱 발길을 끊지 못할 것이 분명했다. 제 앞에는 나타나지 못할지언정, 멀리서나마 자신을 지켜보며 눈물을 훔칠 것이다. 거기까지 생각이 닿은 가은은 완벽하게 입을 다물기로 했다.

그날 이후 매일같이 찾아오던 지수는 하루 종일 홀로 말을 건네다 돌아서곤 했다. 그때마다 지수는 무척 지친 얼굴을 했고, 그럴수록 가은은 더욱 독하게 지수를 상대하지 않았다. 지쳐서라도, 그 지침에 질려서라도 자신을 찾지 않길 바랐다.

가은은 가능한 한 평생, 이곳에 홀로 갇혀 있고 싶었다. 지나간 인연도, 새롭게 다가올 인연도 전부 차단한 채 언제가 될지 모를 죽음을 이곳에서 맞이하고 싶었다. 그렇게 된다면 적어도 그건 누구에게도 상처가 되지 않을 테니. 그러나 그런 생각을 할 때면 언제나 진우의 얼굴이 선명하게 그려졌다. 이곳에서 지내기 시작하고부터 얼마의 시간이 흘렀는지 가늠도 되지 않는데, 속초에서 마지막으로 보았던 진우의 얼굴만은 언제나 또렷했다.

'가은아, 우리…….'

'…….'

'……우리, 그만하자.'

어떻게 잊을 수 있을까. 단 하루도 그날을 되새기지 않은 적이 없는데.

'이젠 정말 붙잡지 않을게. 찾지도 않을게. 네가 바라는 게 두 번 다시 나를 보지 않는 일이라면…….'

'…….'

'그것도 그렇게 하자. 네 눈앞에 나타나지 않을게, 절대.'

그 말을 하던 진우의 얼굴이 생생했다. 진우는 울고 있었다. 정말 고통스럽고 아픈 얼굴로, 서럽게 눈물을 흘렸다. 그날 그는 다른 누구도 아닌 자신 때문에 처절하게 무너져야만 했다. 마지막으로 기억하는 건, 해변 입구에 서서 구급차에 실려 가던 자신을 바라보는 진우의 눈동자였다.

막 바다에서 나올 무렵, 해변과 가까운 도로에 사이렌을 울리며 구급차가 도착했다. 그 안에선 해운이 내렸고, 지수와 자신의 주치의가 내렸었다. 그걸 본 순간 가은은 직감했다. 이대로 자신이 향하게 될 곳이 병원이란 것을.

"……"

가은은 눈을 질끈 감았다. 그때의 진우를 떠올리는 것만으로도 가슴이 따끔거렸다. 눈가가 시큰거리고 코끝이 매웠다.

'어디에 있든 그런 건 상관없으니까, 제발.'

'……'

'……제발, 살아만 있어 줘.'

어디에 있든 상관없다고 했으면서.

'이제 나한테 벗어나서 어디든, 네가 가고 싶은 곳으로 가.'

'……'

'가, 가은아.'

어디든 가라고 했으면서.

구급차는 진우가 부른 것일 게 뻔했다. 그가 할 수 있는 최선이 란 그런 것이었을 테니. 처음엔 이곳에 자신을 가둔 것이 진우인 것만 같아서 그를 원망하기도 했었다. 하지만 시간이 갈수록 원망 은 옅어졌고, 원망했던 시간만큼 죄책감은 더욱 커져만 갔다. 더 욱이 그에게 준 상처를 잊고 원망하기만 했으니, 그런 자신이 얼 마나 괘씸하고 끔찍하던지.

그 사실을 깨달은 이후, 가은은 해운도 지수도 거부하기로 마음 먹었다. 그토록 사랑하던 진우에게도 상처를 준 자신이었다. 행 복하게 해주고 싶다고, 상처를 보듬어주고 싶다고 생각했던 사람 에게도 씻을 수 없는 고통만 안겨주었는데 지수와 해운에게 그러지 않을 거란 보장이 없었다. 그게 덜컥 겁이 났다.

"……."

별안간 가은이 고개를 돌렸다. 시선의 끝에 저와 똑같은 모습을 한 환영이 무감하게 눈만 끔뻑이고 있었다. 처음엔 연옥이었고, 그다음엔 진우였으며, 결국 자신으로 변한 환영은 아직까지도 사라지지 않은 채였다. 가은은 그것이 의미하는 바를 너무나도 잘 알고 있었다. 저기에 앉아 있는 자신을, 자신이 만들어 낸 저 환영을 보는 동안엔 절대 정상인의 범주에 들어설 수 없었다. 그게 마음의 문을 더욱 굳건하게 닫아버린 이유였다.

"언니. 오늘은 언니한테 오기 전에 의사 선생님을 뵙고 왔어……."

"……."

"선생님이…… 당분간은 면회도 오지 말라고 하시더라. 아무래도 그러는 편이 좋을 것 같다고."

가은은 대답 대신 눈만 깜빡거렸다. 듣던 중 반가운 소리였다. 더는 지수도 자신을 찾아오지 않는 게, 바라던 일이었으니까. 그런데 막상 지수도 더 이상 보지 못할 거라 생각하니, 어쩐지 조금쯤 서글퍼지는 기분이었다. 그래도 잠깐이나마 흔들린 마음을 내색하지 않았다. 손끝은 움찔거릴지언정 지금까지처럼 지수의 말에 대답도 하지 않았고, 쳐다보지도 않았다. 곧 지수가 내뱉은 한숨 소리가 나직하게 들려왔다. 늘 그랬던 대로, 침묵에 지친 지수는 이제 곧 일어날 것이리라.

예상대로 지수가 자리에서 일어난 건지, 침대가 들썩거리는 게 느껴졌다. 슥슥, 힘없는 걸음 소리가 들려온다. 병실을 빠져나가려는 모양이다. 그런데 느리게 이어지던 걸음 소리가 불현듯 멈추었다. 동시에 눈물에 젖은 지수의 목소리로 귓속으로 흘러들어 왔다.

"근데, 언니. 나 오늘은 언니가 아프더라도 꼭 하고 싶은 얘기가 있어."

"……."

"오늘이 마지막일지도 모르니까, 그러니까 오늘은 꼭 해야 될 거 같아."

지수의 말투는 퍽 비장했다. 하지만 그 안에 담긴 진심은 벼랑 끝에 선 사람처럼 간절하기 그지없었다.

무릎 위에 둔 가은의 손끝이 바들바들 떨렸다. 다행히 지수를 등지고 있어 숨길 순 있었지만, 그럼에도 들키기라도 할까 봐 힘주어 손을 말아 쥐었다.

"나쁜 년."

불시에 들려온 건 거친 욕설이었다. 흔들리는 마음을 다잡기 위해 힘껏 움켜쥐었던 두 손이 허탈하게 툭 풀려버렸다.

"하."

가은은 저도 모르게 헛숨을 토해냈다.

"진짜 나쁜 년이야, 넌."

연이어 들려온 지수의 말소리는 거친 욕설을 뱉은 것과는 어울리지 않게 서러운 울음으로 빼곡하게 채워져 있었다. 가은은 천천히 고개를 돌렸다. 왜 그랬는지는 모르겠다. 그냥 봐야 할 것 같았다, 지수를. 이 순간만큼은, 꼭 그래야 할 것 같았다.

"……."

올곧게 마주한 지수의 얼굴은 눈물에 흠뻑 젖어 있었다. 그럼에도 붉게 충혈된 눈에선 계속해서 눈물이 쏟아져 내렸다.

"어떻게 나한테 기회 한 번을 안 줄 수가 있어."

"……."

"아직 미안하다고, 잘못했다고, 제대로 된 사과도 한번 못 했는데. 근데 너는 왜 죽을 날 받아놓은 사람처럼 세상 다 산 얼굴만 하고 있는 건데!"

지수가 서럽게 울분을 토해냈다. 그런데 그 울분이 어찌나 서지수다운지, 가은은 저도 모르게 피식거릴 뻔했다.

"누가 너더러 돈 달라고 했어? 그래, 내가 그동안 언니 네 돈이 내 돈인 것처럼 썼던 거 맞아. 부정 안 해."

"……."

"그래도 그렇지, 그 많은 돈을 내 앞으로 남기고, 어떻게, 어떻게 죽을 생각을 해!"

치미는 감정을 참기 힘들었는지, 꽥 소리친 지수가 자리에 주저앉았다. 가은은 발끝이 움찔거렸다. 바닥이 찬데, 차가운 데 앉아 있으면 안 좋은데. 순간 떠오른 생각이란 게 그거였다. 마음 같아선 지수에게 다가가 일으켜 세워주고 싶었지만, 한 시간쯤 전에 약을 먹었던 터라 몸이 생각대로 움직이질 않았다. 그래도 어떻게든 움직여 보려고 노력했다.

그때, 설움이 절정에 다다른 지수가 호소하듯 말을 내뱉었다.

"우리 엄마가 죽은 건, 언니 때문이 아니야."

"……."

"언니 부모님이 돌아가신 것도, 언니 때문이 아니야."

그 말을 듣는 순간, 가은은 최선을 다해 움직여 보려던 것도 잊고 숨을 멈추었다. 그러곤 눈물이 그렁그렁 차오른 눈으로 지수를 바라보았다.

"전부, 사고였어. 그냥 사고였을 뿐이었다는 거, 언니도 알잖아."

지수의 목소리는 좀 전보다 한결 차분해졌는데, 도리어 가은의 가슴은 점점 더 거칠게 뛰었다. 꼭 목구멍에 복숭아씨가 걸린 기분이었다. 억지로 눈물을 참는 통에 머리가 지끈거리고 코가 막혀왔다. 그런 속도 모르고 지수가 말을 덧붙여 왔다.

"미안해, 언니. 그동안 언니 걸 탐내고 당연하게 요구해서, 정말 미안해."

가은은 숨이 막히는 기분이었다. 그렁그렁하게 차오른 눈물은 더 이상 버틸 수 없다는 듯 또르르 떨어져 내렸다.

"내가 다 잘못했어. 가난한 게 너무 싫었어. 언니를 만나기 전엔 전부 가질 수 없는 것들뿐이었는데, 언니를 만나고 나서부턴 그게 뭐든 갖고 싶다고 생각하면 전부 가질 수 있어서, 그냥 그게 너무 좋았어."

"……."

"그거 때문에 언니가 이렇게까지 힘들었을 줄은 정말로 몰랐어."

뒤늦은 변명이었다. 그 사실을 가은도 지수도 알고 있었다. 하지만 가은은 이제라도 제게 미안하다고 사죄하는 지수에게 진심으로 고마웠다. 긴 세월 동안 자신이 바란 건 특별한 것들이 아니었다. 제게 상처 준 일에 대한 사과 한마디. 연옥과 지수 모두 금전적인 능력은 없었기에 계속 자신이 짊어지고 가야 할 테지만 갈취가 아닌 부탁을 해주길 바랐을 뿐이었다. 그렇게만 해 준다면 가은은 아낌없이 나누었을 것이다. 얼마가 됐든, 아주 흔쾌히.

"언니한테 상처 준 일이 한두 개가 아닐 거라는 거 알아. 그래서 염치도 없고 어떻게 속죄를 해야 할지도 알 수가 없어."

지수가 흐느끼는 목소리로 어렵게 말을 이었다. 그러면서도 가은의 눈은 피하지 않았다. 퉁퉁 부은 눈으로 끝끝내 가은의 시선을 피하지 않는 건 지금 지수가 낼 수 있는 최선의 용기일 것이다. 가은은 그것만으로 충분했다. 이렇게 용기를 내 제게 사과해 준 것만으로, 모든 걸 용서할 수 있었다. 하지만 이미 약에 지배당한 몸은 제 의지로 할 수 있는 것이 아무것도 없었다.

"근데 언니. 속죄도 언니가 살아 있어야 내가 할 수 있는 거잖아. 흐윽."

"……."

"계속 나 미워해도 좋아. 지금처럼 나 상종도 하지 않아도 괜찮아. 그러니까, 지금처럼 만이라도 살아만 있어 주면 안 될까? 응?"

지수의 호소는 계속되었다. 가은은 어떤 대답도 하지 못한 채 쉴 새 없이 눈물을 흘렸다. 자꾸만 가슴이 쿵쿵 뛰었다. 그간 서서히 죽어가던 가슴이, 힘차게 박동하고 있었다. 그럴수록 연옥이 떠올랐고, 죽은 부모가 떠올랐으며, 진우가 또렷이 상기되었다. 살아생전 연옥이 입버릇처럼 했던 말이 있었다.

'네 부모가 죽은 건 다 너같이 재수 없는 걸 딸년으로 뒀기 때문이야. 그걸 아직도 모르겠니?'

처음 그 말을 들었을 땐 지울 수 없는 상처가 되었고, 그 말이 수차례 반복된 후엔 삶에 대한 모든 의지를 잃게 되었다. 그리고 어느 순간부터 그 말은 자신의 일부가 되었다. 더는 연옥이 그 말을 하지 않아도 스스로 자신은 재수 없는 사람이라고 생각했다. 태어나선 안 되었고 그 누구도 곁에 두어서는 안 되었던 사람. 연옥까지 갑작스레 유명을 달리한 이후로는 더욱 그 생각에서 벗어날 수가 없었다. 반복적인 가스라이팅으로 형성된 잠재의식의 결과물은 처참했다.

가은의 시선이 지수에게서 벗어나 다른 곳으로 향했다. 저와 같은 모습을 한 환영이 앉아 있는 자리였다. 한가은의 또 다른 자아. 제 부모와 연옥을 죽음에 이르게 만들었던 가스라이팅의 결과물. 부모의 죽음은 물론 연옥의 죽음까지 가은에겐 너무도 감당하기 힘든 일이었다. 그 끔찍한 일들이 전부 재수 없는 자신 때문에 벌어진 것만 같았다.

괴로웠다. 그래서 할 수만 있다면 기억을 도려내고 싶었고, 어떻게 해서든 지워내고 싶었다. 그러나 결국 그 무엇도 하지 못했다. 고작 할 수 있는 일이라곤 괴로운 기억이 떠오를 때마다 의식적으로 외면하는 일뿐. 수차례 반복된 의식적인 외면은 이내 잠재의식이 되어버렸다. 행복을 느낄 때마다 불쑥불쑥 나타났고, 결국 자신을 죽음으로까지 몰아넣는 무서운 병이 되어버린 거다.

"언니, 이렇게 나 밀어내지 마. 제발, 포기하지 마, 언니."

지수가 눈물을 뚝뚝 흘리며 무릎걸음으로 가은의 앞까지 다가왔다. 그러곤 가은의 무릎에 이마를 기대며 진심을 전해왔다.

"……"

탁하게 죽어버린 눈동자가 지수를 내려다보았다. 흐느끼는 소리와 함께 어깨가 들썩거리는 게 보인다. 가은은 입을 벙긋거렸다. 하지만 소리가 나오질 않았다. 아무리 힘을 주어도 진작부터 바싹 마른 목은 짧은 신음조차 허락하질 않았다. 속절없이 미간을 좁혔다. 그러나 잠깐뿐이었다.

어느덧 가까스로 들어 올린 손을 지수의 머리 위로 올렸다. 그러곤 최선을 다해 힘을 주어 그녀의 머리를 쓰다듬었다. 곧 지수가 고개를 들어 믿을 수 없다는 눈으로 가은을 응시했다. 가은은 그런 지수를 피하지 않았다. 그러곤 눈으로 마음으로 제 진심을 전했다.

'왜 이렇게까지 나를 잡아, 지수야. 나는 네게 불행을 안겨줄지도 모르는 사람인데. 그냥 나 같은 건 잊고 네 인생 찾아 훨훨 날아가지. 그러라고 돈도 줬잖아. 더 이상 나 같은 거에 메이지 말라고, 바보야.'

비록 소리 내어 말하진 못했지만, 지수를 향한 눈동자가 그 어느 때보다 따스했다. 그게 지수의 마음을 다시 한 번 울리고 말았다. 지수는 한참을 더 울었다. 그러곤 한참 만에야 가은을 향해 울먹이는 목소리로 속삭였다.

"언니가 살길 바라는 사람이 너무 많아. 나도, 해운 오빠도."

"……"

"그리고 누구보다 간절하게 바라고 있을 진우 오빠가 있잖아."

불시에 흘러나온 진우의 이름에 가은의 눈동자가 속절없이 흔들렸다. 지수는 그런 가은의 눈을 기쁜 마음으로 바라보았다. 그러곤 그를 대신해, 지금쯤 그가 느끼고 있을 마음을 남김없이 전

해주었다.

"오빠는 기다리고 있을 거야."

"……."

"오빠는 언니한테 오고 싶어도 올 수가 없으니까. 그래서 기다리고만 있을 거야. 오빠가 할 수 있는 건 그거뿐일 테니까."

가은의 눈매를 타고 쉴 틈 없이 눈물이 쏟아졌다. 가은은 묻고 싶었다. 그래서 다시 한 번 용기를 내어 입술을 움직였다. 여전히 목소리는 나오지 않았다. 그래도 물어야 했다. 사실은 죽고 싶지 않았으니까. 누구보다도, 그들과 함께 살고 싶었으니까.

어떻게 하면 소리를 낼 수 있을까. 가은은 마지막으로 있는 힘을 다해 목을 조였다. 그 순간, 나오지 않을 것 같던 목소리가 쩍쩍 갈라진 채 새어 나왔다.

"……그럴까, 지수, 야."

"언니……."

"내가, 그렇, 게, 못되게, 굴었는데……."

가은은 한 글자 내뱉는 것조차도 힘에 겨웠지만, 끝끝내 물었다.

"진우가, 나, 를……."

"……."

"기다리, 고, 있을까?"

정말 그렇다면, 처음이자 마지막으로 용기 내 보고 싶은데. 염치 불고하고 진우에게 가고 싶은데. 나쁜 년이라고 손가락질하고 욕해도 결국 받아만 준다면, 몇 번이고 용서를 구하고 싶은데.

가은은 눈물을 그치지 못했다. 그건 지수 역시 마찬가지였다. 하지만 서럽게 우는 중에도 지수는 행복하게 웃었다. 그리고 망설임 없이 가은에게 진심을 전했다.

"당연하지. 진우 오빠가 언니를 기다리지 않을 리가 없잖아."

진우가 가은을 기다리고 있을 것임을.

"나도 해운 오빠도 언니를 이렇게 기다리고 있는데."

진우뿐 아니라 저와 해운 역시 한가은을 기다리고 있음을.

"이진우가 한가은을 기다리지 않을 리가 없어."

이보다 더 확신에 찬 말이 있을 순 없었다. 그제야 가은은 희미하게 입술을 당겨 올렸다. 지수에게 하는 고맙다는 인사나 다름 없었다.

가은은 벅차오르는 가슴을 끌어안은 채 천천히 고개를 들어 올렸다. 그러곤 누가 몰아세우기라도 한 것처럼 한쪽 구석에 서 있는 환영을, 똑바로 바라보았다.

'나, 가고 싶어. 그 애한테.'

가은은 간절히 말했다. 그러자 상대가 단번에 미간을 구긴다.

 ―정신 차려. 네가 가서 달라질 게 뭐가 있는데. 당장이야 좋을 수도 있겠지. 그런데 결국 걔도 널 탓할 거야. 너 같은 애를 만나서 불행해졌다고, 결국 널 원망할 거라고.

또 다른 한가은이 언제나 사로잡혀 있던 생각을 여지없이 짚어내며 따박따박 따지고 들어왔다. 다른 때였다면 그 말에 수긍한 채 또 절망했을 것이다. 하지만 오늘은 달랐다. 지수의 사과는 결국 가은의 마음을 울렸고, 지수가 전한 진심은 가은의 가슴속에 희미하게 남아 있던 삶에 대한 욕구를 자극했다.

가은은 한 번 더 살아보고 싶었다. 이게 마지막이어도 좋으니, 한 번 더 시도해 보고 싶었다. 이젠 혼자가 아닌 지수와 해운, 그리고 진우와 함께.

'그래도 가고 싶어. 보고 싶어, 그 애가. 날 재수 없는 애라고 손가락질해도 상관없어. 그럴 리 없겠지만, 혹시나 그 애까지도 날 손가락질하면⋯⋯. 그렇다고 해도 견뎌 볼게. 아니, 그럴 일이 생기지 않도록 내가 더 강한 사람이 되어 볼게. 꼭 좋은 사람이 되어 볼게.'

가은은 그 어느 때보다 굳건한 모습으로 제 마음을 전했다. 가은의 모습을 한 환영이 와락 미간을 구겼다. 그게 가은의 마음을 초조하게 만들었지만, 꿋꿋하게 버텼다. 버텨야 했다. 그래야, 진우에게 갈 수 있었다.

얼마의 시간이 흘렀을까. 찌푸린 표정을 풀 줄 모르던 환영이 별수 없다는 듯 미소를 감아 올렸다. 건네 오는 말은 단 한마디도 없었다. 하지만, 가은을 향한 미소만큼은 그녀의 도약을 응원하는 진심이 한가득 묻어났다. 가은은 두 눈이 휘도록 환하게 웃었다. 그러곤 또 다른 자신을 향해 마지막 메시지를 전했다.

'이젠 널 아프게 하지 않을게. 힘들게 하지도 않을게. 내가 좀 더 단단한 사람이 돼 볼게. 다신 네가 상처받지 않도록, 최선을 다해 열심히 살아볼게.'

그 말과 함께 눈을 감았다 떴다. 그러자 조금 전까지도 꿋꿋하게 서 있던 환영이 거짓말처럼 사라지고 없었다. 그게 무엇을 의미하는지 가은은 누구보다 잘 알았다. 그래서 기뻤고, 그래서 슬펐으며, 아프지만 행복했다.

가은의 눈매를 타고 눈물이 또르르 흘러내렸다. 그러나 더 이상 고통의 의미가 아니었다. 이제야 겨우 행복에 한 발짝 다가설 수 있을 것 같았다. 가은은 그 기분을 마음껏 즐겼다. 새로운 삶을 향한 걸음의 시작이었다.

* * *

1년 뒤.

진우는 크지 않은 사무실에서 바삐 업무를 처리하는 중이었다. 오늘따라 어찌나 일이 몰아치는지, 점심시간이 다 지나도록 자리에서 일어날 수가 없었다. 아무래도 오늘은 점심을 챙기긴 그른 것 같단 생각이 밀려오는데 별안간 노크하는 소리가 들려왔다. 진우는 소리가 들려온 쪽을 흘끔 보았다. 그러자 슬쩍 열린 문틈 새로 윤호가 고개를 빼꼼 들이민 게 보였다.

"무슨 일입니까?"

"대표님 식사 안 하세요?"

윤호는 걱정 어린 얼굴로 물었다. 그제야 진우가 쥐고 있던 펜을 내려놓곤 이마를 긁적거렸다.

"급한 것만 해결하고 챙기려고 했는데, 급한 일이 끝이 안 나네요."

진우는 한숨 섞인 목소리로 투덜거렸다. 어느덧 바로 앞까지 다가온 윤호가 진우의 앞으로 커피를 내려놓았다.

"식사하셨을 줄 알고 커피 사 왔는데, 아직 식사 전이시면 조금 이따 드세요."

"고마워요. 그래도 나 챙기는 건 윤호 씨밖에 없네."

진우답지 않은 넉살이었다. 물론 1년 전 진우를 생각한다면 그랬다.

1년 사이 진우는 많은 면이 변화했다. 1년 전만 하더라도 그는 마음을 나눈 몇몇을 제외하면 관심도 없고 배려도 하지 않았었다. 그런데 사업을 시작하고 나서부터 그런 자신의 성격이 직원들을 무척 불편하게 한다는 걸 알게 되었다. 그걸 고치는 게 쉽지 않아 극심한 스트레스에 어찌할 줄을 몰라 할 때마다 옆에서 응원하던 것이 윤호였다.

윤호는 그보다 1살이 어렸지만, 사내 분위기를 밝게 만들고 팀원들 간의 단합심을 높이는 데는 일가견이 있었다. 그걸 알고 난 후부터 진우는 윤호에게 자주 도움을 청했다. 윤호는 스스럼없는 성격 그대로 최선을 다해 진우를 도왔다. 성격 더러운 대표라고 욕을 하거나 손가락질을 한 적도 없었고, 언제나 진우에게 격려를 아끼지 않았다. 쉽사리 곁을 내주지 않는 진우였지만, 그런 윤호에게 곁을 내주지 않을 이유가 없었다.

"아. 근데요, 대표님."

"네."

"혹시 저 모르는 사이에 여자친구 생기셨어요?"

"갑자기 그게 무슨 소립니까?"

진우가 고개를 갸웃거리며 이해하지 못한 얼굴을 했다. 그러자 윤호가 관자놀이를 긁적이며 얼빠진 표정을 지었다.

"음, 잘못 짚었나?"

"뭘 잘못 짚었다는 건지 나한테 설명해 줄 생각은 없어요?"

진우는 윤호의 모습을 귀엽다는 듯 바라보며 윤호가 건넨 커피를 한 모금 들이켰다.

"아니, 점심 먹으러 나가는데 웬 예쁘게 생긴 여자분이 회사 앞에 서 있잖아요. 누굴 기다리고 있는 건가 싶어서 그냥 지나쳤는데, 회사로 돌아오는 길에 보니까 여전히 그 자리에 서 계시더라고요. 가끔씩 회사 한번 올려다보는 게 꼭 저희 회사 누굴 찾아온 것처럼 보였단 말이죠."

"그래서 말 걸어 봤어요? 표정 보니까 윤호 씨 마음에 딱 든 모양인데."

진우가 피식거리며 물었다. 그러자 윤호가 상기된 얼굴로 말을 덧붙였다.

"그러니까요! 완전 제 이상형이더라고요! 그래서 회사에 들어오자마자 남자 직원들한테 싹 물어봤죠. 그런데 다들 모르는 여자라고 하더라고요."

"그래서 마지막으로 내가 아는 여자인지 확인하러 온 거예요? 커피는 핑계고?"

"에이, 또 그렇게 말씀하시면 섭섭하죠. 커피는 진짜 대표님 드리려고 사 온 뇌물이 맞고! 혹시나 대표님이 아는 여자분인가 싶어서요. 임자 있는 분이면 무작정 번호 물어보는 거 실례잖아요. 전 회사 안에서 괜히 불편한 사람 만들고 싶지 않다고요. 그게 대표님이면 더더욱이요."

윤호는 특유의 재치 있는 말재간으로 진우의 웃음을 유발했다. 진우는 기분 좋은 미소를 지은 채 윤호의 말에 대꾸했다.

"아쉽게도 여자친구 생길 틈이 없네요. 외로움을 느낄 새도 없이 일이 너무 많아서."

잠깐이지만 진우의 얼굴 위로 그리움이 스쳐 지나갔다. 하지만 윤호는 눈치채지 못한 모양이었다.

"역시 그렇죠? 하하, 다행이다. 진짜 완전 제 스타일이었거든요. 그럼 저 10분만 농땡이 부려도 될까요? 대표님과 달리 저는 바쁜 와중에도 외로움을 너무 타거든요."

그리움을 되새길 새도 없이 윤호가 다시금 재치 있게 엄살을 부려왔다. 진우는 짐짓 엄격한 척하면서도 웃음기 실린 음성으로 말했다.

"그래요. 딱 10분입니다."

"감사합니다! 오늘 야근은 그 어느 때보다 기쁜 마음으로 임하겠습니다!"

윤호가 깍듯한 자세로 허리를 꾸벅 숙이더니 뒤도 돌아보지 않고 대표실을 빠져나갔다. 순식간에 정적이 흘렀다. 진우는 윤호가 남기고 간 커피를 들이켜며 문득 생각에 잠겼다. 여느 때와 같은 가은의 생각이었다.

지금쯤 잘 지내고 있을지, 증세는 많이 호전되었을지, 궁금한 게 한둘이 아니었다. 하지만 진우는 이따금 연락 오는 해운에게도 지수에게도 가은의 소식을 묻지 않았다. 그들 역시 가은의 소식을 전하지 않았다. 암묵적인 룰 같았다. 그게 처음엔 무척이나 견디기 힘들었지만, 이제는 제법 버틸 만했다.

진우는 긴장에 솟았던 어깨를 축 늘어트리곤 의자에 몸을 기대었다. 오늘따라 이상하리만치 가은의 생각이 짙게 밀려왔다. 해야 할 일이 산더미인데. 진우는 가벼운 한숨을 푹 내쉬었다. 흐트러진 정신으로 다시 일에 몰두할 수 있을지 모를 일이었다. 그렇게 된 김에 점심을 해결하고 오는 게 좋을까 고민하던 찰나, 별안간 핸드폰이 울렸다. 액정 위에 뜬 이름은 소연의 것이었다.

"여보세요."

－생각보다 전화를 빨리 받네요? 뭐야, 설마 농땡이 부리고 있는 건 아니죠?

진우는 밉지 않은 소연의 잔소리에 얕게 웃음을 터트렸다.

"그럴 리가요. 점심도 못 먹고 일하는 중입니다."

－어머, 그래요? 그래도 밥은 챙겨 먹어야죠. 다 먹고살자고 하는 일인데.

"그렇게 생각하시는 분이 앞뒤 안 가리고 일을 물어오는 겁니까?"

진우는 투덜거리면서도 목소리에 실린 웃음기는 지우지 않았다. 불만인 척했지만, 사실 불만이 있을 리가 없었다. 지난 1년간 회사가 이만큼 성장할 수 있었던 건 소연의 덕이 컸으니까.

작은 광고 회사를 창업한 진우는 소연이 아니었다면 일찌감치 돈만 날린 채 실업자가 되었을지도 몰랐다. 종범의 방해를 예상 못 했던 건 아닌데, 그 방법이 생각보다도 치사했고 구차했다. 덕분에 일이 뚝 끊기기도 했고, 연이은 적자에 자금난을 맞기도 했다. 하지만 그때마다 소연은 지원을 아끼지 않았고, 크진 않지만 강남권 전원주택을 사옥으로 사용하게 된 지금에 이를 수 있었다. 전원주택을 사옥으로 택하게 된 것도 소연의 권유 때문이었다.

'아직 사업체가 큰 것도 아니고 광고업 특성상 야근율이 높을 수밖에 없을 텐데, 직원들 복지 생각하면 휴게 공간에 최적화된 장소가 낫지 않겠어요? 다 먹고살자고 하는 일인데, 일 시키는 만큼 대우나 배려는 해 줘야죠.'

어떻게 생각하나 일리 있는 말이었다. 고민할 이유가 없었다. 진우는 곧장 소연의 말을 조언 삼아 예산에 맞는 전원주택을 찾아 사옥으로 정했다. 직원들의 만족도는 생각보다 높았다. 높은 만족도를 뒤따른 능률은 계산에 없던 이득이었다. 그때 이후로 종종 소연의 말을 투자자가 아닌 선배 사업가로서의 조언으로 듣곤 했는데, 그게 문제였을까. 소연은 그의 사업에 더욱 큰 관심을 보였고, 인맥을 동원해 일거리를 마구 물어왔다. 문제는 그게 지금의 규모로는 감당이 힘든 수준이란 거였다.

─결국 해내실 거면서 앓는 소리 하시긴. 좋아요. 내가 맛있는 점심 쏠게요.

"밥 먹을 시간도 없이 바쁘다는 말 못 들었습니까?"

─다 먹고살자고 하는 일이라고 한 내 말은 그새 까먹으셨고요?

진우는 별수 없다는 듯이 허허 웃었다. 소연의 말주변은 도통 이길 수가 없었다. 그녀의 제안을 거절하는 척 말하긴 했지만, 이미 자리에서 일어난 참이었다. 대표실 밖으로 나서자 직원들이 인사를 건네는 게 들려왔다. 진우는 가볍게 손을 들어 올리며 신경 쓰지 말란 말을 대신했다.

"지금 나갑니다. 어디로 가면 됩니까?"

─음, 먹고 싶은 건 있어요?

"맛있는 점심 쏜다더니 뭘 살지 생각도 안 하고 말했어요?"

─자꾸 투덜대시니까, 일단 맛있는 거 먹여서 입막음해야겠다 싶었죠.

진우는 어이가 없어 실소를 터트리며 사옥 밖으로 나섰다. 그러자 바로 앞에 어색한 모양새로 서 있는 윤호가 보인다. 진짜 번호라도 물어볼 작정인 모양이었다. 진우는 처음 보는 윤호의 모습에 웃음이 날 것 같았지만, 눈치껏 조용히 주차장으로 향하고자 했다. 그러나 윤호가 마주한 여자의 얼굴을 본 순간 다리가 얼어붙고 말았다.

─음, 점심으로 고기는 좀 부담스럽고, 파스타 어때요? 괜찮은 레스토랑 아는데.

귀에 댄 핸드폰을 통해 소연의 목소리가 건너왔다. 하지만 진우는 대답할 수가 없었다.

─여보세요? 이진우 씨. 내 말 듣고 있어요?

곧 이어진 소연의 채근에 진우가 놓았던 정신을 붙잡곤 가까스로 대답했다.

"미안한데, 식사는 다음에 하는 거로 하죠. 연락하겠습니다."

핸드폰 너머에서 황당하다는 듯한 소연의 목소리가 들려왔지만, 진우는 가차 없이 전화를 끊었다. 그러곤 믿을 수 없는 얼굴로 윤호가 서 있는 자리를 향해 뻣뻣하게 굳은 다리를 움직였다.

"하하. 나, 날씨가 참 좋죠? 아무리 그래도 일광욕이나 즐기자고 여기에 계시는 건 아니실 테고. 혹시 저희 회사에 아는 분이 계신가요?"

거리를 좁힐수록 긴장한 윤호의 목소리가 선명하게 들려왔다.

하지만 윤호가 바라보고 있는 상대에게선 어떤 말소리도 들려오지 않았다. 진우가 긴장한 채로 윤호의 바로 앞에 섰다. 인기척을 느낀 윤호가 고개를 돌리곤 의아한 표정을 지었다.

"대표님? 여긴 왜."

윤호가 말을 건네 왔지만, 진우는 들리지 않았다. 오로지 바로 앞에 보이는 여자만이 그의 오감을 자극하고 있었다.

"……한가은."

가은이었다.

* * *

"잘, 지냈어?"

진우는 가만히 눈을 끔뻑거렸다. 맞은편에서 말소리가 건너왔지만, 대답은 할 수 없었다. 벌써 삼십 분째 마주하고 있는 중인데도 현실감이 없었다.

"점심이 많이 늦네. 직원들은 한참 전에 점심 먹고 들어가던데."

설마 꿈일까. 그렇지 않고서야 이진우가 한가은을 마주하고 앉아 있는 상황은 말이 되지 않는데.

가은의 말을 들으면서도 진우는 꿈을 꾸는 기분이었다. 도저히 믿기지가 않았다. 그만큼 가은은 마지막으로 보았던 모습과 전혀 다른 얼굴을 하고 있었다. 그사이 더 예뻐진 건 말할 것도 없고, 환해진 낯빛이며 저를 향해 먼저 말을 건네는 모습까지도 상상해 본 적 없는 것이었다. 눈앞의 가은은 빛이 났다. 빛이 난다는 말 말고는 지금 그녀의 모습을 표현할 길이 없었다.

“내가 너무 갑자기 찾아왔나…….”

별안간 가은이 풀 죽은 목소리를 내며 고개를 푹 숙였다. 그제야 진우는 자신이 한참이나 가은을 말없이 보고만 있었다는 걸 깨달았다. 등신도 이런 등신이 없었다. 그토록 그리워하고 기다리던 그녀가 제 발로 자신을 찾아왔는데, 이렇게 넋을 놓고만 있었다니. 하지만 그걸 깨닫고도 진우는 무슨 말을 해야 할지 알 수가 없었다. 가은을 마주하기 무섭게 애써 묻어두었던 말들이 선명하게 떠오른 탓이다.

'가은 씨는 스스로 행복하다는 생각을 할 때마다 벼랑 끝으로 걸어갈 거예요. 그게 반복되고 반복되다 결국엔 죽음을 선택하게 되겠죠.'

다시는 떠올리고 싶지 않은 말이었다.

'그런 가은 씨가 말하길, 유일하게 행복을 느낄 때는…….'
'…….'
'이진우 씨와 함께 있을 때라고 하더군요.'

사랑하는 여자가 자신으로 인해 행복하면 행복해질수록 죽음으로 걸어 들어갈 것이라니. 그 말을 아무렇지 않게 들을 수 있는 남자가 세상에 몇이나 될까. 진우는 감히 단언할 수 있었다. 세상에 어떤 사람도 그 말을 듣고 제정신일 수는 없을 것이라고.

가은을 놓아준 뒤에도 미칠 듯한 그리움에 달려가고 싶었던 적이 한두 번이 아니었다. 실언을 했다고, 나는 도저히 너를 놓아줄 수가 없노라고 애원이라도 하고 싶었다. 하지만 그때마다 가은이 울며 호소하던 말이 떠올랐다.

'나 좀, 나 좀 제발 놔줘, 진우야.'
'제발. 뭐든 다 할게. 네가 하라는 대로 전부 다 할 테니까, 그러니까 제발……'
'제발, 나를 좀 놔줘.'

벌써 1년도 더 된 일이건만, 진우는 바로 어제 겪은 일처럼 아직도 가슴이 아팠다. 그 고통에서 한 발짝도 벗어나지 못했는데, 가은을 아무렇지 않게 마주하고 대화를 할 수 있을 리가 있을까.

테이블 아래로 숨긴 진우의 손이 불안하게 떨렸다. 무슨 말을 해야 할지 알 수가 없는데, 그러면서도 어색함을 이기지 못한 가은이 이대로 자리에서 일어날까 봐 무서웠다. 그런 상황을 바라는 건 아닌데. 섣불리 말을 붙이기엔 1년 전 그녀의 주치의가 했던 말이 떠올라 엄두가 나지 않았다.

"……의사 선생님이 많이 건강해졌대. 일상생활은 충분히 할 수 있을 거라고 하셨어."

그 마음을 읽기라도 한 건지 가은이 말을 붙여왔다. 진우는 천천히 고개를 들었다. 가은은 여전히 고개를 아래로 숙이고 있었다. 그 탓에 어떤 표정을 짓고 있을지는 알 수 없었지만, 그녀의 목소리가 마지막으로 보았던 속초에서처럼 처참하게 무너져 있지 않다는 것 하나는 확실했다. 진우는 안도했다. 그것만으로도 충분했다. 그때보다 나아진 거라면 더 바랄 것이 없었다.

"그렇다고, 치료가 끝난 건 아닌데……. 어, 아직 통원 치료를 받아야 하긴 하는데……."

"……아직 안 좋은 거야?"

절대 떨어지지 않을 것 같던 진우의 입술이 움직였다. 묻지 않을 수가 없었다. 겉으로 보기엔 다 털어낸 듯이 보였는데, 아직 치료를 받아야 하는 거라면 여전히 그때의 고통 속에 살고 있다는 의미일까. 진우는 조바심이 났다.

"아, 아니! 통원 치료는 그냥, 어, 아직 완치가 된 건 아니어서……."

1년 만에 듣는 진우의 목소리에 가은이 휘둥그레진 눈으로 단번에 대답했다. 하지만 말끝을 흐리고 말았다.

덧붙인 말은 진우가 듣고 기뻐할 말이 아니었다. 그래서 이곳으로 향하기까지 얼마나 많은 고민을 했는지, 가늠도 되지 않았다. 해운은 신중하게 생각해 보라고 조언했고 지수는 이 정도면 충분하니 언제든 달려가라고 했다. 하지만 가은은 용기가 나지 않았다. 그에게 달려가고 싶다는 생각은 오래전부터 하고 있었지만, 선뜻 그럴 수가 없었다. 더는 그에게 상처를 주고 싶지 않았으니까.

매일을 망설이기만 하다 오늘에서야 주치의를 통해 너무 성급하지 않게 외출을 시작해 보란 권유를 받았다. 병원에서 퇴원한 지 반년이 넘어가지만, 퇴원한 이후에도 그녀는 집에서만 지냈다. 가끔 그녀의 상태를 살피기 위해 찾아오는 해운이나 같이 사는 지수를 제외하면 인간관계는 거의 전무한 수준이었다. 그런데 오늘에서야 외출을 해 보라는 주치의의 말을 듣고 용기가 난 것이다.

가은은 그 말을 듣자마자 해운을 통해 알고 있었던 진우의 회사로 향했다. 무작정 오긴 왔는데 어찌나 떨리던지, 회사 앞을 지키고 있으면서도 안으로 들어갈 용기는 나지 않았다. 이렇게 기다리다 보면 언젠가는 나오지 않을까 하는 마음으로 기다리길 한참, 이렇게 진우를 마주하게 된 것이다.

가은은 다시금 진우를 바라보았다. 그는 1년 전과 변함없는 모습이었다. 잘생긴 얼굴도, 다부진 어깨도, 다정한 목소리까지. 자세히 보니 살이 조금 빠진 것도 같았다. 살짝 들어간 볼이 어쩐지 가은의 마음을 아프게 했다. 그게 차마 고개를 들 수 없게 만들었다. 이렇게 보고 있는 것만으로도 미안한 마음이 밀려와 어떻게 해야 할지 알 수가 없었다. 그런데도 보고 싶었다. 아래로 잠깐 고개를 숙인 이 짧은 시간마저도 진우가 그리웠다.

여기에 오는 내내 그에게 꼭 하고 싶은 말이 있었다. 그를 마주하면 그 말부터 건넬 것이라 다짐했는데, 바보처럼 이렇게 뜸이나 들이고 있다니. 한숨이 밀려왔지만, 속으로 삼키며 양손을 꽉 움켜쥐었다.

이대로 돌아가고 싶지 않았다. 아무것도 해결되지 않은 상태로 진우와 헤어질 순 없었다. 다음을 기약해야 했다. 분명 자신은, 내일도, 내일모레도 그가 보고 싶을 테니까. 가은은 한결 단단해진 눈동자로 진우를 응시했다. 그러곤 망설임 없이 입술을 떼었다.

"혹시 남모르게 결혼했어?"

비장하게 내뱉은 말은 가은이 한참이나 고심한 끝에 고른 말이었다. 그러나 진우는 별안간 들려온 말에 어이가 없었다.

"하, 뭐?"

"오기 전에 혹시나 하고 검색해 봤는데, 결혼 기사는 없더라고. 너같이 대단한 집 자식이 결혼했으면 바로 기사가 떴을 법도 한데 없는 걸 보면 아닌 것도 같고. 근데 그래도 혹시 모르니까."

진우는 허탈한 얼굴로 눈만 끔벅였다. 물어볼 걸 물어봐야지. 제 인생에 여자라곤 한가은이 유일한데, 결혼? 그럴 리가 있겠냐고 당장에 말하고 싶었다. 그러다가도 말도 안 되는 질문을 하는 가은이 얄미웠다. 지난 1년간 사람 속을 있는 대로 썩여놓고 한다는 말이 결혼했냐니. 가은에게 보여 준 제 마음이 고작 그 정도였을까 하는 생각에 심술이 났다.

"했으면 어떡할 거고, 안 했으면 어떡할 건데."

순간적인 감정에 앞서 말부터 뱉고 봤는데, 막상 그러고 나니 초조함이 밀려왔다. 혹시나 제 말에 그녀가 상처를 받았으면 어쩌나, 걱정이 되기도 했다. 하지만 기우였나 보다. 가은은 필요 이상으로 덤덤한 얼굴을 하고 있었다.

"이미 했다면 포기해야지. 가정 파탄 내는 내연녀가 될 생각은 없거든."

참 한가은다운 대답인데, 진우는 그게 못내 서운하기만 하다. 고집스럽게 입을 다물었다. 그러자 가은이 말을 덧붙여 왔다.

"만약 안 했다면."

"……."

"그럼 이제 내가 네 꽁무니 좀 쫓아다녀 보려고. 네가 귀찮다고 질색을 할 때까지."

진우는 숨을 멈추었다. 방금 들은 말이 제대로 들은 게 맞는 건지, 어안이 벙벙했다. 그런데 그게 끝이 아니었다.

"나, 아직 완치가 된 건 아니야. 근데 그래도 많이 좋아졌어. 정말이야."

"……."

"그래서 말인데."

내내 똑 부러지게 말하던 가은이 별안간 뜸을 들였다. 진우는 속이 바짝 타는 기분이었다. 간절하게 바라던 말을, 꿈에서나 그리던 말을 들을 수 있을지도 모르겠단 기대감이 그를 조급하게 만들었다.

"진우야. 나 이제 너한테 가면 안 될까?"

진우의 동공이 거세게 요동쳤다. 눈가가 후끈해지고 목이 막혔다.

"정말 염치가 없는데, 아무리 생각해도 난……."

"……."

"……네가 아니면 안 될 것 같아."

수줍게 고백하는 가은의 눈동자로 눈물이 그렁그렁 차올랐다. 그걸 보는 진우 역시 눈물이 울컥 치밀긴 마찬가지였다. 정말 꿈을 꾸는 것만 같았다. 그래서 진우는 덜컥 겁이 났다. 이대로 꿈에서 깨어나면 이 말도 안 되는 행복이 한순간의 물거품이 되어 버릴 것 같아서. 그런데 그마저도 눈치챈 건지 가은이 오롯하게 시선을 읽어 온다. 그러곤 보았던 모습 중 가장 예쁜 미소를 지으며 진심을 전해 왔다.

"정말 보고 싶었어, 진우야."

나도 보고 싶었어, 가은아.

"나 이제야 널 마음껏 사랑할 준비가 된 것 같아."

네가 없던 순간에도 난, 단 한 순간도 널 사랑하지 않은 적이
없어.

"사랑해. 힘든 치료도 너 하나 생각하면서 견뎠을 만큼."

"……."

"정말 사랑해."

애틋한 고백은 진우의 가슴으로 가 고스란히 박혔다. 진우는 더
이상 참을 수가 없었다. 자리에서 벌떡 일어나 가은의 앞으로 걸
어갔다. 갑작스러운 행동에 가은이 조금쯤 놀란 것도 같았지만
개의치 않았다.

진우는 가은의 앞에 서서 허리를 숙인 채 입을 맞추었다. 놀란
듯 경직되었던 입술에서 곧 힘이 풀리고, 처음부터 하나였던 것
처럼 완전하게 맞물렸다. 벅차오르는 심장 고동이 서로의 귓가에
닿았다. 주변의 시선이 몰리는 게 느껴졌지만, 신경 쓰지 않았다.

진우는 긴 입맞춤에 가은의 호흡이 불안정해질 때까지도 입술
을 떼지 않았다. 믿을 수 없던 모든 것들이 이제야 실감이 났다.
꿈이 아니다. 가은이 제게 온 것이다. 그러니 전해야 했다.

"보고 싶었어, 나도. 미치게 그리웠어."

나 또한 네가 그리웠음을.

"사랑해. 몇 번을 말해도 다 전해지지 않을 만큼."

나 또한 너를 무던히 사랑하고 있음을.

"정말 사랑해, 한가은."

과거에도 이 순간에도, 그리고 앞으로도 이진우가 사랑할 여자
는 한가은뿐이란 것을.

진우의 고백에 가은은 속절없이 웃고 말았다. 이마를 맞대고 있

던 진우가 몇 번이고 가은의 입술에 자잘한 입맞춤을 남겼다. 비로소 완벽한 행복이었다. 어쩌면 앞으로 다시 오지 않을 사랑이었고 행복이었다. 그렇기에 부디 바랐다.

비 온 뒤 땅이 굳어지듯, 지금의 이 사랑 또한 단단하고 굳건해지길. 그렇게 오늘의 행복이 내일의 행복으로 이어질 수 있길. 간절히 바라건대, 부디 서로가 서로에게 가장 아름다운 세상이 되어줄 수 있길.

따사로운 오후임이 분명했다. 그 속에서 가은과 진우는 나란한 걸음을 한 발짝 내디뎠다. 영원한 행복으로 향하는, 첫걸음이었다.

〈지독히고 멀고 가까운〉 마침.

외전. 살아야 할 이유

"언니, 저기 저 커플 좀 봐. 남자가 너무 아깝지 않아?"

가은은 개수대를 정리하다 말고 소리가 난 쪽을 바라보았다. 지수가 자신을 바라보며 어딘가를 곁눈질하고 있었다.

"와, 진짜 남자 얼굴이며 피지컬까지 모델 포스 좔좔 흐른다."

지수는 거의 반쯤 넋을 놓은 얼굴이었다. 가은은 그런 지수를 보며 옅게 입술을 당겨 올렸다.

"그러게, 너도 이런 데 있지 말고 서울에서 지내라니까, 뭐하러 여기까지 따라와서 연애도 못 하고 사서 고생을 해?"

가은은 잔잔한 말씨로 말을 이으며 다시금 개수대 정리에 열을 올렸다. 닦아야 할 유리컵이 꽤 많았다. 한참을 집중해 컵을 닦는데, 그사이 지수가 곁으로 다가온 게 느껴졌다.

"내가 그런 말 하지 말라고 했지? 언니가 여기에 있는데 나 혼자 서울에서 외롭게 지내라고? 나는 싫으네요."

지수가 입술을 비죽 내밀곤 툴툴거렸다. 투정이 분명한데, 가은은 그런 지수의 투정이 밉지 않았다. 벌써 오래된 일이었다. 가은은 더 이상 지수가 밉지도, 또 지수를 원망하지도 않았다. 그토록 힘들기만 하던 용서를 결국엔 해낸 건가 싶었지만, 이건 자신이 지수를 용서했다기보단 지수가 어느새 미워할 수도 없게 자신의 마음에 파고든 것이 맞았다. 그건 어디까지나 제 노력이 아닌 지수의 노력으로 이뤄낸 일이었다. 그래서 가은은 지금에 와서 지수와 이렇게 친자매처럼 지낼 수 있게 된 일이 제 공이라고 생각하지 않았다.

"이런 데서 지내기엔 너 아직 너무 젊어."

가은은 이제 진심으로 지수를 응원하고 지원하고 싶었다. 그 마음을 담아 담담하게 말하는데, 지수는 그게 퍽 불만인 모양이다.

"언니 이럴 때마다 진짜 할머니 같은 거 알아?"

"지금이라도 네 스펙 이어서 좀 더 준비하고 서울로 취업하란 소리야. 구태여 나 따라 여기에 있을 이유가 없잖아. 네가 뭐가 부족하다고."

"싫다고 몇 번을 말해야 알아들으실 거예요? 언니, 너 설마 나 귀찮아서 자꾸 이러는 거니?"

와락 미간을 구긴 지수가 별안간 가은의 팔뚝을 붙잡아 자신을 보게 했다. 가은은 지수의 투정에 한숨을 내쉬다가도 결국 방싯 미소 지어 버렸다. 자신과 달리 사교적인 지수가 전처럼 친구들과도 자주 어울리고, 그런 환경 속에서 지냈으면 했다. 그게 지수를 위한 길이지 않을까 싶은 생각에서였다.

가은은 몇 달 전 서울 외곽의 경기도로 이사를 했다. 사람들로 북적이는 곳에서 벗어나 좀 더 자연과 함께하고 싶기도 했고, 그 찰나에 아주 마음에 드는 부지를 찾은 탓이었다.

가은은 힘든 치료를 받는 내내 늘 생각했다. 이 힘든 마음을 이겨내고 다시 제 두 발로 온전히 설 수 있게 되면, 그때는 정말 열심히 살아보자고. 그래서 가은은 지금부터라도 이전까지와는 다른 삶을 살고 싶었다. 매일 집에서 책이나 읽으며 시간을 보내는 게 아니라 남들처럼 땀 흘리며 일도 하고 여러 가지 성취감도 느끼며 하나씩 차근차근 건강한 삶을 꾸려가고 싶었다.

할 수 있는 일이 뭐가 있을까 꽤 오래 고민했다. 그러던 중 어느 날 갑자기 진우가 건넨 뜬금없는 말이 결정적인 조언이 되었다.

'아무것도 없는 백지상태에서 무작정 하고 싶은 일이 뭘까, 할 수 있는 일이 뭘까를 찾는 건 너무 어려워.'
'그런가……'
'좋아하는 게 뭐인지부터 생각을 해봐.'
'좋아하는 거?'
'응. 아무래도 네가 좋아하는 것과 관련이 된 거면 더 관심 갖고 열심히 할 수 있지 않겠어?'

그 말에 찾은 것이 커피였다. 일생 중 대부분의 시간을 집에서 책을 보며 지낸 가은의 곁엔 언제나 음료나 커피가 있었다. 성인이 되기 전엔 따뜻한 우유나 오렌지 주스였지만, 성인이 된 후엔 그 자리를 커피가 대신했다. 커피의 향도 좋았고, 아메리카노의 쓸쓸한 맛이 꼭 제 인생 같아서 좋았다. 물론 어느 순간부터는 습관처럼 찾게 되었지만.

이유가 뭐가 됐든 자신이 커피를 좋아한다는 사실을 깨닫게 된 게 신의 한 수가 되어 여기까지 오게 되었다. 바리스타 공부를 열심히 해 자격증을 땄고, 드라이브 코스로 유명한 이 길목에 카페를 차리게 된 거다.

가은은 그 계획의 전반에 단 한 번도 지수를 포함시킨 적이 없었다. 하지만 카페 오픈을 준비하고 자신이 이 근처로 이사할 계획이 있단 걸 지수가 알게 된 이후로 지수는 당연하다는 듯 자신과 함께할 준비를 시작했다. 가은은 지수가 같이 가고 싶다는 의사를 내비쳤을 때 완강하게 반대했다. 하지만 결국 지수의 고집을 꺾을 수는 없었다.

처음엔 그게 자신을 걱정하는 마음에 어쩔 수 없이 한 선택 같아서 싫었다. 자신과 달리 지수는 사람들 속에 있을 때 빛났고, 지수 역시 많은 사람과 함께하는 걸 좋아했으니까. 이렇게 한적하고 조용한 곳에선 견디기 힘들 거라고 생각했다. 하지만 지수는 지금껏 단 한 번도 이곳에서 지내는 걸 불평한 적이 없었다. 그것까지도 자신을 위해 불편을 감수하고 꾹꾹 참는 게 아닐까 싶었다. 그래서 가은은 자신이 지수의 날개를 꺾어버린 것 같단 생각을 지울 수가 없었다.

"혹시라도 다시 서울로 가고 싶으면 언제든지 얘기해. 전부 지원해줄 테니까."

"아으, 또 시작이다! 돈 자랑할 데가 그렇게 없냐? 하나 있는 동생한테 퍽 하면 돈 자랑이게!"

가은의 등에 껌딱지처럼 붙어 있던 지수가 몸을 부르르 떨며 두어 걸음 떨어져 섰다. 그러더니 기다렸다는 듯 불평을 쏟아냈다.

"언니 돈 많은 거 내가 몰라? 나는 언니랑 있는 게 좋다고! 그게 서울이든 여기든 언니만 있으면 된다고! 나 진짜 이 말 수도 없이 한 거 같은데, 언니도 이쯤 되면 귀에 딱지가 앉을 때가 되지 않았어?”

잊을 만하면 이어지는 가은의 똑같은 질문에 지수 역시 언제나 변함없는 대답을 했다. 그렇다면 오늘도 결국엔 웃어넘기는 것만이 방법이었다. 가은은 방싯 웃으며 고개를 끄덕였다.

“알겠어. 그런 말 안 할게.”

“거짓말하네. 안 그러겠다는 말, 지금 몇 번째인 줄이나 알아? 진짜 다음에 또 그 얘기 했단 봐라! 일주일 동안 삐쳐서 언니랑 한마디도 안 섞을 거야!”

지수가 나름대로는 최고로 무서운 표정을 지으며 엄포를 놓았다. 그게 가은의 눈엔 그저 귀엽게만 보였지만.

개수대 정리를 끝내자 한가한 시간이 되었다. 가은은 자신과 지수 몫의 커피를 내려 1층 테라스로 향했다. 테이블 정리를 하던 지수가 가은을 흘깃 보고는 전부 비어버린 테이블 중 하나에 자리를 잡고 앉았다. 가은은 지수가 앉는 걸 보고서야 그 앞에 앉아 커피를 건넸다.

“아, 맛있다. 역시 커피는 언니가 내려주는 게 제일인 거 같아. 이제 다른 카페에서 파는 커피는 못 마시겠어.”

“너 갈수록 지나치게 나 찬양하는 거 같아.”

“맛있어서 맛있다고 하는 건데, 찬양은 무슨.”

지수는 퍽 츤데레같은 표정을 지으며 어깨를 으쓱거렸다. 가은은 그런 지수의 모습까지도 싫지 않았다. 되레 좋았다. 퇴원하고 지난하던 치료 기간을 지나 진우와 재회한 이후로 가은은 하루도 행복하지 않은 적이 없었다. 특히 이곳에 카페를 오픈한 이후 행복은 배가 되었다.

가은은 커피를 들이켜며 바로 앞에 보이는 황홀한 풍경에 시선을 콱 박았다. 잔잔하게 흐르는 북한강. 붉게 노을 진 하늘. 이 시간이 되면 언제나 환상적인 콜라보를 뽐내는 풍경을 두 눈 가득 담을 수 있었다. 그저 이런 풍경을 볼 수 있다는 것만으로도 행복했지만, 이 지나친 행복을 누군가와 함께할 수 있어 가은은 분에 넘치게 행복했다.

"지수야."

그래서였다. 한껏 분위기에 취해서, 가은은 지수의 이름을 나직이 불렀다.

"응?"

지수는 언제나와 다름없는 얼굴로 배시시 웃으며 가은을 보았다. 가은은 그런 지수에게서 잠깐도 시선을 떼지 않았다. 그러곤 진심을 가득 담아 입술을 움직였다.

"고마워."

짧디짧은 말이었지만, 그 안에 담긴 감동은 절대 얕지 않았다. 그걸 고스란히 전달받은 지수가 너울 치는 눈동자로 가은을 보았다. 금방이라도 울 것 같은 표정이었지만, 곧 개구쟁이처럼 웃으며 특유의 넉살 좋은 말투로 말했다.

"진짜 고마우면 서울 가란 말 좀 제발 그만하셔!"

"알겠어. 근데 혹시라도 서울에 다시 가고 싶어지면 언제든지……."

"아, 진짜 하지 말라니까 또, 또!"

"아, 알았어. 안 할게."

결국엔 또 원점이었다. 하지만 그것까지도 가은과 지수는 함께

여서 너무 좋았다.

　파르란 북한강이 붉게 물드는 시간은 길지 않았다. 어느덧 땅거미가 지고 2층에서 1층으로 내려오는 손님들의 인기척이 느껴졌다. 가은은 본능처럼 자리에서 벌떡 일어나려고 했지만, 무슨 일인지 지수가 가은을 만류하며 대신 자리에서 일어났다.

　"나가시는 거 같은데, 그냥 여기에 있어."

　"아니야. 테이블도 정리해야 하고."

　"그래서 나 일어났잖아. 테이블 정리는 내가 할 테니까 언니는 손님이나 맞이해."

　"손님?"

　가은이 고개를 갸웃거렸다. 1층 어디에도 새로 들어온 손님은 보이지 않았다. 그때 지수가 테라스 너머 어딘가를 손가락으로 가리켰다. 가은의 시선이 속절없이 따라갔다. 그리고 지수가 가리킨 곳에 서 있는 사람을 본 순간 미소를 감출 수가 없었다.

　"한가은!"

　진우였다.

* * *

　"왜 이렇게 일찍 왔어?"

　가은은 진우의 앞까지 한달음에 다가가 그의 허리를 힘껏 안았다. 갑작스러운 포옹에 당황한 듯하던 진우가 금세 가은의 어깨를 부드러이 감싸 안았다.

　"보고 싶어서 일찍 왔지."

진우는 가은의 이마 위에 가볍게 입을 맞추며 대답했다. 스킨십이 좋은 건지, 보고 싶었다는 말이 좋은 건지. 수줍은 듯 얼굴을 붉힌 가은이 고개를 빠끔 들고는 배시시 웃었다. 그러나 얼마 가지 않아 입술을 비죽이기 시작한다.

"차 없을 시간 아닌데, 무리해서 속도 낸 거 아니지?"

"왜 아니야?"

"뭐? 내가 그러지 말랬잖아."

가은은 기분 좋게 안겨 있던 게 언제였냐는 듯 진우의 가슴팍을 밀어냈다. 갑작스럽게 밀려든 허전함에 진우가 미간을 슬쩍 좁혔다. 자그마치 일주일 만의 만남이었다. 그런데 그깟 속도를 좀 낸 게 뭐가 어떻다고. 하지만 뭐라 불평을 하기도 전에 가은의 잔소리가 이어졌다.

"너 운전에 트라우마 있었다며."

"허, 그건 어떻게 알았어?"

진우는 생각지 못한 말에 불평을 가졌던 것도 잊고 의아한 얼굴을 했다. 가은의 말대로 진우는 한때 운전은 물론 차에 타는 것도 힘들어하곤 했었다. 이유는 어디까지나 형 선우의 사고 때문이었다. 하지만 꾸준히 이어진 치료에 트라우마는 극복한 지 오래였고, 지금은 물론 가은을 알기 전부터도 운전은 능숙하게 해왔다. 그러니 제 입으로는 가은에게 트라우마에 대해서 언급한 적이 없는 셈이다. 그런데 가은이 그 일에 대해 어떻게 안 걸까.

"어떻게 안 게 중요해?"

순순한 대답을 원했지만, 가은의 목소리는 퉁명스럽기 그지없었다. 그렇다고 해도 짐작이 가지 않는 건 아니었다. 진우는 별문

제 아니라는 듯 가볍게 받아쳤다.

"아무래도 이해운 이놈 입단속을 좀 단단히 해야겠네."

뻔했다. 자신의 과거에 대해 가은에게 전할 사람은 제 주변에 이해운, 그놈 하나였다. 해운의 이름이 거론되기 무섭게 가은은 무언가 실수했다는 얼굴이었다. 진우는 그런 가은의 얼굴이 퍽 재밌었다. 가은의 입장에선 난감하게 느껴질지 모르지만, 자신이나 해운의 입장에선 전혀 그럴 일이 아니었다.

사실 해운에게 그런 쓸데없는 소리는 왜 했냐고 다그칠 생각도 딱히 없었다. 해운과 그런 이야기를 나눌 시간이 있다면, 그 시간에 가은과 통화 한 번 더 하는 게 훨씬 낫다고 생각했으니. 하지만 진우는 그 생각을 순순히 밝힐 생각이 없었다.

요즘 진우는 새로운 낙에 빠져 지내고 있었다. 바로 이전엔 없던 가은의 새로운 모습들을 찾는 일이었다. 지금만 해도 그랬다. 가은은 너무나 투명하게 난처하단 감정을 고스란히 얼굴에 표 내고 있었다. 이전이라면 상상도 할 수 없는 솔직함이었다.

가은은 지금 자신이 그런 표정을 짓고 있다는 걸 알고 있기는 할까? 아마 모를 것이다. 그래서 진우는 이런 상황들이 더욱 즐거웠다. 가은은 모르는 그녀의 모습에 대해서 알아가는 게, 요즘 그 무엇보다 재미있었고 꿈만 같았다.

"해운이한테 뭐라고 하지 마."

하지만 가은의 새로운 모습에 대해 알게 되는 게 즐겁다고 하더라도 가은이 다른 남자의 편을 드는 건 다른 결의 문제였다. 그게 아무리 이해운이라고 해도 말이다.

진우는 미간을 팍 좁혔다.

"지금 내 앞에서 다른 남자 편드는 거야?"

"이게 어떻게 편을 드는 거야?"

"지금 이해운 감싸는 거잖아."

"이건 감싸는 게 아니라……!"

"이유 불문하고 감싸는 거야. 나한테는 그래. 그러니까 그거 하지 마. 싫어."

진우는 가은이 변명할 새도 주지 않고 제 의사를 일목요연하게 전했다. 말을 듣고 난 가은이 작게 입술을 벌렸다. 눈 뜨고 코 베인 사람의 얼굴이 있다면 딱 지금 가은의 표정일 것 같았다. 지금 상황과 어울리는 말은 아니었지만, 그만큼 당황스럽고 어이없다는 듯이 보였다.

귀여웠다. 여기가 가은의 카페이고, 사람들이 함께 이용하는 공공장소라는 것도 잊고 당장 입을 맞추고 싶을 만큼. 사랑스러움이란 말을 굳이 정의 내린다면 지금 가은의 모습을 그것이라고 하고 싶었다. 콩깍지가 씌어도 단단히 씐 게 분명했다. 그걸 알면서도, 조금 전까지만 해도 표정을 무섭게 구기곤 가은을 다그쳤다는 걸 여전히 기억하고 있으면서도. 그러면서도 진우는 속없이 입꼬리를 당겨 올렸다.

이만하면 일주일 만에 돌아온 즐거운 만남의 물꼬로 지나치리만치 충분했다. 도를 지나쳐 그녀와의 소중한 시간을 망칠 생각은 없었으니까. 진우는 입을 맞추고 싶은 욕망을 꾹 억누르곤 다시금 가은의 어깨를 끌어안았다. 그러곤 입술 대신 그녀의 이마 위로 입술을 내리누르며 나지막이 속삭였다.

"네 입에서 나 빼고 다른 남자 이름은 누구도 안 돼."

"억지인 거 알지?"

"억지래도 상관없어. 네 입에서 나오는 남자 이름은 나뿐이었으면 좋겠으니까. 그리고 내가 이렇게 말하면 네가 그렇게 해줄 거란 거 아니까."

자신만만한 진우의 말에 가은이 눈을 가늘게 뜨곤 곱지 않은 눈으로 쳐다봤다. 그럼에도 진우는 아랑곳하지 않았다. 더욱 뻔뻔하게 얼굴색을 유지하며 어깨를 으쓱거렸다. 끝끝내 가은의 입에서 그렇게 하지 않을 거란 말은 나오지 않았다. 대신 다른 방향의 문제를 제시했을 뿐.

"그럼 해운이를 해운이라고 안 하면 뭐라고 해? 혹시나 해운이한테 연락이 오면 너한테 입도 벙긋해선 안 되겠네."

"그건 곤란하지."

"곤란해도 어떡해? 네가 다른 남자 이름은 입에 담지 말라며."

"이름만 담지 말라고, 이름만."

"이름을 안 담고 누구한테 전화 왔었단 말을 어떻게 해?"

"다른 표현들 많잖아."

다른 표현? 가은은 정녕 예상 못 한 말이었는지, 눈을 휘둥그렇게 뜨며 되물어왔다. 진우는 제법 비장한 얼굴로 망설임 없이 대답했다.

"이놈, 저놈, 그놈."

"하, 뭐?"

"아니면 이 자식, 그 자식 뭐 그런 말도 있고. 아! 그것도 있네."

진우의 말이 이어질 때마다 가은의 얼굴은 경악으로 물들어갔다. 하지만 진우는 멈추지 않았다. 마침 머릿속으로 가장 마음에

드는 호칭이 떠오른 참이었다.

"새끼도 괜찮겠다. 그 새끼 어때? 그 새끼한테 전화 왔었다고 하면 내가 찰떡같이 이해운한테 전화가 왔었구나, 하고 알아들을게."

억지도 이런 억지가 없었다. 하지만 가은은 진우의 억지가 어떤 마음에서 비롯된 것인지 너무도 잘 알기에 그를 타박할 수가 없었다. 기어이 가은의 잇새로 기분 좋은 웃음이 터져 나왔다. 진우는 그런 가은을 보며 함께 마주 웃었다. 그 새끼란 호칭에 대한 대답은 고집스레 묻지 않았다. 애초에 이 웃음 보겠다고 막 던진 말이었으니까.

진우는 가은의 어깨를 한 팔로 감싸 안곤 카페를 향해 걸음을 떼었다. 주말을 한정하여 가질 수 있는 그들만의 평범하고도 평범한, 평범해서 그들에겐 너무도 행복한 그 시간의 시작이었다.

* * *

"오빠. 요즘 이해운 엄청 바빠?"

늦은 밤, 카페를 정리한 진우와 가은 그리고 지수는 카페 근처에 있는 가은의 집으로 돌아와 늦은 저녁을 준비하고 있었다. 저녁 상 차리기에 한창 집중하고 있는데, 별안간 지수가 조금쯤 풀 죽은 목소리로 진우를 흘깃거리며 물었다.

뜬금없는 질문에 진우는 물론 가은까지 하던 일을 멈추고 지수를 바라보았다. 두 사람의 시선을 의식하고 나서야 아차 싶었는지, 지수가 억지로 웃으며 어색하게 손사래를 쳤다.

"아, 아니. 원래 연락이 자주 왔는데, 요즘은 좀 뜸하길래…….
잘 지내고 있는가 해서!"

다급하게 이어진 말은 누가 들어도 변명에 가까운 어조였다. 가은조차 느낀 어색함은 눈치 빠른 진우가 모를 리 없었다.

"글쎄. 의사니까 바쁘기야 하겠지만, 의사로 하루 이틀 사는 것도 아니니 잘 지내고 있겠지."

"……아, 그래?"

성의 없는 듯하지만, 무척이나 정확한 진우의 대답에 지수가 곧장 눈꼬리를 아래로 내렸다. 가은은 그런 지수의 얼굴을 빤히 바라보았다. 지수의 두 눈 가득 실망감이 한껏 어려 있었다. 그간은 조금도 눈치채지 못했던 감정이었다.

가은은 괜스레 제 마음이 다 싱숭생숭했다. 자신이 병원에 입원하면서부터, 또 짧지 않았던 치료 기간 동안 해운과 지수가 꾸준히 연락하고 지냈었단 사실은 알고 있었다. 하지만 그건 어디까지나 제 상태에 대한 이야기를 주고받기 위해 그런 거로 알았는데, 도대체 언제부터…….

가은은 지수를 바라보고 있노라니 마음이 영 좋지 않았다. 딴에는 혼자 속앓이를 하다 어렵사리 꺼낸 말인 것 같은데, 돌아간 대답이 기다리던 내용이 아니니 실망감이 클 게 분명했다. 잠시 생각에 잠긴 가은이 조금쯤 급하게 입술을 떼었다.

"지수야, 월요일에 뭐해?"

"월요일? 왜?"

평소의 지수라면 무척 해맑은 표정으로 눈을 크게 떴을 것이 분명한데, 지금의 지수는 해맑긴커녕 목소리에서 조금의 힘도 찾아볼 수가 없었다. 가은은 온 신경이 지수에게 쏠린 채로 급하게 말을 덧붙였다.

"나 김 선생님 봬야 할 일이 있었는데, 깜빡 잊고 있었어. 월요일에 카페 쉬니까 너 시간 되면 바람도 쐴 겸 같이 다녀오면 어떨까 해서."

정말 완벽하게 지수만을 의식한 채 한 말이었다. 치료도 끝난 마당에 주치의를 만나겠다고 하면 단번에 가자미눈을 할 진우가 제 곁에 있다는 건 꿈에도 생각지 못하고 말이다.

"그놈은 또 왜 만나는데? 그놈 만나야 할 일이 뭔데?"

별안간 들려온 날 선 목소리에 가은이 어깨를 바르작 떨었다. 정말 조금도 인식하지 못하고 있었다. 김 선생님은 제 주치의이긴 하지만, 진우가 그다지 좋은 감정을 갖고 있지 않은 남자 중 한 명이었다. 한번은 왜 그렇게 그 사람을 미워하느냐 물었더니, 한참을 망설이다 그렇게 대답했다.

'그냥 마음에 안 들어.'
'그냥이 어딨어? 마음에 안 드는 데는 다 이유가 있지.'

어지간해선 이 정도 말을 하면 솔직하게 털어놓을 그인데, 진우는 그 문제에 있어서 만큼은 제법 오랫동안이나 고집스럽게 굴었었다. 그러다 자꾸만 반복되는 말싸움에 겨우 그가 말하길.

'……우리 마지막으로 속초에서 봤을 때, 내가 가겠다는 걸 제일 열성적으로 막은 사람이 그 사람이어서.'

가은은 진우의 말에 선뜻 어떤 말도 하지 못했다. 마지막으로 속초에서 봤을 때라는 말에 마음이 울컥한 것이 첫 번째 이유였고, 그토록 말 꺼내기 어려워하던 이유치고는 퍽 어이가 없다는 게 두 번째 이유였다. 자신을 찾으러 가려는 진우를 김 선생님이 막았다는 이야기는 처음 듣는 거였지만, 굳이 막은 이유를 듣지 않아도 그럴 만한 이유가 있었을 거란 생각이 들었다. 그간 가은이 경험한 주치의는 환자의 일에 있어서는 그 어떠한 경우를 막론하고 평정을 잃는 법이 없었으니까. 하지만 진우에게는 그 이유보다 자신에게 가려는 길을 열성적으로 막았다는 게 마음 깊이 남은 모양이었다.

그럴 땐 꼭 세 살배기 남자아이 같았지만, 가은은 그 문제에 대해 진우를 조금도 타박하지 않았다. 그러고 싶지 않았다. 아무리 김 선생님이 그럴 사람이 아니라고 확신한들 그게 진우의 마음을 품는 것보다 중요하진 않았다. 진우가 어떤 사람인데. 자신을 사랑하는 마음 하나만으로 자그마치 1년을 견디고 견뎌준, 세상에 둘도 없을 제 남자인데.

하지만 지금의 상황은 그때와 같을 수가 없었다. 가은에게 진우는 여전히 무척이나 중요한 사람이었지만, 그렇다고 지수가 진우보다 덜 중요할 순 없었다. 그래서 가은은 지금 이 상황이 무척이나 난감했다.

"어……. 그냥. 그냥, 일이 좀 있는 건데……."

"세상에 그냥이란 이유가 어딨어? 똑바로 얘기해. 안 그럼 서지수가 같이 간다고 해도 내가 안 보내."

가은은 티 나지 않게 눈살을 구기곤 진우를 보았다. 평소엔 그렇게도 눈치 빠른 애가 이럴 땐 왜 이렇게 눈치 없이 구는 건지. 그러나 뭐라 타박할 수만도 없는 게 진우의 눈동자로 자신을 향한 걱정이 그득했다. 난감하기 그지없었다. 진우의 걱정을 덜어내기 위해 솔직하게 얘기하자니 바로 옆에 있는 지수가 걸렸고, 지수를 위해 거짓말을 하자니 그 후의 진우의 반응이 걱정되었다.

지수와 진우의 눈치를 번갈아 살피길 한참. 때마침 어디선가 핸드폰 울리는 소리가 들려왔다.

"어? 내 핸드폰."

줄곧 한 자리에 서서 자신을 바라보던 지수가 핸드폰을 찾아 주변을 두리번거렸다. 가은은 이때다 싶어 서둘러 대답했다.

"방에서 소리 나는 거 같은데?"

"아, 맞다. 충전기 연결해 놨었지, 참!"

지수가 혼잣말을 중얼거리더니 서둘러 방으로 향했다. 가은은 지수가 방으로 들어가는 것까지 확인하고 나서야 다시 진우를 보았다. 진우는 지수의 핸드폰 벨이 울리거나 말거나 여전히 그녀 하나만을 바라보고 있었다. 가은은 뭐라고 대답하면 좋을지 우물쭈물하며 고민하다 나직이 목소리를 내었다.

"걱정하는 그런 거 아니야."

진우의 걱정을 덜어내기 위해 무작정 그렇게 얘기했지만, 진우는 여전히 걱정을 지우지 못한 얼굴이다. 아무래도 솔직하게 말하는 것이 가장 현명한 방법일 듯싶었다. 그러고 나면 곧장 이어질 진우의 잔소리가 조금 걱정되긴 하지만, 그렇다고 그를 이렇게까지 걱정시킬 순 없는 노릇이니까.

"정말 아무 문제없어. 그냥 지수가 해운이한테 진심인 거 같아서, 내 핑계 대고 병원 가면 지수랑 해운이한테 잠깐이라도 볼 수 있는 기회를 줄 수 있지 않을까 싶어서, 그래서 한 말이야."

가은은 그렇게 말을 하며 저도 모르게 진우의 눈을 피했다. 말이 보태어질 때마다 진우의 표정이 묘하게 굳어갔다. 그게 꼭 자신을 향한 실망감처럼 느껴졌다.

가은은 이제 와서야 후회가 밀려왔다. 아무리 지수를 위한다고 한들 그런 거짓말은 하지 말 것을. 진우는 모든 순간 자신에게 져주는 남자였다. 가령 자신이 김치찌개는 된장으로 만드는 거라고 해도 그는 네 생각이 그렇다면 그런 거겠지, 하고 대답할 남자였다. 그런데 그런 진우가 절대 져주지 않는 상황이 딱 2개가 있었으니, 그중 하나가 자신의 병과 관련된 일이었고 또 하나는 이성과 관련한 문제였다.

"⋯⋯미안해."

거기까지 생각이 닿자 가은은 옅게 한숨을 내쉬며 사과를 전했다. 그저 가볍게 생각한다면 별거 아닌 일일 수도 있지만, 진우에겐 별거 아닌 일이 아니었을 테니까. 딴에는 지수를 위해 저지른 우발적인 거짓말이었는데 따지고 보면 진우가 싫어하는 두 가지를 전부 범한 행동이었다. 진우가 두 가지 모두를 싫어한다는 걸 몰랐으면 모를까 알면서도 저지른 건 명백히 제 잘못이 맞았다.

진우가 무슨 말을 하든 달게 들을 생각이었다. 그런데 조금쯤 아플지도 모르겠다고 상상한 말소리 같은 건 한마디도 들려오지 않았다.

"⋯⋯진우야?"

아픈 말은커녕 별안간 온몸으로 뜨거운 열기가 전해졌다. 뒤늦게 고개를 들자 바로 보인 건 진우의 어깨였다. 가은은 조금쯤 힘을 주어 고개를 들려고 노력했다. 하지만 꿈쩍도 할 수가 없었다. 몸을 껴안은 진우의 팔 힘이 너무 거셌다. 가은은 얼떨떨한 얼굴로 진우의 목덜미만 바라보다 결국 온몸에 힘을 풀곤 진우의 허리를 꼬옥 끌어안았다. 온전히 서로를 안고 있는 상태가 되어서야, 진우가 목소리를 쥐어짜내듯 겨우 말을 전해왔다.

"진짜 그게 다지?"

"응?"

"이상한 느낌이나 증상, 뭐 그런 거 없는 거 확실하지?"

가은은 진우의 말을 들은 순간, 차마 뻔뻔하게 '응'이란 대답을 할 수가 없었다. 진우의 목소리가 무척이나 불안하게 덜덜 떨리고 있었다. 지수의 앞에선 아무렇지 않은 척했지만, 아무래도 제게 나쁜 증상이 생긴 건 아닐까 크게 걱정이라도 한 모양이었다.

어쩌자고 잊고 있었을까. 이진우는 언제 어느 순간에나 어떠한 이유를 막론하고 한가은에게 맹목적인 남자란 사실을.

주치의를 만나는 이유가 뭐냐고 묻는 진우의 행동에 주치의를 견제하던 진우를 떠올릴 것이 아니라, 언제나 제 상태를 관찰하고 걱정하는 진우의 일상을 떠올렸어야 했다. 가은은 그 사실이 이제 와서야 너무도 미안해졌다.

"아니야, 진우야. 정말 그런 증상 하나도 없어. 알잖아, 나 여기 오고 나서 점점 더 좋아지고 있다는 거."

"……"

"지수가 나 때문에 괜히 여기에 있는 거 같다는 생각을 지울 수가 없어서, 내가 아무리 얘기해도 지수는 나랑 같이 여기에 있겠다고만 하니까, 내가 해줄 수 있는 게 있다면 그게 뭐든 다 해주고 싶어서. 정말 그 이유가 다였어."

가은은 최대한 차분하게 제 행동에 대한 이유를 전했다. 그런데 그렇게 하나하나 이유를 나열하고 나니 울컥 감정이 치밀어 오른다. 정말 많이 나아졌는데, 예전에 비하면 완치된 거라고 생각해도 될 정도로 이젠 아무렇지 않은데. 그런데도 자신은 여전히 진우와 지수에게 걱정만 안기는 사람인 것 같았다. 이제는 좀 벗어나지 않았을까 생각했는데 그건 저에게만 해당하는 건 아닐지. 진우와 지수는 아직까지도 2년 전 그 지옥 속에 머무르고 있는 건 아닐지.

불현듯 머릿속을 가득 채운 그 생각에 차오르는 눈물을 말릴 길이 없었다. 그런데 그 순간, 정수리부터 목덜미까지 느릿하게 쓸어내리는 손길이 느껴졌다. 어느 때보다도 따뜻한 손길이었다. 가은은 그 손길에 아무 말도 하지 못하고 그저 두 눈을 꽉 감았다. 그러자 곧 세상에서 제일 달콤한 제 남자의 목소리가 부드럽게 귓속을 뚫고 들어온다.

"혹시라도, 정말 혹시라도 이상한 증상이 생기면 나한테 제일 먼저 얘기해야 돼. 알겠지?"

"……."

"혼자 견뎌 보다 정 힘들어서가 아니라, 그런 증상 생기면 곧바로 나한테 얘기하는 거야."

"……."

"가은아, 응?"

가은은 채근하는 진우의 말소리에 천천히 고개를 끄덕였다. 그러나 이미 무거워진 마음의 무게는 덜어지지가 않았다. 가은은 한참을 말없이 안겨 있다 참지 못한 감정을 뱉어내고 말았다.

"근데, 근데 나 정말 괜찮아. 언제든 재발할 가능성이 있다는 건 알지만, 근데 나 지난 1년간 정말 아무 증상도……."

"알아. 아무 증상 없었다는 거 나도 알고 있어. 네 말 믿어. 그냥 내가 널 너무 사랑해서 그래, 가은아."

진우가 가은의 말을 채 끝까지 듣지도 못하고 성급하게 진심을 꺼내었다. 가은은 자꾸만 새어 나오려는 흐느낌을 삼켜내기 위해 숨까지 참아야 했다. 그러자 그의 목소리를 타고 잔잔한 고백의 말이 흘러나오기 시작했다.

"널 내 주머니 속에 넣어 다닐 수 있었으면 좋겠어."

"……."

"네가 한시도 빠짐없이 내 눈에 보이는 자리에만 있었으면 좋겠어."

눈물이 그렁그렁 맺힌 가은의 눈동자가 옅게 흔들렸다. 귓속을 파고드는 모든 말이 달콤하기 그지없었다.

"내가 너 없이 혼자 있을 때마다 핸드폰을 몇 번이나 들여다보고 있는 줄 알아?"

줄곧 잔뜩 경직되어 있던 진우의 표정이 단숨에 애원조로 바뀌었다. 그럴수록 가은은 설레는 마음을 감출 길이 없었다.

"시끄러운 소리는 딱 질색이라 늘 진동으로 해두는데, 요즘은 하루도 안 빼놓고 벨 소리로 해놔. 너한테 언제 연락 올지 모르는데 괜히 진동으로 해뒀다가 네 연락 못 받기라도 할까 봐."

"……."

"귀가 먹지 않은 이상 그 큰 벨 소리를 못 들을 리가 없는데, 그런데도 덜떨어진 놈처럼 하루 종일 계속 핸드폰만 들여다보고 있어."

가은의 눈동자가 정처 없이 흔들렸다. 멈출 줄 모르는 그의 말소리가 다음은 어떤 이야기를 담고 있을까, 그게 못내 기대가 되어 저도 모르게 마른침을 꿀꺽 삼켰다.

"혹시라도 내가 벨을 못 듣고 확인 못 한 네 연락이 남아 있지는 않을까, 잠깐 일에 집중한 사이에 너한테 메시지라도 와 있지 않을까."

"……."

"하루 종일 핸드폰만 보느라 일과 시간에 제대로 집중 못 하는 건 당연지사고, 그래서 거의 매일을 야근하다시피 하는데, 그런데도 안 고쳐져, 그 버릇이."

가은은 진우의 어깨에 기대고 있던 얼굴을 떼곤 고개를 위로 들었다. 순식간에 시선이 뒤얽혔다. 온통 진심으로 가득한 그의 눈동자 안에 자신이 있었다. 오롯이, 저 하나뿐이었다.

"엉망이야. 정말 엉망진창이 따로 없어. 근데도 하루하루가 너무 행복해, 가은아."

"……."

"그렇게 덜떨어진 놈이 돼도 상관없을 만큼, 네 연락을 기다리는 모든 순간이 너무 행복해."

그가 전하는 많은 말 중에서도 행복하다는 말이 가은의 가슴을 단숨에 파고들어 왔다. 도대체 행복하다는 그 말이 뭐라고, 가은은 온몸이 전율하는 것만 같았다.

"진우야……."

떨리는 목소리로 겨우 그의 이름을 읊조렸다. 고작 세 글자밖에 되지 않는 말을 뱉으면서 가은은 금방이라도 자리에 주저앉을 것 같았다. 행복하다는 그의 말에 그보다 더 큰 행복이 그녀를 찾아온 탓이었다.

"나는 이제 네가 없는 삶은 감히 상상도 할 수가 없어."

가은은 감당할 수 없는 벅찬 감동에 아랫입술을 질끈 물었다. 그에게 말해 주고 싶었다. 저 역시 그렇다고. 한가은도 이진우가 없는 삶은 도무지 상상이 되질 않는다고. 그렇게 말해 주고 싶은데, 복숭아씨가 목구멍을 꽉 틀어막은 것처럼 아무 소리도 나오질 않았다. 그럼에도 진우는 다 안다는 듯이 눈매까지 휘어 접으며 제 머리칼을 부드러이 쓸어내려 주었다. 그게 가은의 마음을 더욱 울컥하게 만드는 줄도 모르고.

"그래서 아주 가끔은 내가 널 너무 과보호하는 건 아닐까 하는 생각도 들고, 널 너무 내 품 안에만 가둬두려고 하는 건 아닐까, 그런 생각도 드는데."

"……."

"그래서 그러지 말아야지, 하면서도 그게 내 마음처럼 조절이 되지가 않아."

결국 이 말이 하고 싶었구나. 네가 하는 모든 말이 결국 나를 사랑하기 때문에. 너무 많이 사랑해서 하는 말이니 절대 나쁜 생각 같은 건 하지 말라고. 네가 하고 싶은 말은 그거였던 거야.

가은은 더 이상 울음을 참을 수가 없었다. 아무래도 진우는 제 표정만 보고도 무슨 생각을 하고 있는 건지 전부 파악해버린 모양이었다. 찰나일지도 모를 짧은 순간에 지어진 제 표정까지도 눈여겨 바라보고 마음 깊이 새겼던 모양이다.

그렇다면 도대체 이진우는 한가은에 대해 얼마나 많은 생각을 하고 있다는 것일까. 도대체 얼마나 많은 시간을 한가은에 대한 생각으로 투자를 하기에 크지 않은 사소한 변화에도 이렇게 속을 꿰뚫어 보듯 예상할 수가 있는 걸까. 아니, 그러기에 앞서 이진우가 한가은에 대해 알지 못하는 게 있기는 할지.

거기까지 생각이 닿고 나자 가은은 감히 확신할 수 있었다. 좀 전까지 이어지던 진우의 모든 고백은 정말 한 치의 거짓이 없음은 물론이요, 조금이나마 과장한 부분이 단 한 곳도 없을 것이라고.

"그러니까 이건 네가 감당해 주면 안 될까?"

마지막 쐐기를 박듯 이어진 진우의 말에 가은은 눈물을 후두둑 떨어트리며 고개를 끄덕였다. 그러지 않을 수가 없었다. 그가 제게 바라는 건 이진우는 앞으로도 한가은을 열렬히 사랑만 할 테니 그 벅찬 사랑을 온전하게 받아만 달라는 거였다. 그런데 그 말에 어떻게 싫단 대답을 할 수 있겠는가. 가은에겐 그럴 재간이 없었다. 그게 매 순간 자신을 위해 모든 걸 내놓는 남자인 이진우라면 더더욱이나 그럴 수가 없었다.

진우가 팔을 뻗어 어깨를 붙잡아왔다. 그러곤 한 치의 망설임도 없이 그의 품 안으로 몸을 당겨 안았다. 가은은 진우의 어깨에 얼굴을 파묻은 채 소리 없이 눈물을 흘렸다. 그러자 달짝지근한 목소리가 다시금 귓가를 촉촉하게 적셨다.

"나는 너한테 다가가는 방법에 대해선 수백 가지도 넘게 떠올릴 수가 있는데, 속도를 늦추거나 더디게 가는 방법에 대해서는 머리를 아무리 쥐어짜내 봐도 모르겠어. 아무것도 생각이 안 나.”

“흐윽, 진우야······.”

“네가 이렇게 내 곁으로 돌아와 준 게 벌써 1년이나 됐는데, 그런데도 실감이 안 나. 꼭 꿈을 꾸고 있는 거 같아.”

가은은 그에게 매달리듯 안겨 그의 품을 거칠게 파고들었다. 이미 그가 선사한 감동에 온몸의 세포들이 뜨겁게 열광하고 환호해서 더할 게 없는데 그의 고백은 끝이 나질 않았다.

“근데 이게 꿈이라고 해도 사실 상관은 없어.”

자꾸만 새어 나오는 흐느낌을 멈출 수가 없는데, 그럼에도 진우의 목소리는 선명하게 들려왔다.

“이렇게 네 곁에 있을 수만 있다면······.”

그가 말끝을 흐리며 내뱉는 숨소리까지도 놓치지 않았다.

“그게 꿈이든 현실이든. 설령 그게 지옥이라고 해도.”

“······.”

“그렇다고 해도 나는 기꺼이 행복할 거 같거든.”

그리고 그가 행복을 언급한 그 순간, 가은은 내내 제 노력으로는 멈출 수 없을 것 같던 흐느낌을 멈추고 숨마저 꾹 참았다.

“그러니까 가은아.”

“······.”

“우리 지금처럼만. 아니, 지금보다 못해도 되니까 어떤 순간이든 같이만 있자.”

진우야, 도대체 너는 얼마큼이나, 나라는 부족한 사람을 네 삶 속 가득히 채워 넣은 걸까.

“지금 내가 가진 모든 걸 잃는다고 해도, 난 너 하나만 있으면 되니까."

왜 하필 나처럼 상처투성이를 마음에 품어서. 다른 사람은 몰라도 너만은 상처 하나 없이 온전하게 건강한 사람을 만나야만 했는데.

"그것만으로도 이미 내 인생은 지나치게 완벽하니까."

그런데 있잖아. 그럼에도 불구하고 네가 이토록 날 사랑해주고 날 원해준다면 말이야.

"그러니까 이렇게 같이만 있자."

네가 날 이렇게 꽉 붙잡고 놓지 않는다면, 네가 바라는 게 그게 아니라고 한다면.

"사랑해."

그렇다면 감히 나 또한 지금처럼 네 손을 놓지 않아볼까 해.

"진짜 사랑한다, 한가은."

사랑해, 진우야. 이 세상 무엇과도 바꿀 수 없을 만큼, 진심으로 사랑해.

가은은 꾹 참고 있던 울음에 차마 뱉지 못했던 진심을 속으로 외치고 외쳤다. 단 한마디도 진우에게 말해 주지 못했지만, 가은은 확신했다. 진우라면. 다른 사람도 아닌 이진우라면. 그렇다면 이렇게 말하지 않는 제 진심까지도 이미 눈치채고 읽어냈을 거라고.

그제야 가은은 참았던 눈물을 다시 터뜨렸다. 눈물의 시작은 두려움이었을지 모르나, 지금은 아니었다. 이 세상 무엇과도 바꿀 수 없는 벅찬 행복 때문이었다.

한참을 그의 품에 안겨 어린아이처럼 엉엉 우는데, 느닷없이 문이 벌컥 열리는 소리가 들려왔다.

"어, 언니! 왜 그래? 왜 울어? 어? 아씨, 오빠가 울렸어?!"

지수였다. 지수는 인상까지 팍 찡그린 채 어느덧 코앞까지 다가와 전전긍긍하며 진우 품에 가려진 가은의 얼굴을 보기 위해 노력했다.

"언니 왜 그래, 응? 이 오빠가 뭐라고 했길래 이렇게 펑펑 울어. 내가 한 대 때려줄까? 응? 힝, 울지 마, 언니. 언니가 이렇게 우니까 나까지 눈물 날 것 같잖아."

가은을 달래기 위해 최선을 다하던 지수까지 울먹이기 시작했다. 이게 도대체 무슨 상황인 건지. 가은은 울다 말고 웃음이 터질 것만 같은 걸 꾹 참았다.

"하, 너까지 달랠 여력 없거든? 야야, 뚝 안 해?"

"너, 이씨, 우리 언니한테 무슨 짓을 한 거야! 뭔 짓을 했길래 이렇게 서럽게 울어, 어?"

"쪼끄만 게 어디 오빠한테 너래? 너 아직 덜 혼났지?"

"우리 언니 울리면 오빠고 뭐고 없어! 흐엉엉, 언니이."

그리고 지수가 완전히 울음을 터트린 순간, 가은은 기어이 웃고 말았다. 감동에 젖어 울다 주접에 박장대소를 하고 웃는 꼴이라니. 지금 제 모습이 얼마나 추접스러울까 싶긴 했지만, 가은은 아무래도 좋았다. 행복했다. 이 말 말고는 어떤 말로도 표현할 수 없을 만큼.

정말 지나치리만치 행복했다.

* * *

토요일 오후.

가은의 카페는 여느 때보다 더 많은 손님을 품은 채 분주하게 돌아갔다. 가은과 지수는 주문받은 커피를 내리는 일에 정신이 없었고, 두 사람의 일을 거들기 위해 팔을 걷어붙인 진우는 빈 테이블을 정리하는 데 여념이 없었다.

얼추 정리가 된 건 저녁때를 한 시간쯤 앞둔 애매한 시간이 되고 나서였다. 손님이 좀 빠지고 나니 밀린 설거짓거리가 산더미처럼 쌓여 있었다. 가은은 어깨를 이리저리로 풀며 뭉친 근육을 몇 번 풀어주곤 고무장갑을 집어 들었다. 그런데 그때 내내 조용하던 가은의 핸드폰 벨이 요란하게 울렸다.

가은은 핸드폰을 찾아 시선을 돌리면서도 고개를 갸웃거렸다. 핸드폰으로 연락해올 사람은 진우나, 지수. 아주 가끔 근황을 묻는 해운 정도가 다였다. 근데 진우와 지수는 지금 자신을 돕느라 바삐 움직이고 있었고, 그렇다면 해운밖에 없는데 해운이라고 하기엔 주기가 애매했다. 보통 보름에 한 번 정도 통화를 하는 편인데, 이미 지난주에 짧게나마 통화를 한 참이었기 때문이다.

"누구지."

가은은 작게 중얼거리며 핸드폰을 손에 쥐었다. 액정 위엔 저장되지 않은 번호 11자리가 적혀 있었다. 더욱 의아한 얼굴로 통화 아이콘을 눌렀다. 그러자 전혀 예상하지 못한 목소리가 들려왔다.

– 나예요. 진우 엄마.

가은은 어떠한 대답도 하지 못한 채 얼어붙었다. 진우의 모친에게 연락을 받은 게 무척 오랜만이기도 하거니와 직접 마주했던 그날도 이미 한참이나 지난 옛날이었다. 그사이 어떤 식으로든 연락을 받은 적도, 우연히라도 마주친 적도 없었다.

더욱이 해운을 통해 듣기론 진우가 더 이상 그의 집안은 물론 부모와도 왕래하지 않는다고 했었다. 차라리 잘 되었다고. 이렇게 앞으로도 진우의 인생을 살았으면 좋겠다고. 이러는 편이 진우도 더 행복해 보인다고. 그 말을 하던 해운의 목소리가 어땠더라. 진심으로 진우의 앞날을 축복하는 뉘앙스였다.

진우 역시 지금껏 단 한 번도 집안 이야기나 부모님에 대해 이야기한 적이 없었다. 그래서 이렇게 갑자기 왜. 그것도 진우가 아닌 제게 왜 연락을 해 온 것일까. 가은은 여전히 어떤 대답도 할 용기가 나지 않았다. 그러자 이미 그럴 줄 알았다는 듯, 핸드폰 너머에서 재차 목소리가 들려왔다.

– 잠깐 시간 좀 내줄 수 있어요? 오래는 붙잡지 않을게요.

"……죄송하지만, 제가 지금 일을 하고 있어서요."

– 지금 카페 주차장이에요. 정말 잠깐이면 돼요.

이어진 말에 가은이 휘둥그레진 눈으로 통유리 너머 주차장을 살폈다. 손님이 쫙 빠지면서 차도 같이 빠지긴 했지만, 여전히 주차되어 있는 차가 적지 않았다. 가은은 그것들을 혼란하게 바라보았다.

– 이렇게 부탁할게요. 시간 좀 내줘요.

불시에 들려온 목소리에는 이전과는 달리 독기가 잔뜩 빠져 있었다. 되레 어디가 많이 아프기라도 한 것처럼 조금의 힘도 실려 있지 않았다.

만나고 싶지 않았다. 하지만 거절의 말이 선뜻 나오지 않았다.

어쨌든 자신이 사랑하는 남자의 모친이었다. 그것만으로 한 번쯤은 그녀를 마주해야 할 이유가 충분했다. 가은은 굳게 다짐한 얼굴로 간결히 대답했다.

"알겠습니다. 제가 어떻게 하면 될까요."

 – 카페에 진우 있죠?

"……네."

 – 내가 들어가면 우리 애가 많이 싫어할 테니까, 밖에서 봐요. 차 번호 문자로 보내둘게요.

"네. 그렇게 할게요."

 가은은 끊긴 핸드폰을 내려놓곤 아주 잠깐 넋을 놓았다. 나가겠다곤 했지만, 겁나지 않는다면 거짓말이었다. 이미 그녀로 인해 씻을 수 없는 상처를 받았던 경험이 있었다. 더욱이 그 기억은 쉽게 지워낼 수 있을 정도로 가은에겐 가벼운 일도, 얕은 정도의 상처만 남은 일도 아니었다. 잘한 선택일까. 그때 2층에서부터 누군가 내려오는 소리가 들려왔다.

"이제 좀 손님이 빠진 것 같네. 근데 왜 그러고 서 있어?"

 가은은 여전히 초점이 잡히지 않은 눈으로 소리가 나는 곳을 찾아 고개를 돌렸다. 바로 앞에 서 있는 건 진우였다. 그제야 정신을 차린 가은이 어색하게 입꼬리를 끌어올렸다.

"그냥. 아직 치울 거 많아?"

"아니, 거의 정리 다 돼 가. 근데 진짜 무슨 일 있어? 표정이 왜 그래?"

 진우를 속일 수 있을 거란 생각은 하지 않았지만, 생각보다도 그는 자신에 대해 너무나도 눈치가 빨랐다. 그건 곧 계속 마주

하는 시간을 늘여 봐야 제게 좋을 것이 하나 없을 거란 의미이
기도 했다.

때마침 조용하던 핸드폰이 짧게 울렸다. 슬쩍 확인해보니 진우
의 모친이 보내온 메시지였다. 가은은 메시지 내용에 적힌 차 번
호만 빠르게 확인하곤 핸드폰을 앞치마 주머니에 넣었다.

"아무 일도 없어. 근데 나 잠깐 마트 좀 다녀올게. 시럽이 똑 떨
어졌네. 저녁 장사하려면 필요할 거 같은데, 마트에서라도 사 와
야 할 거 같아."

"그래? 그럼 내가 갔다 올게. 넌 여기에 있어."

"아니야. 정신없이 몰아치고 났더니 바람도 좀 쐬고 싶어. 내가
다녀올게."

"그럼 같이 갈까?"

진우는 어딘지 불안한 표정으로 그렇게 물어왔지만, 가은은 끝
끝내 그의 권유를 강건히 거절했다. 그러곤 최대한 자연스럽게 웃
으며 차 키를 챙겼다. 아무래도 따로 움직이는 게 좋을 듯싶었다.
가은은 카페를 빠져나오며 빠르게 손가락을 움직였다. 메시지를
보내는 번호는 진우 모친의 것이었다.

[따로 움직이는 게 좋을 것 같아요. 하얀색 SUV 차로 움직일 테
니까 뒤따라 와 주시겠어요?]

* * *

가은이 앞장서 향한 곳은 그녀의 카페 근처에 있는 또 다른 카
페였다. 검은색 세단이 바로 뒤를 따라오는 게 느껴졌지만, 주차

를 마치기 무섭게 가은은 먼저 카페로 들어왔다. 주차장에 어정쩡하게 선 채로 기다릴 정도의 사이는 아니란 생각에서였다. 그러는 게 더 어색할 것 같기도 했고.

자리를 잡고 앉자 곧바로 누군가 카페 안으로 들어오는 게 보였다. 헤어스타일이 조금 달라지긴 했지만, 몇 년 전 보았던 진우의 모친이 분명했다. 선영은 단박에 가은을 알아본 건지, 망설임 없이 앉은 자리 앞으로 다가왔다.

"커피, 괜찮아요?"

인사보다도 차를 권유하는 말이 먼저였다. 어쩐지 선영답다는 생각이 들었다. 가은은 한 박자 늦게 고개를 끄덕였다. 그러자 선영이 뒤따라 들어온 기사에게 무어라 지시를 내렸다. 얕게 고개를 끄덕인 기사가 카운터로 향했고, 선영은 맞은편 자리에 앉았다.

순식간에 불편한 침묵이 감돌았다. 그게 깨진 건 기사가 유리컵에 담긴 커피 두 잔을 들고 온 후부터였다. 커피를 한 모금 들이킨 선영이 심호흡을 크게 한 번 하더니 천천히 입술을 움직였다.

"그동안, 잘 지냈어요?"

가은은 아래로 내리깔고 있던 눈동자를 들어 올리곤 선영을 빤히 바라보았다. 조금도 예상하지 못한 말이었다. 지난 만남만 떠올려 봐도 그랬다. 당장 제 아들 옆에서 떨어지란 말을 돌리지도 않고 하던 사람이 몇 년 만에 다시 찾아와 자신의 안부를 묻는 모습이라니. 어떻게 당황하지 않을 수가 있을까. 가은은 당혹감에 온몸이 딱딱하게 굳는 것만 같았지만, 가까스로 입술을 움직였다.

"네, 덕분에요."

"그때보단 표정이 한결 나아진 것 같아요. 우리 진우도, 그렇고……."

가은은 말없이 눈만 끔뻑거렸다. 당황스러운 건 안부를 물어오던 말뿐만이 아니었다. 2년 만에 마주하는 선영의 모든 게 무척이나 적응되지 않았다. 그때 보았던 사람과 동일 인물이라곤 도저히 믿을 수 없을 정도로 모든 기세가 누그러져 있었다. 날카롭던 눈매는 유순하게 내려가 있었고, 무엇보다 독기 가득하던 눈동자에 눈물이 그렁그렁 맺혀 있었다.

"아까 봤어요. 우리 아들이 테라스에 있는 테이블을 치우고 있더라고요."

"……보셨으면 아시겠지만, 일이 좀 바빠서 진우가 도와주고 있었어요."

가은은 지금 마주하고 있는 선영이 2년 전의 선영과는 영 다른 사람이라고 느끼면서도 저도 모르게 어쭙잖은 변명을 뱉었다. 과거에 남겨진 상처에서 비롯된 자기방어와 같은 것이었다. 그런데 2년 사이에 정말 변하기라도 한 건지, 선영은 변명 같은 건 아무래도 상관없다는 듯 상념에 젖은 눈동자로 제 할 말을 하기에 바빠 보였다.

"정말 상상도 할 수 없던 일인데. 우리 애가 남이 마신 유리잔을 치우고 있다니, 정말, 정말 상상도 못 할 일인데……."

"……."

"근데 그 일을 하면서 우리 진우가 웃고 있더라고요."

가은은 긴장감에 반쯤 벌리고 있던 입술을 꾹 다물었다. 이건 가은조차도 보지 못한 진우의 이야기였다.

"정말 환하게……. 나는 언제 봤는지 기억도 안 나는데……."

횡설수설 말을 잇는 선영의 눈동자가 요란하게 흔들렸다. 마치 충격이라도 받은 사람의 얼굴처럼 보였다. 제겐 진우의 웃는 모습은 너무 흔할 정도로 당연한 것인데, 정작 모친인 선영에겐 이렇게 충격받은 얼굴을 할 정도로 낯선 일이었나 보다. 가은은 새삼 해운의 말을 다시금 떠올렸다.

'차라리 잘 됐어. 나는 진우가 더는 큰아버지, 큰어머니랑 엮이지 않고 이대로 진우 인생 살았으면 좋겠어. 나는 진우 그놈이 요즘처럼 행복해하는 걸 봤던 기억이 정말 한 번도 없어.'

그 말을 듣던 당시 조금쯤은 과장해 하는 말은 아닐까 생각했었는데 이제야 그때 해운의 그 말이 조금도 허황된 것 없이 진실이란 사실을 깨달을 수 있었다. 그러고 나자 이상하게도 이전엔 없던 용기가 솟아나는 기분이었다. 가은은 저도 모르게 안으로 말고 있던 어깨를 펴곤 고개를 똑바로 든 채 선영을 올곧이 마주했다.

"진우는 늘 그렇게 웃어요. 눈매가 휘어질 정도로 정말 환하게, 진우는 늘 그래요."

선영에게 전하는 목소리에는 조금의 흐트러짐도 없었다. 상념에 빠져 있던 선영이 단번에 고개를 들어 가은을 마주할 만큼, 가은은 진우의 이야기를 전하는 목소리에 힘을 빼지 않았다.

"어머니, 진우는요. 남이 마신 유리잔이 아니라 남이 버린 쓰레기도 치울 줄 알고 저 대신 밀린 설거지도 할 줄 알아요. 저조차도 설거지를 할 땐 늘 고무장갑을 끼는데, 진우는 그게 답답해서 누군지도 모를 사람의 손이 타고 입술이 닿았던 잔을 맨손으로 아주 스스럼없이 만지기도 하고요."

"……."

"진우는요, 어머님. 고작 커피 한 잔 마시러 온 손님한테 친절하게 인사도 건넬 줄 알고, 고개를 숙일 줄도 알아요."

가은은 머릿속으로 스치고 지나가는 진우의 모습들을 하나하나 차례로 나열했다. 무척이나 담담한 척 이야기를 하고는 있었지만, 가은은 너무도 가슴이 먹먹했다. 어째서 진우의 이야기를 자신이 하고 있어야 하는 걸까. 정작 진우를 배 속에 품고 긴 산고 끝에 낳은 건 다름 아닌 선영인데, 어떻게 일상이나 다름없는 진우의 이야기를 자신이 이렇게 또박또박 전하고 있어야 하는 걸까.

가은은 가슴이 아팠다. 하필 머릿속에 떠오르는 진우의 모습이 하나도 빠짐없이 환한 미소를 걸고 있는 모습이어서. 그래서 자꾸만 목구멍이 막혀왔다.

"진우는 그 모든 일을 하면서도 단 한 번도 얼굴을 찡그리거나 불만스러워 한 적이 없어요."

"……."

"진우는 그런 사람이에요, 어머님. 남이 마신 유리잔을 치우는 걸 감히 상상도 못 할, 그런 사람이 아니에요."

가은은 테이블 아래로 숨긴 손을 꽉 움켜쥐었다. 말의 말미엔 저도 모르게 화까지 꾹꾹 눌러 담았던 것도 같다. 무슨 배짱으로 그랬을까. 그냥 꼭 알려주고 싶었다. 이 말을 뱉고 난 후에 자신이 감당해야 하는 게 폭언이든 폭력이든, 그게 무엇이든 상관없으니 제 앞에 앉아 있는 이 여자가, 진우의 모친이 그의 아들에 대해 이 정도는 알고 있었으면 했다.

선영은 한동안 말을 잇지 못했다. 눈동자의 초점이 없는 게 충격을 받은 것도 같았고, 상념에 빠져 있는 것도 같았다. 가은은 묵묵히 기다렸다. 이어질 선영의 말이 부디 회한의 뉘앙스이길 간절히 바라며.

기다림은 꽤 오래 이어졌다. 그럼에도 가은은 미동도 하지 않은 채 선영만을 바라보았다. 그리고 한참 만에야 선영이 힘없이 입술을 움직였다.

"그렇군요, 우리 진우가……. 우리 진우가, 그렇게 멋진 남자로 성장했네요. 나도 모르는 새에, 우리 진우가……."

그렇게 말하는 선영의 볼을 타고 눈물이 뚝뚝 떨어졌다. 선영은 감정을 추스르지 못한 채 한참을 소리 없이 흐느껴 울었다. 가은은 이번에도 그런 선영에게 아무런 말도 건네지 않았다. 지금 그녀에게 필요한 건 위로의 말이 아닐 것이다.

충분한 후회가 필요했다. 진작 아들의 마음을 돌보지 못한, 이제와 진짜 제 아들의 마음을 알아버린 엄마의 후회는 어떻게도 농도 짙지 않을 수가 없었다. 가은은 선영이 지금이 이 후회를 마음껏, 남김없이 하길 바랐다. 그렇게 진우에게 진짜 엄마다운 엄마가 되어주길 바랐다. 아무리 진우의 마음에 큰 상처가 남아 있다고는 하나, 가은은 없는 것보단 있는 게 백배, 천배 더 낫다는 사실에 대해 누구보다도 잘 알고 있었다.

상처는 언젠가 시간이 지나면 아물기 마련이다. 하지만 그리움은 시간이 지나고 또 지나도 옅어지기는커녕 더욱 진해지는 감정이었다. 아무리 진우에게 상처만 남긴 부모여도 부모는 부모였다. 사랑으로 열 달을 배 속에 품었고, 옳은 방식은 아니었지만 진우를 위한 거라면 그게 뭐든 최선을 다했을 것이다. 진우를 향한 잘못된 욕심이 잘못되었다고는 하나 부정할 수도 없는 그 방증이었다.

가은은 부디 바랐다. 지금이라도 진우의 부모가 자신들의 욕심을 채우기 위해 진우를 휘두르는 것이 아니라, 정말 진심으로 따뜻하게 진우를 보듬어줄 수 있는 부모가 되어주길. 그들의 바뀐 모습을 받아주고 말고의 문제는 그 이후에 진우가 선택할 문제였다. 그러니 진우가 그 선택을 하기 위해서라도 진우의 부모가 먼저 바뀌는 것이 우선이어야 했다.

시간은 속절없이 잘도 흘렀다. 그리고 또 한참 만에 선영의 목소리가 가은의 귓가를 타고 스며들었다.

"미안해요. 예전에 가은 씨한테 함부로 얘기했던 거, 그거 사과하고 싶어서 왔어요."

가은은 너무도 늦어버린 사과에 그저 눈꺼풀만 끔뻑거렸다. 뭐라고 대답해야 할지 고민이 되었다. 사실 그때의 기억이 남아 있기는 하나 이제 와 그건 상처라기보단 흉터에 가까운 것이었다. 그때 생긴 상처는 이미 진우로 인해 완벽하게 아물었으니까. 하지만 선영의 표정을 보아하니 자신의 대답을 기다리는 것 같진 않았다.

"진우를 보게 될 거라곤 생각도 못 했는데……. 이제라도 잘못 뉘우쳤다고 하늘이 상이라도 주나 봐요. 이렇게 상을 받아도 되는 건지는 모르겠지만."

예감은 빗나가지 않았다. 자신을 찾아온 진짜 이유가 완전히 흐려진 느낌이 들긴 했지만, 가은은 선영을 말리지 않고 가만 지켜보기만 했다.

"2년 만에 봐요. 2년 동안 연락도 안 받고, 찾아가도 도통 얼굴을 볼 수가 없었는데."

일순 선영의 눈동자 위로 원망의 기색이 어렸다.

"어떻게 이렇게까지 그럴 수가 있나 싶었어요. 아무리 그래도 내가 엄만데, 어떻게 이렇게까지 독하게 나올 수가 있나."

선영의 말이 이어질 때마다 진우가 얼마나 독하게 마음을 다졌을지, 또 자신조차 없던 1년 동안 얼마나 굳건하게 버티고 버텼을지, 가은은 문득 그 생각에 가슴이 아려왔다.

"진우가 나가고 나서 애 아빠는 원래부터 있던 지병이 심해져서 경영 선에서 물러났고, 나는 애 아빠 돌보면서 하루하루 보내다 보니 그래도 하나 남은 자식 생각이 많이 나더라고요."

"……."

"엄마 마음을 어떻게 이렇게 몰라줄 수가 있나, 나는 그 애를 원망만 했는데……."

말을 잇던 선영이 지나간 순간의 감정이 떠오르기라도 했는지 눈을 질끈 감았다. 무척 고통스러워 보였다.

가은은 그런 선영의 마음을 아주 조금쯤은 알 것도 같았다. 저조차도 그랬다. 저 없는 시간 동안 진우가 어떤 마음으로 어떻게 버텨냈을지, 그 생각만 하면 가슴이 아파 불쑥불쑥 눈물이 차올랐다. 고작 1년이었을 뿐인데도 말이다. 그런데 자그마치 수십 년을 아들의 마음은 들여다볼 생각도 하지 않은 채 상처만 안겨준 부모의 마음은, 상처만 줬단 사실을 이제 와서야 알게 된 부모의 마음은 도대체 얼마나 찢어지고 무너질까.

"근데 이제 와 보니 나는 원망할 자격조차 없는 엄마였네요."

이어진 반성의 말에 회한의 빛이 빈틈없이 서려 있었다. 선영은 차마 고개를 들지 못한 채 입술만 달싹거렸다. 정작 하고 싶은 말은 따로 있는데 차마 염치가 없어 전하지 못하는 듯한 모습이었다.

"부탁이 있는데……."

선영은 입술을 수십 번도 더 달싹이고 난 후에야 간신히 말문을 떼었다.

"우리 진우한테 미안하다고, 진심으로 미안해하고 있다고 전해 줄 수 있을까요? 나는 어떻게도 만나주지 않으려고 해서……."

가은은 그 말을 듣고 나서야 희미하게나마 미소를 지을 수 있었다. 그토록 원하고 원하던 말이었다. 진우를 향해 진심으로 미안해하고 있다는 바로 그 말. 가은은 제 마음이 다 울컥하는 것 같았지만, 최선을 다해 감정을 추스르며 눈매를 곱게 휘어 접었다.

"아니요, 어머님. 그 말은 직접 하시는 게 아무래도 좋을 거 같아요."

"그치만, 진우가……."

"시간이 약이란 말이 있잖아요. 아직은 진우가 그간의 상처를 딛고 일어서기엔 시간이 부족한가 봐요."

가은은 숨을 깊게 들이마셨다. 가슴이 쿵쿵 뛰었다. 이 말이 꼭 해주고 싶어서였나 보다. 그래서 자꾸만 길어지는 기다림에도 꿋꿋이 버티고 싶었던 건가 보다.

"진우에게 조금만 더 시간을 주세요. 분명 언젠가는 어머님께서 사과할 수 있는 기회를, 진우라면 분명히 줄 거예요."

선영은 믿지 못하는 눈치였다. 하지만 가은은 믿어 의심치 않았다. 진우에게 한 번도 물어본 적 없는 문제의 일이었지만, 진우라면. 자신이 아는 이진우라면 분명 그럴 것 같았다.

"어머님이잖아요. 다른 사람도 아니고 진우를 낳아주신 어머님이니까."

어쩌면 그렇게까지 가슴에 상처로 남았던 이유 역시 엄마의 따듯한 관심을 무엇보다도 바랐기 때문에, 그래서 더 깊은 상처가 되었던 건 아닐까. 이미 깊게 새겨진 상처가 아물기까진 시간이 꽤 걸릴 테지만, 선영이 온 마음을 다해 진심을 전한다면 기꺼이 받아줄 것이다. 한가은이 사랑하는 이진우는 그렇게나 멋진 남자였다.

"가은 씨와 나 사이에도, 다음이란 게 있을까요?"

가은은 이번에도 선뜻 대답하지 못했다. 앞에서 그런 것과는 퍽 다른 이유에서였다. 자신과 선영 사이에 다음이라니. 이 말은 자신을 진우의 여자 친구로 인정하고 받아들이겠다는 의미인 걸까? 선영이 인정하지 않는다고 해도 진우와 헤어질 생각은 조금도 없었지만, 혹여라도 이제 인정의 의미가 맞다면 이것도 썩 기분이 나쁘지 않았다.

"진우의 상처가 다 아물고 나면 아마도 그땐……."

가은은 담담히 얘기했다. 사실 말속에 담은 감정보다는 좀 더 기뻤지만, 이 이상은 아직 내색하고 싶지 않았다.

"고마워요. 그렇게 말해 줘서. 그리고……."

"……"

"우리 진우 옆에 있어 줘서."

가은은 대답 대신 입꼬리를 휘어 올렸다. 어쩐지 기분 좋은 예감이 밀려왔다. 얼마의 시간이 걸릴지는 모르겠지만, 아마도 언젠가 진우와 함께 선영을 마주하고 앉아 환하게 웃는 날이 오게 되지 않을까 하는 그런 예감.

바로 옆 창문 너머로 보이는 눈부시게 아름다운 노을 진 풍경이 그녀의 예감에 확신을 얹어주었다. 창밖을 바라보며 환하게 웃는 얼굴이 그 어느 때보다도 아름다웠다는 건 선영과 헤어질 때까지도 가은은 알지 못했다.

* * *

가은이 카페에 도착한 건 저녁 시간 장사가 시작되고도 한참이 지나서였다. 가은은 빠른 걸음으로 카페에 들어섰지만, 이미 전쟁 같은 시간이 한차례 지난 건지 지수는 설거지를 하고 있었고 진우는 카운터 앞에 서서 초조한 표정을 하고 있었다. 그가 왜 그런 표정을 짓고 있는지 굳이 듣지 않아도 알 것 같아, 가은은 서둘러 다리를 움직였다.

"미안! 내가 좀 많이 늦었지."

부러 답지 않게 목소리 톤까지 높였는데, 진우에 더불어 지수까지 깜짝 놀라기만 할 뿐 자신을 발견한 순간부터 딱딱하게 굳어 버린 표정은 감추지 못했다.

"언니, 도대체 어디 갔다 온 거야! 전화는 왜 그렇게 안 받고."

설거지를 하던 지수가 진우의 눈치를 흘긋 살피더니 조금은 오
버스러운 말투로 말했다. 그러곤 고무장갑을 낀 그대로 가은의 앞
까지 다가와 괜히 성화를 부려댔다.

"미안. 잠깐 어디 좀 들렀다 오느라……."

가은은 당황한 얼굴로 어설프게 둘러댔다. 선영에게 집중하느
라 인지하지 못했는데, 계속 제게 연락을 취해왔던 모양이다. 그
러는 게 이상할 일도 아니었다. 그렇지 않아도 제 일이라면 예민
해지는 진우와 지수인데, 아무런 연락도 없이 돌아오지 않으니 두
사람의 입장에선 충분히 걱정스러울 만도 했다.

예상하기 어려운 일도 아닌데, 선영과의 자리가 생각보다 너무
기분 좋게 마무리가 되어 그 감정에 취해 있었던 모양이다. 너무
미안하게도 두 사람의 생각을 까맣게 잊고 말았다. 가은은 미안
함에 몸 둘 바를 모른 채 차마 눈도 마주치지 못하는데, 별안간 차
게 식은 진우의 목소리가 가은의 귓속을 뚫고 들어왔다.

"시럽은."

"……응?"

"아까 네 입으로 그랬잖아. 시럽 사러 간다고."

"아……."

가은의 낯빛이 더욱 당혹스러움으로 물들었다. 두 사람의 생각
도 잊고 있었는데, 시럽을 핑계로 나왔단 사실을 기억하고 있었
을 리가 있을까. 너무 당연하게도 시럽은 가은의 어느 쪽 손에도
들려 있지 않았다.

가은은 퍽 난감한 얼굴로 진우를 바라보았다. 그러자 진우가 더
욱 표정을 굳히며 고집스럽게도 입을 다물었다. 지난 경험으로 미

루어보건대 지금 진우의 인내심이 한계에 다다른 것이 분명했다.

"서지수."

"……어, 어?"

"밀린 주문은 다 나갔고, 테이블은 이따 내가 치울게. 혼자 자리 지키고 있을 수 있지."

"아, 응. 그렇긴 한데, 근데…….."

진우는 지수의 대답이 끝나기 무섭게 가은의 앞으로 성큼성큼 다가갔다. 그러곤 가은이 뭐라 말할 새도 없이 가은의 손목을 붙잡은 채 카페 밖으로 향했다.

* * *

가은은 벌써 몇 분째 불편한 얼굴로 진우의 눈치만 살폈다. 진우와 함께 온 곳은 카페 문을 닫고 종종 찾는, 근처 산책로에 있는 벤치였다. 이곳으로 향하는 중엔 그렇다고 해도 도착하고 나면 당장에 다그쳐도 다그칠 거라고 생각했는데, 진우는 아무런 말이 없었다.

자신이 먼저 이야기하길 기다리는 건지, 아니면 자신을 어떻게 혼내야 할지를 고민하는 건지. 어느 쪽이든 가은의 입장에선 긴장되긴 마찬가지였다. 후자의 경우라면 이유가 따로 필요하지 않았고, 전자의 경우라면 뭐라고 대답하면 좋을지 갈피가 잡히지 않았기 때문이다. 아직은 선영의 이야기를 꺼내는 것 자체가 망설여졌다. 이야기를 꺼내는 제 입장에선 어려울 게 없었지만, 이야기를 들어야 하는 진우는 준비가 안 됐을 것이 분명했다. 선영을 만나고 왔다고 하면 당장에 눈을 무섭게 뜨고 제 온몸을 샅샅이 살피며 무슨 일이 있었는지 토씨 하나 빼놓지 않고 들으려고 달려들 것이다.

그것까지도 좋았다. 하지만 가은은 그로 인해 진우가 힘들지 않길 바랐다. 모든 일엔 때가 있는 법이었다. 그리고 언젠간 진우에게 선영의 이야기를 아무렇지 않게 꺼낼 수 있는 날이 분명 올 터였다. 그때가 오기 전에 가은은 가능한 한 진우를 같은 상처로 여러 번 아프게 하고 싶지 않았다.

"진우야."

가은은 조심스레 진우의 이름을 불렀다. 무슨 말을 하면 좋을지 여전히 갈피가 잡히지 않았지만, 우선 사과는 해야 할 것 같았다. 지금 그의 표정이 꼭 지옥에라도 다녀온 사람 같아서, 더는 그를 불편한 감정 속에 머무르도록 둘 수가 없었다. 진우는 대답이 없었다. 그래도 괜찮았다. 한가은이 이진우 속을 썩인 거에 비하면 이 정도는 아무것도 아니었으니까.

"미안해. 걱정 많이 했지?"

가은은 조금도 달라지지 않은 목소리로 진우에게 다시금 대화를 청했다. 진우는 여전히 묵묵부답이었다.

"나 사실 시럽 사러 나갔다 온 거 아니야."

진우의 목소리를 들을 수 있던 건 내내 망설이던 사실을 하나 꺼내 들었을 때였다.

"그럼."

진우의 말은 길지 않았다. 그러나 고작 두 글자에 지나지 않은 그 말에 그가 내내 느꼈을 걱정들이 한가득 배어나 있었다. 그가 했을 걱정의 크기를 생각한다면 솔직하게 털어놓는 것이 맞지만, 가은은 여전히 확신이 들지 않았다. 선영과 만났단 이야기를 꺼내는 것이 진우의 걱정을 더 큰 걱정으로 불리는 것밖에 되지 않을 것 같았다. 가은은 한참을 고민한 끝에 망설이며 대답했다.

"음, 지금은 말 못 해줄 것 같은데……. 지금 말고 다음엔 꼭 얘기해줄게. 오늘 어디에 다녀왔는지, 무슨 일이 있었는지, 전부."

"하, 왜. 지금은 왜 말을 못 하는데."

줄곧 눈도 맞춰주지 않던 진우가 별안간 몸을 돌리더니 가은의 어깨를 세게 붙잡았다.

"넌 도대체, 정말……!"

꾹꾹 눌렀던 감정이 터지려고 하는 건지 그의 언성이 높아졌지만, 그게 전부였다. 그는 본능처럼 튀어나온 말도 채 끝내지 못하고 입술을 꾹 말아 물었다. 가은은 그런 진우를 보는 게 편하지가 않았다. 그래서 비겁하게도 그를 꼭 안아버리는 방법을 택했다. 자신이 이러면 진우가 그렇지 않아도 꾹꾹 참고 있을 화를 더욱 터트리지도 못하고 결국 삭이게 될 거란 걸 알면서도.

"하아……."

역시 예상대로 진우의 깊은 한숨 소리가 귓속을 찌르고 들어왔다. 하지만 이번만큼은 별다른 도리가 없었다. 어떻게 해도 당장은 진우에게 솔직할 수 없을 테니까. 그렇다면 비겁하다고 해도 이렇게나마 피하는 게 방법이었다.

"말도 없이 없어진 줄 알았잖아. 갑자기 사라진 줄 알았다고! 내가 얼마나 속이 탔는지 알아?"

"미안해. 놀라게 해서 정말로 미안해."

가은은 조금쯤 누그러진 진우의 투정에 옅게 웃으며 다시금 사과했다. 염치도 없이 그를 끌어안은 팔을 움직여 그의 등을 부드러이 쓸어내렸다. 고작 이 정도가 지금 그녀가 해줄 수 있는 최선이었다.

"근데 나 다친 데도 없고, 탈 없이 잘 돌아왔잖아. 그러니까 이번 한 번만 봐주면 안 될까?"

"……."

"다신 안 그럴게. 정말 약속해."

그럼에도 덜어지지 않는 미안함에 가은은 평소엔 하지도 않던 어색한 애교까지 부리며 진우에게 진심을 전하기 위해 노력했다. 언뜻 희미하게 진우의 웃음소리가 들려온 것도 같았다.

가은은 확실하게 확인하기 위해 진우의 허리를 끌어안은 팔에 힘을 풀곤 상체를 뒤로 젖혔다. 그러자 진우가 입가에 걸린 미소를 서둘러 감추는 게 보였다. 그런 진우가 귀여워 배시시 웃고 말았다. 금세 표정을 감춘 진우는 다시금 근엄한 척 눈매를 위로 치켜들었지만.

"풀어주려고 노력하는 건 알겠는데, 이 정도론 소용없어."

진우가 퍽 무서운 목소리로 말했지만, 가은은 알 수 있었다. 이미 진우의 화가 남김없이 풀어졌다는 걸.

"에이, 이미 다 풀린 얼굴인데?"

"아니야. 아직 다 안 풀렸으니까 더 해봐."

"뭘?"

"방금 한 예쁜 짓."

"싫어. 그런 건 가끔 해야 약발이 있는 거야."

가은은 밉지 않게 이죽거렸다. 전혀 가은답지 않은 말솜씨에 진우가 헛웃음을 뱉었다. 가은은 그 순간을 놓치지 않고, 진우의 허리를 잡은 팔에 힘을 주었다. 그러곤 단숨에 거리를 좁혀 그에게 입을 맞추었다.

찰나였다. 늘 진득한 키스를 나누던 두 사람에겐 너무나 오랜만인 가벼운 입맞춤이었다. 그래서 진우는 무척 아쉬운 듯 보였지만, 가은은 되레 더욱 설레었다.

"이왕 할 거면 좀 제대로 해주지?"

"싫어. 말했잖아. 이런 건 가끔 해야 약발 있는 거라고."

"와, 그런 말 어디서 배워왔어?"

"글쎄. 나는 보통 이런 걸 이진우한테 배우는 편이어서."

"설마. 내가 널 상대로 자제가 가능한 남자가 아닐 텐데."

"내가 나쁜 건 덜어내고 좋은 것만 배우는 경향이 없지 않아 있거든."

가은은 배시시 웃으며 혓바닥을 날름 내밀었다. 진우는 얼이 빠진 표정을 지었지만, 이내 기분 좋은 듯 소리까지 내며 크게 웃었다. 그제야 가은 역시 눈매를 휘어 접곤 크게 웃었다. 한참이나 그랬다. 그러다 불현듯 고개를 뒤로 젖히는데, 봐도 봐도 익숙해지지 않는 밤하늘 풍광에 고스란히 시선을 빼앗기고 말았다.

별이 총총하게 박힌 하늘이 너무도 아름다웠다. 가은은 별들로 가득한 밤하늘이 꼭 제 마음을 닮은 것 같단 생각을 했다. 제 마음을 꺼내 볼 수만 있다면 그렇지 않을까? 분명 진우를 향한 사랑으로 인해 빈틈이라곤 찾아볼 수 없을 테니.

설레는 마음으로 쳐들었던 고개를 내리는데 약속이나 한 듯이 단숨에 진우와 눈이 마주쳤다. 꼭 자신이 하늘을 바라보던 순간까지도 이진우는 한가은만 바라보고 있었다는 듯했다.

"사랑해, 한가은."

때마침 진우가 사랑의 말을 전해왔다. 가은의 예상이 조금도 틀리지 않았다고 대변이라도 하는 것처럼. 그래서 가은은 진우에게 선영의 이야기를 꺼내지 못해놓고도 감히 마음껏 미소 지을 수가 있었다.

가은에겐 진우의 미소가 꼭 사랑의 묘약 같았다. 지금처럼 환하게 웃는 진우를 볼 때면 가은은 아무런 생각도 할 수 없었다. 아프고 고통스러웠던 이전의 기억이 씻은 듯 사라지는 것만 같았다.

그래서였다. 언제나 죽음만을 생각하던 한가은이 오늘을 버티고 살아보자고 다짐한 것이.

또 그래서였다. 오늘을 버텨낸 한가은이 내일을 기다려보기 시작한 게.

언제부턴가 그랬다. 이진우는 한가은에게 어떠한 이유를 막론하고 삶을 살아가는 절대적인 이유가 되었다. 그는 알고 있을까. 어쩌면 한가은을 향한 이진우의 마음보다 이진우를 향한 한가은의 마음이 비교도 되지 않을 만큼 더 클지도 모른다는 것을.

아마 모를 것이다. 하지만 그런 것쯤은 아무래도 상관없었다. 지금 자신을 보는 진우의 얼굴이 이렇게나 행복에 젖어 있는데. 함께하는 이 순간이 무엇보다도 행복한데, 이보다 더 중요한 것이 뭐가 있을까.

가은은 진우를 향해 할 수 있는 최선을 다해 예쁘게 웃었다. 그리고 생각했다. 이 정도면 정말 분에 넘치도록 행복한 게 분명하다고. 무엇과도 바꿀 수 없이 사랑하는 남자가 자신을 보며 이토록 행복하게 웃는데, 과연 이보다 더한 행복이 세상에 존재할 수 있을까. 가은은 장담컨대 절대 존재할 수 없을 거라 확신했다. 그러니 그 이유 하나만으로도 오늘을 버티고 살아온 이유가 너무도 충분하다고. 그리고 또 내일을, 내일모레를 살아갈 이유까지도 지나치게 충분한 거라고. 이진우만이 언제까지고 한가은의 곁에 있어 준다면.

"사랑해, 진우야."

그렇다면 한가은은 언제까지고 행복할 수 있을 거라고. 그래서 가은은 정말 최선을 다해 살아볼 작정이었다. 이 마음이 다하는 그날까지.

가능한 한 영원히 오래오래.

〈지독히도 멀고 가까운〉 외전 마침.